KB262064

九劈 雷雲

구벽뇌운

구벽뇌운 3

미르영 新무협 판타지 소설

초판 1쇄 찍은 날 § 2007년 6월 8일
초판 1쇄 펴낸 날 § 2007년 6월 18일

지은이 § 미르영
펴낸이 § 서경석

편집장 § 문혜영
편집책임 § 이재권
편집 § 최하나 · 문정흠 · 김동화

펴낸곳 § 도서출판 청어람
등록번호 § 제1081-1-89호
등록일자 § 1999. 5. 31
어람번호 § 제2-1222호

주소 § 경기도 부천시 원미구 심곡1동 350-1 남성B/D 3F (우) 420-011
전화 § 032-656-4452 팩스 § 032-656-4453
http://www.chungeoram.com
E-mail § eoram99@chollian.net

ⓒ 미르영, 2007

ISBN 978-89-251-0697-7 04810
ISBN 978-89-251-0694-6 (세트)

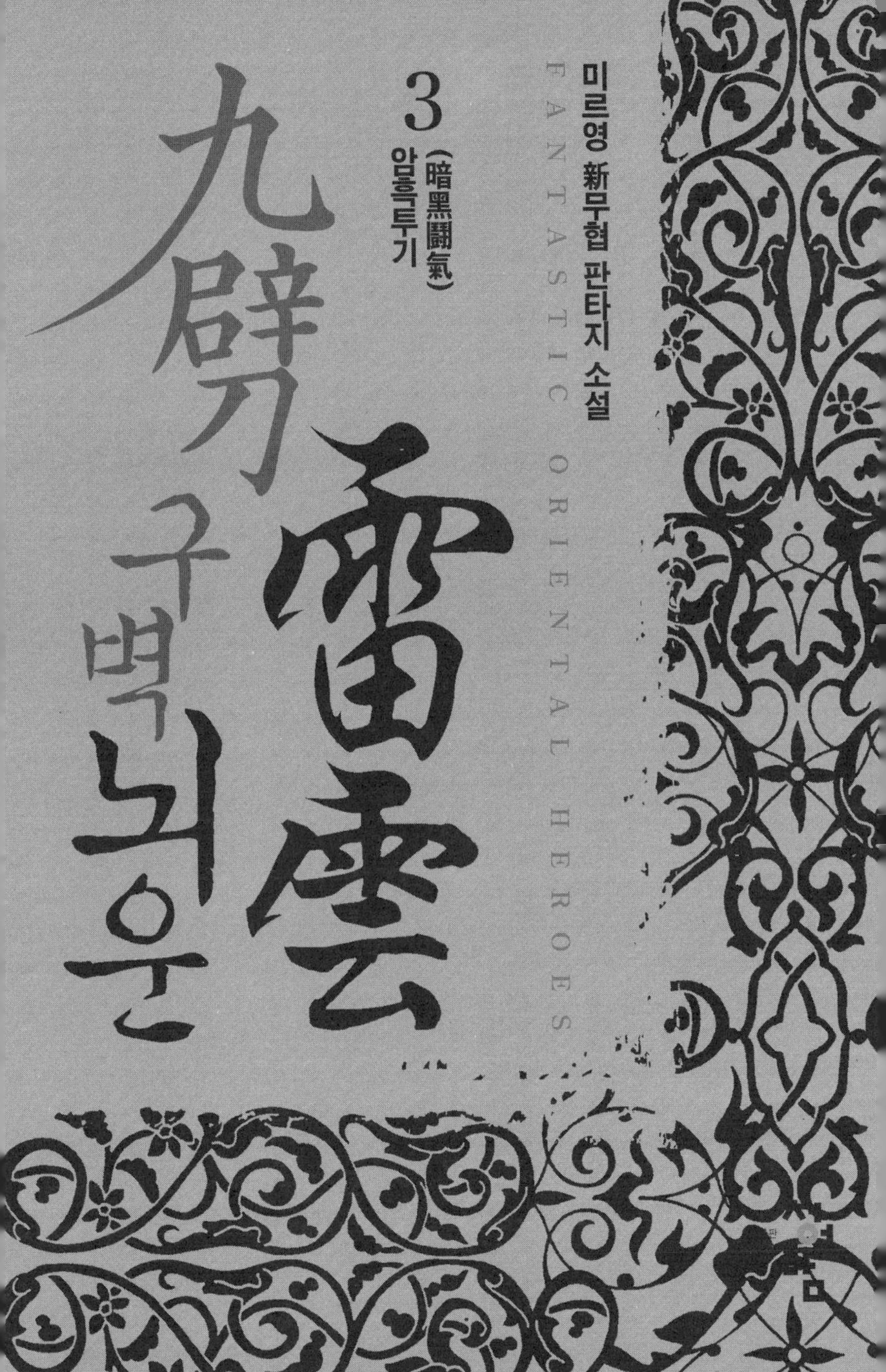
九辟刀
구벽
뇌운
雷雲
미르영 新무협 판타지 소설
FANTASTIC ORIENTAL HEROES
3 〈暗黑鬪氣〉
암흑투기

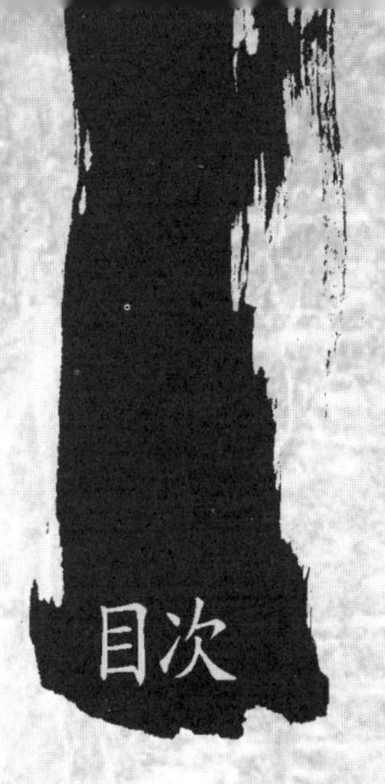

目次

화산(華山)의 서

단청이 화려하게 수놓아진 대전에 두 사람이 심각한 안색으로 마주하고 있었다.

"그리도 화산의 검이 탐이 나더냐?"

"화산의 이십사수매화검법(二十四手梅花劍法)은 아직도 미완성입니다. 그리고 아무것도 이룰 수 없는 이곳에서 제가 할 일은 없을 줄 압니다."

"허허! 그래도!"

푸른 눈동자의 초로인은 자신의 앞에서 당당히 말하는 제자의 말에 기특하다는 생각이 들기도 했으나 한편으로는 걱정이 들지 않을 수 없었다. 성취가 남다른 사형제들의 모습을

보며 좌절로 인해 화산행을 선택한 것이 아닌가 하는 생각이
들었기 때문이다.

"궁주님께서 허락하신다면, 화산으로 가 새로운 검의 경지
를 개척하고 싶습니다. 제발 허락해 주십시오."

"사형제들이 어찌 이리 하나같이 제 마음대로인지 알다가
도 모르겠구나."

"궁주님께서 심려하시는 바는 압니다만, 저도 나름대로의
길을 걷고 싶습니다."

계속되는 만류에도 불구하고 확고한 표정으로 화산행을
고집하는 제자를 보며 어쩔 수가 없다는 것을 확인하자, 궁주
라 불린 이는 제자의 화산행을 허락하지 않을 수 없었다.

"좋다. 허락은 하겠다. 하나! 네 성취가 내 기대에 어긋날
때는 너에게 드리워진 본 궁의 모든 그림자를 거둘 것이다.
그래도 갈 것이냐?"

"그래도 갈 것입니다."

대답하는 제자의 의지는 자신이 꺾을 수 없는 것이었다. 그
림자를 거두겠다는 것은 무림으로서는 사형선고나 다름없는,
무공을 폐하겠다는 뜻.

"좋다. 그러면 가거라. 대신 약속할 것이 하나 있다."

"무엇입니까?"

"본 궁의 인연은 그대로 놔두도록 하겠다. 그리고 네가 화
산으로 가 매화향을 만 리까지 퍼뜨릴 수 있다면 궁을 떠난

것을 용서하도록 하마. 그러나 그렇지 못할 시에는 그 화가 화산까지 미칠 것임을 기억해야 할 것이다. 내 십 년을 주기로 시험할 사자를 보낼 터이니 그리 알아라!"

"명심하겠습니다."

시험할 사자를 보낸다 함은 시련일 수 있었다. 하나 화산행을 허락받은 중년인은 자신이 있었다. 궁에서 익힌 모든 것을 내어놓고 가야 하나 궁주의 허락으로 모든 것을 가지고 화산으로 떠나는 이상 새로운 경지를 개척할 자신이 있었던 것이다.

중년인은 궁주라 불린 이에게 큰절을 두 번 올렸다. 앞으로 찾지 않겠다는 의미였다. 인사를 끝마친 중년인은 미련없이 대전을 나섰다.

'허허! 이 일이 정녕 화가 되지는 않을런지……. 막내야! 내가 너에게 원하는 경지는 이곳에서도 쉽지가 않은 것이란다. 네 사형제들의 눈이 있어 이것밖에 해줄 수 없는 이 스승을 용서해 다오.'

대전을 나서는 중년인의 뒷모습을 안타까운 눈빛으로 바라보는 초로인의 눈이 아련하게 젖어들고 있었다.

第一章

잇혀진 금단의 마공

九劈雷雲

낙조는 사람의 마음을 심난하게 만든다. 하루를 끌고 내려가는 기운이 끝나면 깊은 밤이 온다는 것을 알기 때문이다.

그렇게 붉은 홍염이 서산을 향하고, 길게 꼬리를 내리는 낙조를 뒤로한 채 조금은 이상해 보이는 사람들이 대리로 들어오고 있었다.

상점들이 모두 문을 닫는 시각, 얼마 보이지 않는 행인들은 분주히 집으로 돌아갈 채비를 하고 있었다. 해가 져 어둠이 밀려오자 상점의 문을 닫던 사람들의 시선이 일제히 멈추어졌다. 낙조를 뒤로하고 두리번거리며 거리를 걷는 묘한 일행

때문이었다.

선녀처럼 용태가 뛰어난 아름다운 미녀 한 명과 개방도들도 울고 갈 정도로 행색이 남루한 자들이 이곳저곳을 살피며 거리를 걷고 있었던 것이다.

"아, 진짜 쪽팔리네! 어디 가서 옷이라도 사 입어야지 원!"

밀광은 사람들이 쳐다보는 따가운 눈초리에 투덜거림을 그치지 않았다. 수십 년을 묘강의 밀림에서 생활해 온 터라 복장이 남루하기 그지없었다.

마지막으로 묘족들에게 빼앗아 입은 옷도 몇 년째 입고 있는 것이라 여기저기에 구멍이 나 있었다. 거기다 몇 달째 빨지를 않은 터라 고약한 냄새마저 풍기고 있으니 자신들을 바라보는 사람들의 시선에 창피하지 않을 수 없었던 것이다.

암연이야 먹을 것만 있으면 아무것도 신경 쓰지 않는 성격이었고, 사천도 녹린천아사에 목을 매고 있는 사람이라 신경을 쓰지 않았지만, 당민에게 잘 보이고 싶은 밀광은 이런 분위기가 좋을 리 없었다.

'확! 한번 뿌려?'

성질 같아서는 대리 일대에 독을 뿌려 자신을 보는 이들을 모두 쓸어버리고 싶었다. 아니, 수면독이라도 있으면 싶었다. 하지만 자신이 가지고 있는 독이라고는 한 방울이면 호수의 물고기가 모두 떠올라 일광욕을 즐기게 만들, 그런 종류의 것

뿐이었다.

‘애고! 그러다 밉보일라. 휴우!’

속으로 한숨을 삼킬 수밖에 없었다. 자신의 이상형이자 마음속의 연인인 당민과 붙어 다니려면 살생을 자제해야 했기에 울며 겨자 먹기로 이상하게 쳐다보는 사람들의 시선을 감당해야만 하는 자신이 처량할 뿐이었다.

“사 노! 찾았어요?”

이상한 눈으로 자신들을 쳐다보는 사람들의 눈길이 신경 쓰였는지 당민은 앞서 가는 사천에게 백무의 행방을 물었다.

“아닙니다, 천주님!”

앞서 백무의 행방을 찾던 사천은 품 안에 있는 녹린천아사의 반응이 없는 것을 확인하고는 주위를 두리번거리기 시작했다.

“큰일이네요. 빨리 찾아야 할 텐데…….”

백무를 찾는 것도 중요하지만, 뭐 마려운 표정으로 연신 인상을 구기고 있는 밀광도 문제였다. 언제 어디서 사고를 칠지 모르는 위인이라 당민은 초조한 마음으로 사천을 바라보았다.

“천주님, 대리가 워낙 대도이다 보니… 사람들로 인해 냄새가 흐려졌습니다. 제 아이들이 밖으로 나돌아 다닐 수도 없는 상태라서 찾기가 쉽지는 않겠지만 머지않아 찾을 수 있을 겁니다.”

“답답하군요.”

“이제 어둠이 지고 나면 사람들이 모두 돌아갈 테니, 그때 아이들을 풀면 소천주의 행방을 쉽게 찾을 수 있을 겁니다. 그러니 조금만 기다려 보십시오.”

대리로 들어온 당민 일행은 백무를 찾는 것이 더딜 수밖에 없었다. 세 사람의 특이한 용모로 인해 마음대로 움직일 수 없는 것도 그렇지만, 사람들의 시선 때문에 백무를 쫓아갈 수 있는 녹린천아사를 마음대로 다룰 수 없었기 때문이다.

지금도 녹린천아사 대부분은 그들이 가고 있는 상공 높은 곳에 떠 있었고, 냄새에 가장 민감한 한 마리만이 사천의 품 속에서 홍아의 냄새를 쫓고 있었던 것이다.

꿈틀!

그렇게 거리를 헤매던 사천은 자신의 품속에 있는 녹린천아사가 꿈틀대는 것을 느낄 수 있었다. 미동도 안 하던 차에 이렇게 요동친다는 것은 단 하나의 이유밖에 없었다.

“천주님! 찾았나 봅니다.”

“그래요? 사 노, 어서 쫓도록 하세요!”

“네!”

녹린천아사가 반응을 보인 것은 사해표국에서 그리 멀지 않은 곳이었다. 네 사람은 빠르게 녹린천아사가 튀어나가려 는 방향으로 길을 재촉했다.

　빠르게 길을 재촉하던 네 사람은 커다란 문 앞에서 멈추어 섰다. 사해표국의 정문. 사해표국 앞에서 꿈틀거리는 녹린천 아사의 요동이 심해지자 사천은 당민을 쳐다보았다.

　하지만 백무가 들어간 것으로 보이는 사해표국의 문은 굳게 닫혀 있었다.

　“천주님, 계속 재촉하는 것을 보니 여긴가 본데요?”

　“이런! 문이 닫혀 있으니…….”

　밀광은 표국의 정문이 굳게 닫혀 있는 것을 확인하자 입맛을 다셨다. 무턱대고 들어갈 수도 없는 일이었다.

　“표국이라면 아직 문 닫을 시기가 아닌데 이상하군요.”

　사해표국은 다른 표국과는 달리 원래 유시 말이면 문을 닫았다. 표국 업무도 중요하지만 점창의 속가라는 특성상 제자들의 수련 시간이 저녁을 먹고 난 후에 이어지기 때문이었다.

　오늘은 특히 오랜만에 돌아온 국주가 배석한 가운데 수련이 진행되는 날이라 조금 늦게까지 문을 열어놓는 전장의 입구도 이미 닫힌 상태였다.

　“두드려 보세요. 괜한 시비가 일어나지 않도록 조심하고요.”

　“알았습니다, 천주.”

　쾅! 쾅! 쾅!

　암연이 성큼 앞으로 다가가 표국의 문을 두드렸다. 마차가

지나갈 수 있을 정도로 큰 문이었지만 암연의 손길에 커다란 대문이 들썩거렸다.

끼이익!

문 두드리는 소리를 들은 것인지 얼마 지나지 않아 정문 옆에 달려 있는 쪽문이 삐죽하니 열렸다.

"아니, 문을 부술 작정인 것이오? 그렇게 문을 부서져라 두들기니 말이오."

"볼일이 있어 왔다."

"이 사람들, 대리 사람이 아닌가? 사해표국이 지금부터 영업하지 않는다는 것도 모르시오? 저기에 흰 깃발이 걸려 있으면 영업하지 않는다는 것 정도는 잘 알 텐데 말이오."

수문위사쯤 되어 보이는, 장검 한 자루를 허리에 찬 이가 나와 불쾌하다는 듯 암연을 타박했다. 그의 말대로 정문 옆의 기둥에는 흰 깃발이 꽂혀 있었다.

하지만 태어나면서부터 묘강의 밀림 속에서만 지내온 암연이 그런 것을 알 턱이 없었다.

"내가 그걸 어떻게 아느냐! 여기에 몸 색깔이 불그죽죽한 사람 하나 안 왔냐?"

"흥!! 불그죽죽한 사람이라니? 그게 사람이야 어디! 그런 사람은 온 적도 없으니 썩 돌아가! 어서!!"

우칠은 지금 기분이 좋지 않았다. 국주가 참석하는 수련 시간은 한 달에 한 번 있을까 말까 한 시간이었다. 하루빨리 무공을 높여 표사로 승격하고자 하는 우칠로서는 난데없는 손님의 방문이 달갑지 않았던 것이다.

더욱이 정문에 흰 깃발을 걸어놓으면 사해표국이 영업을 하지 않다는 것은 온 대리 사람이 다 아는 일이었다. 그런데도 함부로 문을 두들겨 자신의 수련을 방해한 당민 일행이 달가울 리 없었던 것이다.

문을 열고나서는 나쁜 기분이 더 상승했다. 남루해 보이는 세 명의 괴인과 아리따운 미녀를 보는 순간부터 어쩐 일인지 께름칙한 생각이 들었던 것이다.

커다란 덩치에 험상궂게 생긴 암연을 보자 조금은 켕기는 마음이 들었기에 짐짓 눈을 부라리며 큰 소리를 질렀다. 행여 헛수작을 부리면 경을 친다는 듯이 자신의 허리에 찬 검을 들썩이는 것도 잊지 않았다.

"안 왔다는데요."

당찬 수문위사의 말에 암연이 뒤를 돌아다보았다.

"그럴 리가 없는데……. 분명 이리로 들어간 것이 분명한데요, 천주!"

암연이 수문위사의 말을 빌려 백무가 오지 않았다고 하자 사천은 고개를 가로저으며 분명 백무가 이곳에 왔다고 강변했다. 자신의 아이들이 홍아의 냄새를 놓칠 리가 없었기 때문이다.

"으음, 그럼 국주를 만나뵙겠다고 하세요."

당민은 사천이 가진 녹린천아사들이 자신들의 우두머리인 홍아를 무조건 쫓아다닌다는 것을 알고 있었다. 아무리 멀리 떨어져 있어도 기가 막히게 쫓을 수 있는 것은 홍아에게서 나는 체향을 맡을 수 있기 때문이라는 것도 잘 알고 있었다. 사천의 말대로 영물인 녹린천아사가 실수할 리가 없는 것이다.

"들었지? 우리 천주님께서 이곳의 국주를 보고 싶다 하시니 좀 들어가야겠다."

"무슨 헛소리! 지금은 국주님이 가장 바쁘신 시간이다. 그러니 정 볼일이 있다면 내일 다시 찾아오너라."

쾅!

우칠은 국주를 만나보겠다는 암연의 말을 일언지하에 거절한 후 쪽문을 닫고는 이내 안으로 들어가 버렸다. 그는 낭비할 시간이 없기도 했지만 당민 일행의 모습이 뭔가 꺼림칙했기 때문이다.

"기분 나쁜 놈들이야! 괜히 저놈들을 들여놨다가 경을 치는 것보다는 낫겠지. 이런, 저놈들 때문에 시간에 늦겠다."

문을 닫고 안으로 들어온 우칠은 수상한 자들을 들이지 않은 자신의 행동을 잘했다고 생각하며 발걸음을 서둘렀다. 국주가 배석하는 수련 시간에 늦었음을 알고는 서둘러 연무장으로 가려는 것이다.

"부숴요."

연무장으로 가려는데 여자의 낭랑한 목소리가 들려왔다.

"힝! 네놈들이 이 문을 부숴? 웃기고 있네!"

사해표국의 문은 한 자 두께의 참나무에 철판을 잇대어 만든 것이라 군문에서 쓴다는 대포를 쏜다고 해도 여간해서는 부서지지 않을 만큼 견고한 문이었다. 그런데 볏짚으로 엮어 만든 사립문도 아니고 부수라는 말을 들으니 기가 차고 어이가 없을 뿐이었다.

그때,

콰… 쾅!

"크… 윽!"

옆에서 벼락이라도 친 것인지 천지가 부서지는 폭음이 들렸다. 바로 옆에서 벼락이 친 듯 아직도 귓전이 얼얼한 우칠은 뒤를 돌아보았다. 휑하니 뚫려 있는 정문이 눈에 들어왔는데, 사람 하나가 지나다닐 만한 공간이 뻥 뚫려 있었다. 바깥에 덧대어진 철판이 부서지며 안쪽으로 밀려들어 온 탓인지 날카로운 부분이 확연하게 드러났다.

"저… 저… 저!!"

믿을 수가 없었다. 정문에 뚫린 구멍 앞에 한 사람이 서 있었다. 암연이었다. 주먹을 움켜진 그의 손이 거두어졌다. 손이 거두어지는 순간, 검은 기운이 몰아치던 암연의 손에서 거짓말처럼 검은 기운이 사라지는 것을 우칠은 똑똑히 볼 수 있었다.

“부쉈는데요, 천주.”

“일단 저자를 잡으세요.”

‘으… 으으! 도망가야 산다.’

자신을 끌고 오라는 말에 우칠을 도망가려 했지만 우칠은 발걸음을 옮길 수 없었다. 어느새 다가왔는지 그의 앞에 암연이 우뚝 서 있었던 것이다.

“으아아아!”

거대한 덩치의 괴인이 아무런 소리도 내지 않고 순식간에 자신의 앞에 서자 우칠은 비명을 지르며 부지불식간에 바지에 오줌을 지렸다. 대문을 주먹으로 부수고 자신의 앞에 나타나기까지 아무런 소리도 나지 않았기에 암연을 귀문을 열고 나온 귀신이라 생각했다.

“으… 아아! 사, 살려주세요. 살려주세요.”

암연에게 목덜미를 잡혀 허공에 들려지자 우칠은 비명을 지르며 살려달라고 애원을 했다.

“역시!”

덜렁거리는 우칠의 등판을 본 당민은 자신이 잘못 본 것이 아님을 알 수 있었다. 우칠의 허리띠에 그려져 있는 문양은 그녀도 잘 아는 것이었다. 운문(雲紋)에 감싸인 태양은 점창파를 상징하는 것이었기 때문이다.

안쪽으로부터 누군가 날듯이 나타났다.

"웬 놈들이냐?"

벼락이 치는 듯한 소리에 급하게 밖으로 나오던 사해표국의 부국주인 등세청(鄧歲淸)은 우칠이 암연의 손에 잡혀 있는 것을 보고는 노성을 터뜨렸다.

타타탁!

상황이 심상치 않음을 느낀 그는 빠르게 달려나오다 암연의 이 장 앞에서 멈추어 섰다.

"저… 건!!"

자신이 본 것이 믿기지 않는다는 듯 그의 눈은 경악으로 물들어 있었다. 일격에 부서져 나간 것같이 휑하니 구멍이 뚫린 정문을 보고는 생각을 달리해 멈추어 섰던 것이다.

사실 등세청은 우칠이 잡혀 있는 것을 보고 보법을 발휘해 달려나오며 자신이 자랑하는 쾌검으로 암연에게 일검을 가하려 했다.

그러나 표국을 이끄는 부국주답게 달려오면서 주변 상황이 심상치 않다는 것을 인식하곤 바로 걸음을 멈추고 당민 일행의 면면을 살폈다.

'도대체 어떤 자들이기에……'

대리 일대에서 분광삼검(分光三劍)이라 불리는 그였다. 누구를 만나도 기가 꺾인 적 없는 자신이었지만, 지금 눈앞에 있는 자들은 자신이 어떻게 해볼 상대가 아니라는 것을 직감적으로 알 수 있었다. 군문에서 쓰이는 대포를 쓰지 않고서도 사해표국의 정문을 저렇게 형편없이 부수어놓았다면 분명 예사 인물들이 아니었던 것이다.

"너희들은 어떤 자들이기에 사해표국에서 이리 소란을 피우는 것이냐? 당장 그 사람을 놓아주지 않는다면 내 검이 무정타 할 것이다."

등세청은 사해표국에 난입한 당민 일행을 향해 경고성을 발했다. 목소리에 내공을 실은 탓인지 장내에 울리듯 목소리가 퍼져 나갔다. 그러나 사해표국에 쳐들어 온 자들은 내공을 실은 자신의 목소리에도 담담한 표정으로 등세청 자신을 쳐다볼 뿐이었다.

파르르르!

등세청은 기세를 더해가며 내력을 끌어올리기 시작했다. 자신의 장기인 쾌검을 언제든지 날릴 기회를 엿보기 위한 것이기도 하지만, 그보다는 쥐가 구석으로 몰리면 고양이를 물 수도 있듯이 자신을 만만히 보아서는 안 될 것이라는 무언의 시위였다.

자신을 바라보고 있는 당민 일행이 주는 느낌이 그에겐 그만큼 두려운 것이었다.

"흥! 그 잘난 점창의 검법으로 윽박지를 생각은 마라. 우린 사람을 찾으러 온 것뿐이니까."

"으… 음!!"

말끝에서 싸늘히 풍기는 기운은 바늘 끝으로 콕콕 찌르는 듯한 살기였다. 등세청은 자신의 생각이 맞았다는 것을 느낄 수 있었다. 오랜 표국 생활에서 터득한 예감이 위험한 자들이라는 경고를 연신 울려대고 있었다.

'무서운 자들이다. 단지 기운만으로 나를 두려움에 떨게 하다니. 하지만 그렇다고 이렇게 쉽게 물러설 내가 아니다.'

이십여 년 가까이의 표국 생활을 통해 산전수전 다 겪은 등세청이었다. 자신 혼자서는 어떻게 해볼 수 있는 자들이 아니라는 생각에 우선 사람들이 올 때까지 기다려야 한다고 판단했다.

"사람을 찾으러 왔다는 자들이 남의 표국 문을 저렇게 부숴놓는다는 말이냐?"

등세청은 내공을 실은 목소리로 당민 일행이 표국 문을 박살 낸 것을 추궁했다. 사실 등세청이 목소리에 내공을 실은 것은 당민 일행을 추궁하려는 의도보다는 연무장에 모여 있을 사람들을 부르려는 목적이 더 컸다.

자신이 두려움을 느낄 정도로 세 사람에게서 풍기는 기운이 심상치 않았기 때문이다.

"호호, 재미있군."

당민은 등세청의 의도를 알고 있었지만 어차피 봐야 할 자들이었기에 싸늘한 미소를 지으며 등세청을 바라보고 있었다. 그의 의도대로 사람들이 몰려오고 있었던 것이다.

우르르!

사람들이 정문 쪽으로 몰려 나왔다. 유장문을 비롯해 부국주 중 하나인 모인수와 사해표국에 몸을 담고 있는 표두들과 표사들이었다.

"무슨 일인가?"

심상치 않은 등세청의 목소리를 듣고 달려나온 유장문 또한 긴장하고 있었다. 분광삼검(分光三劍)이라 불리는 등세청의 목소리에서 두려움의 기색을 읽었던 탓이다.

자신의 의제였다. 사해표국을 이만큼 반석 위에 올려놓는 데 적극적으로 일조해 왔던 등세청에 대해서는 누구보다 잘 알고 있는 터였다.

대리 일대에서도 손꼽히는 고수 중 한 사람이자 죽음조차 초개처럼 여기는 그가 두려움을 느낄 정도라면 대적이 찾아왔음을 뜻했기 때문이다.

"국주님! 이자들이 정문을 부쉈습니다."

국주를 비롯해 사람들이 나오자 등세청의 목소리는 한층 안정되어 있었다.

"으… 음!!"

유장문은 그의 말에 부서진 정문을 바라보았다. 정문은 깨끗하게 부서져 있었다. 사람의 힘으로 만들어진 것이 아닌 것 같아 보였다. 하지만 분명히 군문에서 쓰인다는 대포로 만든 것도 아니었다.

'분명 무공에 의한 흔적이다. 저 정도라면 권강을 발할 수 있는 고수라는 말인데…….'

자신도 강기를 발할 수 있는 경지였다. 검을 이용해 문을 가르는 것은 모르겠지만, 저토록 깨끗하게 구멍을 뚫는다는 것은 자신의 힘으로도 불가능한 일이었다.

"난 사해표국을 맡고 있는 유 모라 하오. 어디서 오신 분들이오?"

"당신이 국주인 모양이군."

"그렇소."

"우린 사람을 찾고 있다."

"사람을 찾는다니, 그게 무슨 말이오?"

난데없이 문을 부수고 들어와 사람을 찾는다는 소리에 의아할 뿐이었다.

"화가 나면 몸이 붉어지는, 짧은 단삼을 입은 소년 하나가 이곳에 왔을 것이다."

소년이라는 말이 이상하게 들렸지만 유장문은 이들이 찾는 이가 곤과 비무를 마치고 한 시진 전에 이곳을 떠난 백무임을 알 수 있었다.

"그를 찾는 이유가 무엇이기에 본 표국의 정문을 저토록 부순 것이오?"

"네놈이 알 것 없다. 그는 어디 있느냐? 바른대로 답하지 않으면 아무리 이곳이 점창의 속가라 해도 경을 칠 것이다.”

백무의 상태가 점점 심각해지고 있다고 생각했기에 당민은 싸늘한 목소리로 백무의 행방을 추궁했다.

“으… 음! 다짜고짜 정문을 부순 것을 보면 하는 행동으로 보아 결코 좋은 의도를 가지고 온 놈들이 아닌 것 같다. 사숙과 대결을 벌였던 그 소형제에게 원한을 가진 자들임이 분명해 보인다. 어쩌면 마교 놈들일 수도 있으니 모두 조심들 해라.”

유장문은 부국주들과 유비연에게 다급히 전음을 보냈다. 아무리 생각해도 좋은 의도로 찾아온 것은 아닌 것 같았다. 남루해 보이는 옷에 고약한 냄새를 풍기는 것은 둘째 치더라도 여인을 호위하듯 서 있는 삼 인의 몸에서는 자신의 감각을 자극하는 사이한 기운이 풍겨져 나오고 있었기 때문이다.

“무슨 일인지는 모르겠지만, 좋은 의도를 가지고 온 것 같지 않으니 그에 대한 이야기는 해줄 수 없소.”

“좋은 의도라? 사 노!!”

“예, 천주님! 이미 끝났습니다.”

당민의 말에 사천이 나서서 대답했다. 당민의 의도를 눈치챈 그가 이미 하독을 끝낸 것이다.

‘천주라니? 그럼 서… 설마!’

유장문은 오래된 전설을 하나 기억해 낼 수 있었다. 사천당가 이전에 독으로써 사천과 운남, 그리고 묘강을 지배했던 전설이 생각난 것이다. 이미 사라졌다는 것이 강호인들의 중론이지만, 지금 자신의 눈앞에 있는 자들이 어쩌면 그들 일 수도 있다는 데에 생각이 미쳤던 것이다.

"네가 출문하여 가업을 잇겠다는 것은 말리지 않으마. 하나 한 가지는 명심해야 할 것이 있느니라. 노파심에서 하는 말이다만, 밀독천이란 곳과는 절대 부딪치지 마라. 본문이 운남 일대에서 어느 정도 성세를 누리고는 있어 네가 가업을 이어나가는 데 도움이 될 것이다. 큰 문제가 발생할 경우라 해도 본 파에서는 네게 도움을 줄 수 있다는 뜻이다. 하지만 그 대상이 밀독천이라면 점창파에서는 너를 모른 척할 것이다. 그러니 그들과는 절대 상종도 하지 말고, 부딪치지도 마라. 그곳과 부딪치는 순간 너의 가문은 물론 점창 또한 손 한 번 써보지도 못하고 멸문하고 말 터이니 말이다. 이미 사라졌을 것이라고 생각이 들기는 하나 세상일이란 알 수 없는 것이다. 독으로 하늘을 이룬 밀독천과 부딪친다는 것은 이미 죽음의 문턱에 한 발자국 내디딘 것이나 다름없는 일이다. 알아들었느냐?"

가업을 잇기 위해 점창에서의 수학을 끝내고 내려오면서 자신의 스승이 해준 마지막 말이 그의 뇌리에 또렷이 떠올랐다. 자신의 유진을 이어주기를 바라는 사부의 염원을 못내 뿌리치고 나올 때 마지막으로 들은 당부의 말이었다.

벌써 이십여 년 가까이 된 일이지만 바로 어제 일처럼 또렷이 떠올랐다. 밀독천에 대해서는 자신도 잘 알고 있었다. 독공으로 일가를 이룬 자들의 하늘이라는 전설의 무맥이 바로 밀독천이었던 것이다.

그러나 오백여 년 전부터 세상에 모습을 보이지 않아 멸문했으리라 생각했는데, 지금 보니 그것이 아닌 것 같았다. 가슴속에 아리하게 다가오는 기운이 그의 전신을 무력하게 하고 있었다.

"크크크! 너희들에게 하독한 것은 밀사주(蜜絲呪)라는 것이다. 바른 말을 하게 만드는 것으로, 본 천을 침입한 세작들에게 많이 사용하는 것이지. 만약 천주님께서 듣길 원하시는 말에 조금이라도 거짓이 있다면 심경의 변화로 밀사주가 발동하게 되고, 지옥의 유황불보다 더한 고통에 빠질 것이다."

사천은 기괴하게 웃으며 자신을 바라보는 사람들에게 경고를 보냈다. 사천의 시선이 자신들에게 향하자 사해표국의 인물들은 불안감에 몸을 떨어야 했다.

사람들의 불안감과는 달리 유장문은 다른 이유로 몸을 떨고 있었다. 자신의 몸 안을 휘돌고 있는 이질적인 기운 때문이었다. 자신의 내력을 피해 사방을 휘돌아다니는 기운은 자신이 생전 느껴보지 못한 것이었다.

'이… 이런 독이 있었다니……'

다들 인상을 찡그리고 있는 것으로 보아 촌각도 되지 않는 시간에 사해표국 전체가 중독된 것 같았다. 거기다 사해표국의 제일 고수라고 할 수 있는 자신도 독에 저항할 수가 없었다.

몸을 갉아먹고 있는 독 기운에 대항해 내공을 운기했지만 소용이 없었다. 내력을 일으켜 제압하려 하면 오히려 순식간에 그의 내력을 잠식하고는 뇌맥을 향해 움직이기 시작했던 것이다.

"그렇게 애써봐야 소용없는 일이다. 밀사주는 한낱 내공 따위로 어쩔 수 있는 것이 아니니."

"이… 이! 도대체 이게 무슨 짓이오?"

분노에 어찌할 바를 모르는 유장문은 노한 눈으로 사천을 노려보았다.

"빨리 무아의 행방을 대라. 점창파 놈들 중 하나가 무아를 어찌해 보려 뒤따르고 있다는 것을 안다. 네 실력이 제법이기는 하다만, 너희들 중에는 그만한 실력을 가진 놈이 없으니 무아를 추적하는 놈은 어디 있느냐?"

'무아라고? 그럼 그 소형제를 어찌하기 위해 온 자들이 아니라는 말인가?'

유장문은 당민이 백무를 호칭하는 것을 보며, 어쩌면 마교와는 상관이 없는 것은 물론 이들이 사숙과 비무를 벌였던 사람과 매우 친밀한 사이라는 것을 알 수 있었다.

　'저들은 사부님이 말씀하신 전설의 독문인 밀독천이 분명하다. 내가 가진 내공이면 어지간한 독이 침범하지 못함에도 이리 중독된 것을 보면 틀림없다. 거기다 당가가 사라진 후 내가 느끼지 못하는 사이에 이렇게 하독을 할 수 있는 자들은 밀독천밖에는 없고. 그럼 그 소형제가 밀독천과 관계가 있다는 소리인데……. 괜히 이들에게 저항해 보았자 피만 부를 뿐이다.'

　유장문은 백무가 당민 일행과 밀접한 관계가 있음을 확인하고는 입을 열기로 했다.

　"그 소형제는 십만대산으로 갔소."

　"십만대산? 그게 무슨 말이냐?"

　십만대산으로 갔다는 소리에 당민은 다급히 되물었다. 백무가 십만대산으로 간다면, 그로 인해 일어날 평지풍파는 자신으로서도 감당하기 힘든 것이었기 때문이다.

　"백무라는 소형제는 이곳에서 비무를 했소. 사숙과의 비무가 끝난 후 소형제는 자신의 누님을 찾아 십만대산으로 간다고 했던 것 같소."

　"십만대산으로 간 것은 이해가 되지만, 비무라니? 무아가 누구와 비무를 벌였다는 말이냐?"

　"본 파의 어르신이오. 본 표국 내에 마련되어 있는 연무장에서 본인의 사숙과 소형제가 비무를 벌였소."

"사숙이라면 무아와 비무를 벌인 자가 점창의 장로라도 된 단 말이냐?"

"그렇소."

당민의 말에는 냉기가 풀풀 풍겼다. 자신의 눈앞에 있는 유장문의 실력으로 볼 때 그가 말하는 점창의 어른이라면 최 소한 초절정급을 말하는 것이다. 잠원이 격발된 이상 그런 자와의 비무는 자칫 백무의 목숨을 위협할 수도 있는 일이었 다.

"비무는 어떻게 진행되었느냐? 자세히 말해보아라. 어 서!"

유장문은 서슬이 퍼런 당민의 음성에 자신이 보았던 비무 의 내용을 세세히 말해주었다. 잘못하면 사해표국은 물론 점 창이 멸문할 수도 있는 일이었기에 말하는 동안 그의 등에서 는 식은땀이 멈추질 않았다.

"으… 음! 무아가 그런 자와 비무를 벌였다니. 정말 놀라운 일이로구나. 그자는 지금 어디 있느냐?"

당민은 곤의 행방을 물었다. 백무와의 비무에서 이상이 있 을 수도 있었기에 물어보려 한 것이다.

"그분도 소형제를 따라가셨소. 원래 사숙께서도 마교에 볼 일이 있으셨는지라 이번 기회에 그 소형제와 동행을 한 것이 오."

"으음!"

백무를 따라갔다는 말에 걱정스러운 마음이 들었다. 자칫 백무가 위험할 수도 있다는 생각이 든 것이다.

유장문의 말투로 보아 백무에게 적의를 가지고 있는 것 같지는 않았지만 비무를 했다는 것이 마음에 걸렸다. 말하는 내용으로 보아 두 사람이 십만대산으로 향하는 동안 비무를 다시 할 가능성이 매우 높았기 때문이다.

'이런! 빨리 쫓아가 봐야겠구나.'

더 이상 사해표국에서 지체한다는 것은 어찌 보면 시간 낭비였다. 이렇게 된 이상 최대한 거리를 좁혀 백무를 빨리 찾아야만 했다.

"사 노는 밀사주를 거두어들이세요."

백무에게 별다른 적의가 없었기에 당민은 사천에게 전음을 보냈다. 그녀의 전음을 들은 사천은 자신이 비밀스럽게 하독한 밀사주를 거두어들였다.

"알았다. 미안하게 되었다. 우리가 문을 부순 것은 저자 때문이었다. 국주를 보러 왔다 말했건만 문을 열어주지 않아 어쩔 수 없이 부순 것이다. 그러니 다른 마음은 먹지 말도록 해라. 그리고 너희들에게 하독을 했던 독은 이미 해소되었으니 그리 알아라."

"으음! 고맙소."

독을 거두어들였다는 말에 유장문은 내심 안심이 되었다. 자신조차 섣불리 상대할 수 없는 독이었다. 어떻게 해독을 했는진 모르겠지만, 몸 안에 맴돌던 독 기운이 어느새 사라지기 시작했다.

"자! 어서 가요. 무아를 빨리 찾아야 해요."

당민은 삼노를 서둘러 재촉했다. 마교로 간 이상 빠른 시일 내에 백무를 찾아야 했다. 자신의 예상과는 다르게 진행되는 백무의 상태 때문이었다.

아무리 잠원이 격발되었다 하더라도 유장문이 들려준 정도까지는 아니었기에 마음이 더욱 급해졌다.

당민이 표국을 빠져나가자 유장문은 한시름을 덜 수 있었다. 거의 죽음 직전까지 갔던 상태라 다른 이들도 허탈한 표정을 짓고 있었다. 유장문은 제자들을 둘러보다 오줌을 지린 채로 바닥에 주저앉아 있는 우칠을 보았다.

"으드득! 저 새끼! 아주 곡소리가 나도록 패!"

그냥 조용히 끝날 일이었다. 그런데 우칠이란 녀석 때문에 이와 같은 일이 벌어졌다는 생각에 유장문은 평소와는 달리 노성을 터뜨렸다. 그로 인해 연무로 기합 소리가 들려야 할 사해표국의 연무장에서는 밤새도록 곡소리가 그치지 않았다.

일행은 자신들의 등 뒤로 들리는 곡소리를 뒤로하고 발걸음을 옮겼다.

"어떻게 하지요, 천주?"

사해표국을 나서며 밀광이 물었다. 백무가 당민을 찾기 위해 마교로 향했다는 말에 걱정이 든 탓이었다.

"어찌 되었든 일단 마교로 가야 해요. 저들이 거짓말을 하는 것 같지는 않았으니. 거짓을 말했다면 훗날이라도 멸문시켜 버리면 돼요. 그리고 무아의 성격이라면 분명 날 찾아 마교로 갔을 거예요. 점창의 고수가 어째서 동행을 한 것인지는 모르겠지만, 두 사람을 추격하려면 서둘러야 할 거예요. 이제 한 시진 정도밖에 거리가 떨어지지 않았어요. 서두른다면 내일 오시경쯤 무아를 찾을 수 있을 거예요."

"알겠습니다, 천주! 너희들도 들었지? 어서 서둘러라."

"알았습니다, 대형!"

"걱정 마십시오, 천주!"

암연과 사천 또한 걱정 말라는 듯 눈빛을 빛냈다. 네 사람은 빠르게 대리 성내를 빠져나왔다. 이미 성문이 닫혀 있었지만 그들에게는 문제가 되지 않았다. 경비가 허술한 성 외곽에 이르러 그대로 타넘어 버렸던 것이다.

네 사람은 빠르게 백무를 쫓았다. 성을 나서자 사천의 품속과 허공에 있던 녹린천아사들이 사방으로 퍼지며 백무의 품속에 있는 홍아의 냄새를 추적하기 시작했다.

십만대산으로 향하는 길이 여러 갈래였기에 자칫 홍아의 냄새를 놓칠 수 있을지도 모르는 일이었다. 하지만 사방으로 흩어진 녹린천아사들은 홍아의 냄새를 금방 찾아낼 수 있었다.

삐이이—

녹린천아사 한 마리가 허공에서 춤을 추는 것을 보자 사천이 사밀소를 불었다. 그 소리에 녹린천아사들이 모여들었다. 천산산맥으로 향하는 길 중 백무가 간 것으로 보이는 한쪽 방향을 향해 녹린천아사가 모두 모여들자 네 사람은 그곳으로 신형을 날렸다.

파파팟!

사천은 암연의 등 뒤에 업혀 있었다. 백무를 놓치지 않기 위해서였다. 사천이 녹린천아사에게 업혀 가면 추적이 늦어지기 때문이었다. 대리까지 오는 길에서도 그것 때문에 간발의 차이로 백무를 놓쳐 버렸다.

덩치답지 않게 암연의 경공은 이 중 최고였다. 어쩌면 당민을 능가할지도 몰랐다. 거기다 힘 또한 장사였기에 사천을 등에 업었지만 힘들이지 않고 앞서 가는 두 사람을 따라 신형을 날리고 있었다.

'이상한 일이다. 아무리 잠원이 격발되었다고 해도 국주라는 자가 두려워할 정도의 고수와 싸웠다면 힘들었을 것이다. 그런데 대등하게 싸운 것은 물론 아무런 일도 없었다니. 도대체 내가 없는 동안 무아에게 무슨 일이 있었던 것인지…….'

경공을 발휘해 녹린천아사를 쫓으면서 이제는 초조함보다

는 궁금증 때문에 곤혹스러웠다. 지나오는 길에 보인 흔적과 사해표국주의 말을 빌자면, 백무가 그리 쉽사리 쓰러지지는 않을 것 같았다.

지옥도에서 사해방도들을 쓰러뜨린 것이나 묘강을 건너 운남에 이르는 동안 보여준 놀라운 경공술, 거기다 미지의 점창 고수와의 대결까지. 자신의 예상과는 전혀 다른 백무의 행보에 곤혹감만 점점 커져 가고 있었다.

특히 점창의 고수와 한 대결이 어떤 양상으로 흘렀는지는 모르겠지만, 녹린천아사에 대해서만큼은 당민도 잘 알고 있었다. 밀독천의 삼보 중 하나가 바로 사밀소와 쌍을 이루는 것이 바로 녹린천아사였기 때문이다.

절정고수라도 단숨에 중독시키는 독을 가졌고, 웬만한 검기에도 상처 하나 나지 않는 단단한 몸을 가지고 있는 것이 녹린천아사였다.

독은 어떨지 몰라도 사 노의 녹린천아사를 만났을 때 단번에 두 손으로 찢어버렸다는 이야기는 의외였다. 적혈잠원대법이 베풀어진 백무였지만 아직은 불완전한 상태였다. 녹린천아사를 찢어버렸다는 것은 잠원이 완전히 격발되어야지만 벌어질 수 있는 현상이었던 것이다.

잠원이 완전히 격발되었다면 벌써 쓰러졌어야 정상이었다. 그런데 그 먼 묘강의 밀림길을 절정고수의 경공도 울고 갈 속도로 벗어났을 뿐만 아니라, 초절정이 분명한 고수와 대결한 후에도 멀쩡히 마교로 향하고 있는 것이다.

잠언이 격발되고도 한참의 시간이 지났음에도 쓰러지기는 커녕 점점 더 놀라운 신위를 드러내는 백무의 상태가 궁금하기 그지없었다.

'적혈잠원대법은 이론상의 대법이다. 처음 백무에게 시전된 것이니 내가 모르는 현상이 있는 것이 분명하지만, 이것은 정말 의외다. 으음! 우선 무아를 빨리 찾아야 한다. 어찌 됐거나 무아에게 이상이 있는 것만은 틀림없으니⋯⋯.'

급한 마음만큼이나 지면을 박차는 당민의 발걸음이 빨라졌다. 삼노 또한 최선을 다해 당민을 따르고 있었다. 백무에게 베풀어졌다는 적혈잠원대법에 이상이 있음을 당민의 표정을 보며 그들도 느끼고 있었던 것이다.

사해표국을 벗어나 자신들을 쫓는 당민 일행과 같이 곤 또한 백무를 따라 극성으로 경공을 전개하고 있었다. 바람같이 지면을 치달리며 경공을 시전하는 곤의 눈에는 곤혹스러움이 묻어나 있었다. 백무의 달리는 속도가 불가사의 할 정도로 빨랐기 때문이다.

파파팟!

'진짜 미치겠군. 전보다 더 빨라지다니⋯⋯.'

백무를 따라 뒤를 쫓고 있는 곤은 조금 열이 받아 있었다. 거의 동시에 출발했건만 이미 백여 장이나 거리가 벌어져 있었기 때문이다. 처음 백무를 쫓을 때보다 더 빨라진 속도로 인해 처음부터 벌어진 거리를 끝내 좁힐 수 없었다.

구름을 쫓는 비운축영을 극성으로 전개하는 데도 좀처럼 따라잡을 수가 없었다. 내공도 없이 단순한 뜀박질만으로 자신이 따라잡을 수 없음에 백무가 괴물로 보일 뿐이었다.

자신과의 대결에서 순순한 외공과 힘만으로 북명의 힘을 막아낸 것도 놀라운데, 비무가 끝나자마자 달리는 백무의 괴물 같은 체력이 놀라울 뿐이었다.

'내공도 없는 자식이 뜀박질 하나는 기가 막히네. 완전 괴물이야, 괴물! 이거, 땀 좀 흘려야겠는걸! 후후! 그나저나 재미있겠어. 비록 혈영마공을 익힌 것은 아니지만 연구해 볼 만한 가치가 있어.'

곤은 점점 백무에 대해 흥미를 느끼기 시작했다. 백무와의 대결로 상당한 무언가를 얻고 있었다. 내공이 없음에도 자신과 대등한 대결을 펼쳤다면 무엇인가 비밀이 있음이 분명했다.

곤은 자신의 사부인 수인자가 당부한 것을 잊지 않고 있었다. 백무를 통해서 어쩌면 불완전한 북명신공을 완성할지도 모른다는 느낌을 받은 것이다.

파파팟!

어둠이 내려 밤이 찾아왔음에도 백무는 멈추지 않았다. 그저 누님이 있다는 북쪽을 향해서 달려갈 뿐이었다. 어둠도 아무런 문제가 되지 않았다. 느끼지 않으려 해도 모든 것이 느껴졌다.

다가오는 산의 구릉과 나무들, 산야를 흐르는 시냇물과 강물들이 전신으로 느껴지고 있는 것이다. 처음 궁노의 등에 업혔을 때와 같은 고통도 느껴지지 않았다. 수많은 정보가 일시에 들어오는 것으로 인해 혼란도 일지 않았다.

'분명 내가 변한 것은 이놈을 만난 후부터다. 얼마 전부터 혈수련의 연근을 먹어도 의식을 잃지 않게 되었고, 이제는 고통도 없다. 내가 모르는 사이에 홍아로 인해 뭔가 일어났음이 분명하다. 하지만 이렇게 최대한 속도를 내봐도 도대체 이유를 알 수가 없으니……'

무작정 달린 것에는 이유가 있었다. 곤과의 대결로 인해 자신의 몸에 대해 다시 한 번 생각해 보기 위해서였다. 홍아를 만난 후 자신의 몸이 빠른 속도로 변하고 있었던 것이다.

자신을 향해 다가오는 느낌에 모든 것을 맡기고 최대한 힘을 내서 달리고 있었다. 달리면서 자신의 몸에 대해 생각했지만 아무것도 알아낼 수가 없었다. 시원하게 바람을 가르며 달리는 것과는 달리 자신의 몸이 변한 것에 대한 답답함만은 어쩔 수가 없었다.

'으음! 이런다고 알아낼 수 있는 것은 없으니 한시바삐 누님을 만나야 한다.'

곤과의 비무에서도 그리 밀리지 않았다. 당민의 예상대로

라면 이럴 리가 없었다. 예상과는 다른 자신의 몸 상태에 불안했다. 감당할 수 없는 힘을 가지게 된 자신에 대해 말할 수 없는 불안감이 엄습했다.

자신에게 베풀어진 시술의 효능에 대해서 정확하게 모르기에 불안함은 더욱 가중됐다.

파파파팍!

그가 발을 내딛을 때마다 바닥에는 흔적이 남겨졌다. 한 걸음에 이삼 장이 넘게 날아가듯 달리는 발길을 따라 바닥에는 한 치가 넘는 족인이 새겨지고 있었다.

달리는 것을 멈춘 것은 사해표국을 떠난 지 만 하루가 넘어서였다. 해가 뜨고 다시 하늘을 가로질러 서편으로 낙조가 질 때까지 달리기가 계속되다 드디어 멈춘 것이다.

백무가 멈추어 선 곳은 거대한 산맥의 초입. 달려오면서 생각해 봤지만 끝없는 의혹만 일 뿐이었다. 더 이상 해답을 찾을 수 없자 멈추어 선 것이다.

꼬르르륵!

"바로 신호가 오는군."

휘이익!

백무가 멈추어 선 후 얼마 안 있어 곤 또한 백무 옆에 도착했다. 하루 동안 전력으로 경공을 시전했기에 곤의 안색은 창백할 정도로 힘들어 보였다.

아무리 혼돈의 힘이라는 북명신공을 익혔다고는 하나 거의 하루를 비운축영으로 전력을 다해 백무를 쫓아왔기에 많은 내공을 소진한 곤 또한 지쳐 있었던 것이다.

"휴우! 너 정말 괴물이구나. 하루 십이 시진을 이토록 달리고도 거의 지치지 않다니 말이야."

곤이 머리를 흔들며 투덜거렸다.

"하루?"

사해표국을 나선 지 얼마 지나지 않은 것 같은데 하루가 지났다는 말에 백무는 어리둥절하지 않을 수 없었다. 의혹을 풀기 위해 자신의 몸속을 관조하느라 시간이 지나는 것을 전혀 느끼지 못했던 것이다.

"그렇네."

"으음! 벌써 하루가 지났군. 어쩐지 배가 고프다 했지. 그럼 오늘 밤은 이곳에서 묵어야겠다."

백무는 야영할 만한 곳을 찾았다. 북쪽으로 한참을 온 것인지 이제는 제법 날씨가 쌀쌀했지만 추위를 타지 않는 몸이 되었기에 노숙을 해도 괜찮을 것 같았다. 백무는 커다란 나무가 보이는 곳으로 갔다. 나무 밑이 제법 평평해 노숙을 할 만해 보였다.

백무는 그곳에 쌓여진 낙엽을 헤치고 불 피울 준비를 했다. 주변에 고사한 나무들이 제법 있어 어두운 밤의 차가운 기온을 덥혀주는 모닥불을 금방 피울 수 있었다.

모닥불이 지펴지자 백무는 등짐에서 육포를 꺼내 들었다. 그냥 먹는 것보다 구워 먹는 것이 더 낫기에 나뭇가지의 양 끝부분에 육포를 꽂아 모닥불 옆에 괴여놓았다.

지글지글!

육포가 익어가며 기름이 흐르기 시작했다. 구수한 고기 굽는 냄새가 산야에 퍼져 나갔다. 곤 또한 옆에서 고기가 구워지는 광경을 보고 있었다. 급하게 백무를 따라오느라 아무것도 준비하지 못한 곤은 백무의 선심을 기대하는 수밖에 없었다.

"어느 정도 구워진 것 같으니 먹어라."

"고맙네."

두 사람은 불에 구워져 기름이 흐르는 육포를 입에 넣고는 우물거리기 시작했다. 짭짜름한 육즙이 입에 감도는 것이 제법 먹을 만했다.

"자네는 어디에서 왔나?"

곤은 백무의 출신지를 물었다. 괴물 같은 백무의 신세 내력을 파악하기 위해서였다. 백무는 육포를 씹으며 손가락을 들어 남쪽을 가리켰다.

"남쪽에서 왔단 말인가? 그쪽이면 묘강 쪽인데, 자네 출신지가 그곳인가?"

끄덕끄덕!

세세하게 대답해 줄 필요가 없기에 백무는 고개를 끄덕여

주는 것으로 대답을 대신했다. 그리고는 이내 육포를 씹는 것
에 집중했다.

'말해줄 생각이 없는 것 같군. 저런 사람을 배출한 곳이면
굉장한 문파일 텐데…….'

묘강이라면 곤도 잘 알고 있었다. 원시림으로 인해 수천 년
간 사람의 발길을 거부해 온 곳이 바로 묘강이었다. 그 안에
는 중원에서는 모르는 수많은 전설이 잠들어 있다는 것을 알
고 있었다.

그 수많은 전설 중 백무와 연관 지을 만한 것은 하나도 떠
오르지 않았다.

'그런데 이 자식! 처음 만날 때부터 나에게 반말을 했잖아?
지금은 대답도 아니고 머리만 끄덕거리고.'

출신이 어디인지에 대해 생각하다 곤은 처음 만났을 때부
터 지금까지 백무가 자신에게 말을 놓고 있음을 상기했다. 자
신은 그를 반존대로 대했다. 그런데 생각해 보니 체구는 장정
을 방불케 했지만 자신보다 나이가 어린 것 같은 백무의 반말
에 기분이 상한 것이다.

"궁금한 것이 있는데, 너 왜 나한테 반말이냐?"

꿀꺽!

"난 지금까지 가족을 제외하고 십 년 안쪽에 있는 사람에
게 존댓말이란 걸 써본 적 없으니까 너도 반말하고 싶으면 반
말하도록 해."

"허어!"

씹던 육포를 삼킨 백무는 아무렇지 않은 듯한 말투로 대꾸했다. 그러면서 뭔 별일이나 있었냐는 듯이 다시 육포를 씹기 시작했다. 그런 모습을 보면서 곤은 기가 막히지 않을 수 없었다.

'처음에 반말을 했을 때도 느끼지 못했는데 어째서 지금 느낀 것이지? 나도 모르게 저 자식이 마음에 들었다는 것인가?'

곤은 의아함이 들었다. 자신을 처음 만날 때부터 백무는 반말을 해왔다. 그렇지만 지금까지 의식하지 못하고 있다가 이제야 그 사실을 인지한 것이다.

'후후! 모르겠군. 나 같은 놈이 저런 말투를 아무렇지도 않게 생각하다니. 다른 놈 같았으면 벌써 어디 한 군데 부러져 박살이 나도 났을 텐데……'

자신에게 반말을 함에도 어쩐지 거북스럽지 않고 오히려 친근감이 드는 백무였기에 곤은 반말을 문제 삼지 않기로 했다.

"좋아, 나도 손해 보기는 싫으니까 말을 놓겠다. 처음 네놈 흔적을 접했을 때 난 무척이나 놀랐다. 크크큭! 난 네가 익히고 있는 무공이 영락없이 마교의 혈영마공이라고 생각했거든. 참 기대가 컸는데……."

"혈영마공?"

자신에게 느껴지는 힘의 크기로 봐서 곤은 한규민과 비견될 만한 강자였다. 그런 그가 관심을 갖고 쫓고 있는 혈영마공에 대해 관심이 가지 않을 수 없었다.

"혈영마공을 모른다는 말이야?"

"처음 들어보는데. 그게 어째서 나와 관계가 있다고 생각한 거지?"

"으음, 모를 수도 있겠군. 운남이나 사천 쪽 사람들 중에서도 소수의 사람들에게만 전설로 전해지는 것이니."

"전설로 전해지는 무공이라니, 그게 무슨 말이냐?"

"그러니까 한마디로 말하자면, 혈영마공은 끔찍할 정도로 무서운 무공이라는 거다. 당금 마교의 지존인 일황(一皇)의 무공과 비견될 정도로 무서운 무공이지."

"일황이라면……."

"후후, 일황은 아는군. 당금 무림의 하늘이라고 할 수 있는 그 일황이지. 마교의 교주인 암천신마(暗天神魔) 혁련추(赫連錘)의 무공은 딱 두 가지야. 바로 암천신마공과 백팔마황기(百八魔皇伎)라 불리는 절기이지. 그는 이 두 가지 무공으로 마교를 평정하고 교주 위에 올랐을 뿐만 아니라 강호에서 십천의 최고수라는 일황에 올랐어. 그것이 바로 마교 삼천예(三天藝) 중 둘이기 때문이지. 어찌 보면 마공이라기보다는 패공에 가까운 것이 바로 이 두 가지 절기라고 할 수 있다."

"삼천예라면? 네가 말하는 혈영마공도 포함된 건가?"

　백무는 어쩐지 혈영마공도 삼천예라는 것에 포함될 것 같은 느낌이 들었다.

　"후후! 너도 어느 정도 짐작을 한 것 같군. 맞아, 나머지 하나가 바로 혈영마공이야. 혈영마공은 다른 무공과는 다르게 한 가지 특별한 특징을 가진다고 한다. 익힌 자의 몸이 핏빛으로 보인다는 것이다. 혈영마공은 오백여 년 전에 나타난 후 한 번도 드러나지 않아 특징을 아는 사람이 극히 드물지. 지금은 마교에서조차 절전되었다는 풍문이 도는 것으로 봐서는 마교에서 혈영마공을 가지고 있을지 의문시 되지만, 그만큼 무서운 무공은 없다는 것이 내 생각이다. 작금의 천하제일인이라고 할 수 있는 일황이 혈영마공에 대해 한 말을 생각해 보면 말이야."

　"일황이 무슨 말을 했기에 그리 말하는 거냐?"

　마교의 삼천예 중 두 가지를 익혀 천하제일인이라고 할 수 있는 일황이 어떤 말을 했기에 곤의 표정이 순간적으로 굳어졌는지 백무는 궁금하지 않을 수 없었다.

　"아마 이십여 년 전이었을 거다. 일황은 소림의 무불성승(無佛聖僧), 그리고 무당의 천무검황(天武劍皇)과 황산에서 대결을 벌였지. 강호에 표방한 바로는 정과 마를 떠난 순순한 무인으로서의 대결이었다고 하지만, 사실 황산무연은 마교의 중원 진출을 걸고 한 숨 막히는 대결이었다. 그야말로 강호의 운명을 좌우하는 대결이었지. 당시 일황은 황산무연에서 삼천예 중 두 가지를 선보였어. 바로 암천신마공과 백팔마황기였다. 그는 정파의 두 거목과 차례로 비무를 벌였다. 하지만 근소한 차이로 앞섰을 뿐 완전히 압도하지는 못했지. 비록 각자에게 반 초 차이로 승리를 거두기는 했지만, 정파의 두 거목은 비장의 절초를 숨기고 있던 터라 일황은 중원 진출의 꿈을 접어야 했다.”

“이겼는데 어째서 중원 진출의 꿈을 접은 거지?”

백무로서는 이기도고 중원 진출의 꿈을 접어야 했다는 말이 이해가 가지 않았다.

“후후! 처음 비무가 성사된 것은 그의 오만 때문이었지. 정파의 최고수라는 두 사람이 합공을 하더라도 이길 수 있을 것 같았기에 그는 마교가 중원으로 진출하는 대신 두 사람의 합공에서 승리하는 것을 조건으로 내세웠다. 정파와의 전쟁이 벌어진다면 마교로서도 상당한 희생을 감당해야 했기 때문에 그가 제안한 것이었지. 그건 정파 또한 마찬가지였다. 막대한 피해를 입는다는 것을 알기에 양측은 합의를 통해 황산무연을 개최하기로 했다. 당시 정파의 최고수라고 할 수 있는 두 사람의 합공이라면 암천신마도 막을 수 있다고 생각했기에 무림맹에서도 흔쾌히 황산무연을 승낙한 것이지. 그렇게 해서 황산의 정상에서는 사흘 내내 경천동지할 비무가 펼쳐졌다고 한다. 기문진을 쳐 놨기에 다른 이들은 볼 수 없었지만, 비무가 끝나고 황산 정상을 가본 이들은 그것이 얼마나 치열

했는지 알 수 있었다고 한다. 황산의 주봉이라고 할 수 있는 시신봉의 정상이 반 장이나 깎여 내려가고, 완전히 폐허로 변해 있었다고 하니까. 당시 비무에서는 암천신마가 이겼다. 반 초 차이로 두 사람에게 승리를 거두었지만 암천신마는 무불성승과 천무검황이 합공을 했다면 자신이 패할 것임을 확실히 알 수 있었지. 그로 인해 마교의 중원 진출이 좌절된 것이다. 그는 마교의 중원 진출의 꿈을 접고는 황산을 떠나며 그런 말을 남겼다더군. 삼천예 중 제일인 혈영의 힘만 자신의 손에 있다면 두 사람이 합공한다고 해도 충분히 승산이 있다고 말이야. 자신이 익히고 있는 두 가지 절기가 혈영마공에 비하면 조족지혈이라고 했으니 정파의 두 거목은 놀라고도 남음이 있었지. 일황은 허탈한 웃음을 남기고 황산에서 내려간 후, 지금까지 십만대산에서 칩거 중이다.”

“그런 일이 있었다니 놀랍군.”

정파의 최고수를 연달아 상대하고도 거기다 승리했다면, 암천신마의 무위를 짐작할 수조차 없었다. 그런 고수가 아직 생존해 있다는 사실에 백무는 흥미를 느꼈다. 기회가 생긴다면 그의 무위를 한번 보고 싶은 마음이 인 것이다.

“그런데 재미있는 것은 그렇게 해서 원래 일황이었던 십천의 자리가 삼황으로 늘어난 것이다. 크크! 원래 정파의 두 분은 이성이라 불리었지만 일황의 야욕을 꺾은 것을 기념하는 것은 물론 연이어 격전을 벌였다. 하지만 두 사람이 암천신마에게 반 초 차이로 패배했다는 것을 감추기 위한 정파 나름대로의 고심이 깃든 술수였지. 이성을 일황과 동등하게 올려놓음으로써 마교의 사기를 꺾으려는 시도였다는 것이 내 생각이다.”

“암천신마를 상대로 반 초 차이로 패배하기는 했지만, 네 말대로 그분들이 비장의 절초를 감추고 있었다면 승부가 어찌 되었을지는 장담을 못하니 그분들도 같은 반열에 올려놓아도 상관이 없는 것이 아닌가?”

백무는 정파의 이성을 삼황의 반열에 올려놓은 것을 비웃는 것 같은 곤의 말에 그럴 수도 있지 않느냐고 되물었다.

“훗날! 내가 왜 이러는지 기회가 되면 이야기해 주도록 하지. 나도 아직 확신이 서지 않아서 말이야. 후후!”

“으… 음!”

곤이 뭔가를 감추고 있다는 생각이 들었다. 황산무연의 이면에는 무엇인가 비밀이 감추어져 있음이 느껴졌다.

“이야기가 딴 데로 샜군. 후후, 이제 본론을 이야기해 볼까? 자네도 혈영마공에 대해 궁금해 하니 말이야. 그렇게 황산에서의 비무는 그것으로 끝을 맺었지만 정파의 수뇌부들은 궁금하지 않을 수 없었지. 두려움으로 인해 정파에서는 암천신마가 남긴 말이 무슨 뜻인지 알려고 무던히도 말이지. 그러니까…….”

곤의 말대로 이성이 전해온 암천신마가 남긴 말에 정파에서는 두려움마저 느꼈다. 이성을 일황과 함께 삼황의 반열에 올려놓았지만, 패한 것은 패한 것이었다. 이성과 마찬가지로 암천신마가 무공을 감추고 있었을지도 모른다는 의견도 있었다.

"암천신마의 무공이 자신들과는 차원이 다르다는 사실을 인지한 정파에서 마교의 삼천예에 대해 관심을 가지게 되었다. 마교의 삼천예라는 것도 처음 들어봤거니와 일황이 가진 무예보다 더 가공하다는 핏빛의 그림자를 남기는 무공이 무엇인지 관심을 갖지 않을 수 없었지. 그리고 많은 세월이 흘러 그 무공의 정체를 밝혀내게 되었다."

"그것이 혈영마공이로군. 그런 것을 알아내려면 뒷구멍에서 이것저것 캐내는 자들이 움직였겠군."

백무는 삼천예의 정체를 캐내기 위해 정파에서 마교에 간자들을 침투시켰음을 알 수 있었다.

"후후, 그렇지. 정파에서는 간자들을 최대한 동원해 혈영마공이 무엇인지 추적했다. 그리고 많은 희생 끝에 알아낼 수 있었지. 그 불가해한 무공의 정체를 말이야. 하지만 모두 알아낸 것은 아니야. 일부분일 뿐이지. 그들이 혈영마공에 대해 알아낸 것 중 첫 번째 것은 혈영마공을 익히면 온몸이 붉어진다는 것이다. 너처럼 말이지. 내가 너에 대해 오해한 부분도 그것 때문이다. 하지만 너처럼 피부가 붉게 변하는 것과는 달리 혈영마공은 핏빛 강기를 두르는 것이라 엄밀히 말하자면 다른 것이다. 혈영마공은 무서운 강기의 폭풍이 몸 전체를 떠돌며 부딪치는 것을 모조리 파괴하는 것이라 단순히 몸이 붉어지는 것과는 다르다. 두 번째는 혈영마공을 익히면 온몸이 부서져 나간다는 것이다. 인간으로서는 불가능한 동작을 요구하기에 금강불괴지신이 아닌 이상 몸이 견디지 못하는 것이지. 그래서 지금까지 마교에서조차 완전하게 익힌 사람이 없다는 것이다. 마교 내에서 몇 사람이 익히기는 했지만, 그런 불완전한 부분이 있기에 지금까지 세상에는 나온 적이 한 번도 없다고 한다.”

“한 명도 없다는 건가?”

“물론이다. 그건 혈영마공의 마지막 특징 때문이라고 한다.”

“마지막 특징?”

“혈영마공을 익힌 자는 반드시 광인이 된다고 한다. 왜 그런지는 정파의 간자들도 알아낼 수가 없었다. 무공의 특성 때문인지, 아니면 특수한 약물을 써서 그런 것인지는 마교 내에서도 아는 사람이 없다는 것이다. 하지만 정파에서 알아낸 바로는 오백여 년 전 마교가 최강의 전성기를 구가했음에도 중원으로 진출하지 못한 것은 혈영마공으로 인한 혈겁 때문이었다고 한다. 혈영마공을 익히던 광인 하나가 당시 마교의 교주는 물론 마교의 주축이라고 할 수 있는 광천십마의 삼분지 이를 몰살시키는 바람에 중원 진출을 못한 것이었지.

해서 난 너에게 비무를 신청한 것이다. 만약 네가 진짜 혈영마공을 익힌 놈이라면 반드시 제거해야 할 대상이었으니까 말이다."

"그랬군. 그런데 내가 혈영마공을 익히지 않은 것이 확인이 됐으면 나를 따라올 필요는 없지 않았나?"

어째서 자신에게 비무를 신청했는지 이해가 갔지만 또다시 궁금증이 일어났다. 혈영마공이 아니라는 것을 확인해 놓고도 어째서 자신을 쫓아 마교로 가는 것인지 궁금했던 것이다. 자신에게 목적이 있다 느끼고 있었기에 이유를 재촉하는 백무의 음성은 차가웠다.

"그… 그게 말이지. 좀 사정이 있다."

지금까지 청산유수같이 말을 하던 곤이 더듬거렸다. 자신의 사부와 관련이 있는 이야기라 외인에게 말하기가 곤란했기 때문이다.

"아까 말했다시피 나 또한 원래 마교에 가야 할 이유가 있다."

"이유가 뭔데?"

"크크! 전대의 인연으로 인해 난 마교의 삼천예를 봐야 한다. 그리고 훗날 그걸 꺾어야 하거든. 그래서 마교로 가는 길이었지. 너와 같이 길을 가지 않아도 되지만, 같이 가려고 하는 것은 너에게 관심이 가기 때문이다."

"나에 대해서?"

자신에 대해 관심을 갖는다는 말이 이상했다. 혈영마공을 익히고 있다면 몰라도 그것이 아닌 이상 생전 보지도 못한 사람에 관심을 가질 리 만무했기 때문이다.

"그래, 정확히 말하자면 너의 무공이지. 네가 시전했던 권법은 나로서도 처음 보는 것이었다. 이제는 이류 무공으로 전락한 소림오권 같으면서도 전혀 다른 자네의 움직임에 관심이 간다는 말이지. 마치 소림에서 꼭꼭 감추고 있다는 오류신권(五流神拳)의 모습 같기도 하고 말이야."

"오류신권?"

"몰랐나? 소림오권의 진정한 이름이 오류신권이라는 것을. 후후, 나도 잘은 모르지만 사부가 그러더군. 소림이 오류신권을 제대로 구현만 해낸다면 마교조차 두려워하지 않을 거라고 말이야. 세상에 퍼진 소림오권이 빈껍데기라면, 오류신권은 진수 중에 진수라고 하더군."

"오류신권이라……."

백무는 곤의 말에 흥미가 일었다. 아버지가 도법도 아닌, 그토록 처절하게 자신을 수련시킨 소림오권이 어쩌면 오류신권과 연관이 있을 것 같다는 생각이 들었던 것이다.

"후후, 사부가 말하기로는 수많은 사람들이 도전했지만 소림에서는 그 오류신권을 제대로 익힌 자가 한 명도 없었다고 하더군. 그 과정에서 아류라 할 수 있는 소림오권을 창시해 내기는 했지만 말이야."

“그런 일이 있었나?”

“뭐, 확실한 이야기는 아니다. 소림의 사정을 사부가 세세히 알 수 있는 것도 아니고. 그렇지만 한 가지는 확실하다고 하시더군. 오류신권이 소림의 것이 아닐 수도 있다고 말이야.”

“소림의 것이 아닐 수도 있다니? 그건 또 무슨 말이냐?”

“사부가 그러는데, 오류신권을 불가의 것이라고 하기에는 그 기세가 전혀 다르다는 거야. 그래서 소림의 것이 아닐 수도 있다고 하시더라고. 그렇기에 소림에서조차 그것을 완벽히 구현해 낼 수 없을지도 모른다고 말씀하시더군. 형은 존재하지만 소림의 것이 아니기에 진정한 오류신권을 펼쳐 낼 수 없다고 말이야.”

“으… 음!”

‘기회가 된다면 소림에도 한번 들러야겠군. 아버지가 내게 평범한 소림오권을 그렇게 미친 듯이 가르치셨을 리는 만무하니까.’

자신이 익힌 것이 어쩌면 그 오류신권일지도 모른다는 생각에 백무는 소림에 한번 들러봐야겠다고 생각했다.

“내가 왜 너를 쫓아왔느냐고 물었지?”

오류신권을 생각하던 백무는 곤의 말에 시선을 돌렸다.

“후후. 말하기 민망하지만, 난 불완전한 무공을 익히고 있다. 그래서 강호행을 하면서 무공을 완성하기 위해 점창파를 내려오는 길이었지. 그 와중에 너를 만난 것이고, 네가 마교로 간다고 하기에 나도 따라 마교로 가려는 것이다. 너하고 있으면 내 부족한 점을 채울 수 있을지도 모르니까.”

불완전하다는 말이 이상하기는 했지만, 한마디로 마교로 가는 동안 서로의 배움을 견주어보자는 이야기였다.

“그렇군. 하지만 난 지금 누님을 찾으러 가는 길이다. 한가하게 너와 함께 수련이나 하고 있을 시간이 없다.”

“안다, 네 마음이 급하다는 것을. 하지만 넌 마교가 어떤 곳이라고 생각하나?”

“그런 질문은 왜 하는 거지?”

느닷없는 질문이었다. 어째서 자신에게 마교에 대해 묻는지 모를 일이었다.

“네가 마교에 대해서 너무 모르고 있는 것 같아서 그런다. 마교는 말이야, 그렇게 함부로 오갈 수 있는 곳이 아니다. 네가 누님을 찾으러 간다고 해서 그들이 호락호락 찾게 승낙해줄지 알아? 어림도 없는 일이지. 당금 마교는 오백 년 이래 최강의 성세를 구축하고 있다. 남들이 십천이네 뭐네 하며 강호의 인사들을 나누지만, 마교에는 그에 못지않은 고수들이 즐비하지. 우선 마교의 열 개 기둥이라는 광천십마는 십천 중 사기(四奇)에 못지않지. 그리고 그 외에 알려지지 않은 고수들도 수두룩하고. 그만큼 가공할 세력을 보유하고 있는 곳이 마교다.”

"나 혼자 가면 누님을 못 찾는다는 말이냐?"

"그래, 못 찾을 확률이 크다. 나와 함께한다면 몰라도 말이야."

"너와 함께?"

"그래, 난 마교에 관해 어느 정도 조사해 놓은 것이 있다. 그러니 네 누님을 찾는 데 도움을 줄 수 있을지도 모르지. 내가 바라는 것은 한 가지밖에는 없다. 아직 마교로 갈 길이 머니 가는 동안 하루에 한 번씩만 나와 비무를 해주었으면 하는 거다. 대신 나는 마교에서 네 누님을 찾는 것을 돕는 거고."

"그러니까, 나와 대련을 하겠다는 거냐? 어째서 나와 비무를 하겠다는 거지?"

"난 찾아야 할 무공이 한 가지 있다. 그런데 그 느낌이 네 무공에서 느껴진다. 그렇다고 너의 무공을 가르쳐 달라는 이야기는 아니다. 그저 내가 배워왔던 것을 완성하고 싶을 뿐이다. 내가 찾고자 하는 것을 느꼈으니 너와 비무를 하다 보면 어느 정도 내가 가진 무공을 완성할 수 있을 것 같아서 부탁하는 거다."

"으… 음!"

백무는 사해표국에서 곤과 벌였던 비무를 생각해 보았다. 곤과의 비무는 자신에게도 유익한 것이었다. 고수로 보이는 곤의 움직임을 통해 혼자서 소림오권과 탄공신을 익히느라 실전 경험이 전혀 없는 자신의 약점을 어느 정도 극복할 수 있었던 것이다. 곤의 말대로 비무를 통해 실전 경험을 쌓는다면 자신에게도 그리 손해날 일을 없을 것 같았다.

또한 마교가 십만대산에 있다는 것은 알고 있지만 정확한 위치는 모르고 있는 자신이었다. 그렇기에 곤과 함께한다면 예상보다 시간을 줄일 수 있을지도 몰르는 일이다. 결국 백무는 승낙하기로 했다.

그리고 무엇보다 곤이 마음에 들었다.

'시간이 조금 지체되기는 하겠지만 나 혼자 찾는 것보다 훨씬 빠를 수도 있다. 마교에서 무슨 일이 벌어질지 모르는 마당에 실력을 가다듬을 필요도 있고. 그리고 이자가 마음에 드는 구석이 있으니 같이 가는 것도 나쁘지는 않겠군.'

"좋아. 대신 마교에 대해 상세히 알려줘야 한다. 언제 너와 헤어질지 모르니 말이야."

"하하! 좋아."

자신의 의도대로 백무가 승낙하자 곤은 너털웃음을 지으며 밝은 눈빛으로 그를 쳐다보았다. 무공도 마음에 들지만 어쩐지 백무에게 끌리던 곤이었기에 마교로 가는 길이 재미있을 것 같다는 생각이 들었다.

두 사람이 앞으로의 여정 동안 비무를 통해 함께 수련하기로 합의로 보고 있을 즈음, 당민과 삼노는 사해표국을 나

와 빠르게 대리를 벗어난 후 전력을 다해 백무를 쫓고 있었
다.

휘이이익!

백무의 뒤를 쫓고 있는 당민의 얼굴에는 그늘이 져 있었다. 쫓아가는 흔적에서 보여지는 변화가 그녀를 두렵게 한 것이다.

'점점 발자국이 희미해지고 있다. 그리고 무아를 쫓는 자도 대단한 자다. 거의 삼노와 비견될 만한 고수다.'

선명히 나 있던 백무의 발자국의 흔적이 작아지고 있었다. 한 치가 넘게 찍혀 있던 발자국이 경공을 시전하는 것처럼 조금씩 깊이가 얕아지고 있었던 것이다.

속도 또한 가공스럽기 그지없었다. 거의 자신과 비견되는 속도였다. 아니, 오히려 점점 더 빨라지고 있었다. 만약 이대로 가다 흔적이 없어진다면 백무의 추격은 포기해야 할지도 몰랐다.

"홍아의 체향이 사라지는 것이 얼마나 걸리죠?"

당민은 달리는 와중에 사천에게 물었다. 흔적이 사라진다면 오직 홍아의 체향만을 쫓을 수밖에 없기 때문이었다.

"천주님, 홍아의 냄새는 머문 자리에 하루 정도밖에 남지 않습니다. 만약 하루 이상 거리가 벌어진다면 제 아이들이 놓칠 수도 있습니다. 지금 저 아이들이 움직이는 것으로 봐서는 반나절 정도의 거리로 벌어진 것 같습니다."

“그럼 서둘러야겠군요. 속도를 좀 더 내도록 하세요.”

“알겠습니다, 천주님!”

삼노는 당민의 급한 마음을 아는 듯 전속력을 내기 시작했다. 행여 당민이 백무로 인해 또 떠날까 봐 진력을 많이 썼음에도 최선을 다하기 시작한 것이다.

파파팟!

가공할 속도로 달리기 시작한 사람들의 뒤로 뽀얀 먼지가 나기 시작했다. 기척을 죽이지 않은 채 속도만 냈기 때문이었다.

파팟!

당민 일행이 떠나고 반각이 채 지나지 않은 시점에 누군가 나타났다. 백의 차림으로 싸늘한 한기를 흘리는 백발의 중년인과 온통 검은색 일색인 중년인 한 쌍이었다. 검은색의 중년인에게서 백의의 중년인만큼이나 살벌한 기운이 흘러나오고 있었다.

턱!

“잠시 멈춰봐라!”

백의인이 자리에 멈추며 흑의인을 불렀다.

턱!

흑의인도 그 자리에 멈추어 섰다.

“흑광(黑光)! 이대로 쫓다간 그 계집을 놓친다. 일단 창응에

게 쫓게 한 다음에 행로를 앞질러 가야 한다. 아무래도 그년
이 향하는 방향이 본산 쪽인 것 같으니 말이다.”

“백암(白暗)! 그 계집이 정말 본산으로 향한다는 말이냐?
그럼 큰일 아니냐!”

“그런 것 같다. 이대로 가면 본산으로 가는 것이 분명하다.
그나저나 일이 어렵게 됐군.”

“큰일이로군. 그년이 본산으로 향한다면 모든 것이 물거품
이 될 수도 있다. 네 말대로 창웅에게 쫓게 한 다음 앞질러 가
는 것이 좋겠다.”

삐이익!

백암이라 불리는 중년인이 손가락을 혀에 가져다 대고 휘
파람을 불었다. 그들의 머리 위에서 멀리 떠 당민을 추적하던
응조(鷹鳥) 한 마리가 그들에게로 날아왔다. 응조가 자신의
팔에 앉자 백암이란 자의 눈이 파랗게 빛을 뿜었다. 그리고는
다시 응조를 날려 보냈다.

“창웅이 그 계집을 쫓을 것이다. 일단 우리는 지름길로 가
로질러 가서 기다린다. 어떻게 해서든지 본산으로 가는 것은
막아야 한다. 어서!”

백암은 흑광을 재촉한 후, 지금까지 당민을 쫓던 것을 중지
하고는 다른 쪽을 향해 신형을 날렸다. 흑광 또한 백암을 쫓
아 신형을 날렸다. 당민들이 보여준 속도보다는 조금 뒤처지
지만 그들의 경공도 가공하기 그지없었다.

그들의 움직임은 눈부시게 빨랐다. 보통의 무인이라면 보일 수 없는 움직임이었다. 성큼성큼 걷는 것 같은데 한 번에 사오 장씩 미끄러지듯 달리고 있었다. 커다랗게 보이던 신형이 어느새 까맣게 점으로 화해 장내에서 사라졌다.

第二章 광천십마(狂天十魔)!

九劈雷電

당민 일행이 자신들을 쫓고, 그런 당민을
흑광과 백암이라 불리는 정체 모를 자들이 쫓고 있는 가운데
백무는 간단하게 요기를 마친 후 잠시 쉬었다가 공터에 나와
곤과 마주 섰다. 약속한 대로 비무를 통한 수련을 위해서였
다.

　'어찌 되었든 최선을 다하면 되는 것이다.'

　편안한 마음으로 자리에 선 백무는 곤을 쳐다보았다. 몰라
보게 변해가는 자신의 몸에 대한 불안감도 잊었다. 그저 곤과
의 비무만을 생각하기로 한 것이다.

　"알지는 모르겠지만, 너와 처음 비무를 할 때 내 본신의 힘

을 전부 발휘한 것은 아니다. 어느 정도의 내력을 담기는 했지만 네가 내공을 가지고 있지 않으니 주의할 수밖에 없었다. 하지만 지금부터는 전력을 다할 것이다."

"그렇게 하도록 해. 나야 상관없으니까."

곤이 말하는 것은 자신도 잘 알고 있었다. 곤의 가슴을 자신이 가격할 수 있었던 것은 그가 방심했기에 가능했다는 것을 느끼고 있었던 것이다.

또한 자신과 사해표국에서 비무를 할 때와도 무엇인가 달라 보였다. 내력을 사용하기는 했지만 사해표국에서의 비무는 어딘지 모르게 전력을 다하는 것 같지 않았다.

전력을 다한다는 경고와 함께 가만히 서서 곤의 움직임을 자세히 관찰했다. 자신이 가지고 있는 내공을 전부 사용하는 그의 움직임을 느끼고 싶었던 것이다. 피부로 전해지는 감각을 믿었다. 그리고 모든 신경을 곤의 움직임에 맞추었다. 그의 손끝 하나, 발끝 하나 놓치지 않으려 신경을 집중했다.

'이런!!'

의식하지 못하는 사이에 벌써 삼 장여의 공간을 곤의 기운이 지배하고 있었다. 곤에게만 집중하느라 느끼지 못한 것이다. 이미 사전에 펼쳐 퍼져 있던 기운이 자신을 압박하는 순간에야 눈치를 챌 수 있었다.

그리고 자신을 압박하는 기운과는 전혀 성질이 달라 보이는 기운도 느껴졌다. 혼돈의 깊은 수렁처럼 정체를 알 수 없는 기운이 곤에게서 흘러나오고 있었던 것이다.

사해표국에서 비무를 할 때와는 흐름 자체가 다른 기운이었다. 정체를 알 수 없는 기운은 가슴 부분에서부터 시작되어 자신을 압박하고 있는 기운과 서서히 합류하고 있었다.

"으… 음!"

전신에 와 닿는 따가운 느낌에 백무는 차갑게 마음을 가라앉혔다. 내공의 힘으로 일정 반경을 지배한다는 것은 초절정의 고수가 아니면 어려운 일이었다.

초절정의 고수만이 가능한 것임에도 곤의 기운이 장내를 지배하고 있었다. 나이 차라고 해봐야 겨우 다섯 살이었다. 어떤 수련을 했기에 한규민과 비견되는 실력을 지닐 수 있게 되었는지 궁금하지 않을 수 없었다.

'한 대인과 같이 중단전을 쓰는 사람이다. 섣불리 대적했다가는 정말 뼈도 못 추린다.'

한규민의 중단전에서 느껴지던 기운보다 곤의 기운이 더 선명했다. 서서히 피어오르는 기운을 느끼며 곤의 마음이 진심임을 깨달은 백무는 서서히 탄공신을 준비했다.

'으… 음!'

곤이 내뿜는 기운에 맞서 전신의 세포 하나하나가 깨어나는 느낌이 들었다. 깨어난 기운들은 하나로 휘돌며 백무의 전신을 감쌌다. 그리고 자신을 압박하는 곤의 기운을 서서히 밀어내기 시작했다.

'믿을 수가 없다. 내공도 아닌 것이 북명신공의 탄자결을 막아내다니…….'

겉으로 내색하지는 않았지만 곤은 자신의 기운에 압박을 받으면서도 자신이 할 바를 다하고 있는 백무를 보며 감탄하지 않을 수 없었다. 어느새 옭아매는 기운을 뿌리치고는 자신을 잡기 위한 최단거리를 노리며 기회를 엿보고 있었던 것이다.

북명신공에서 일어나는 탄자결의 기운이 상대의 투기를 억누르는 효과를 가지고 있음에도 백무에게서 흘러나오는 기운은 섣불리 막을 수 없을 정도로 무척이나 호전적이었다.

파… 파파파팡!

행동을 개시한 것은 곤이 먼저였다. 빠르게 내뻗은 곤의 주먹은 점창의 절기라는 칠절중수(七絶重手)였다. 내뻗은 주먹은 눈부시게 빨랐다. 사해표국에서의 비무 때도 칠절중수를 펼쳤지만 그때와는 다른 양상으로 시전되고 있었다.

일곱 번을 연달아 쳐냈지만 공기를 가르는 파공음은 다섯 번밖에는 들리지 않았다. 북명신공에서 비롯된 명암의 조화를 담아 쳐냈기에 두 번의 주먹은 보이지 않는 암류를 타고 허점을 파고들었던 것이다.

파… 파… 파팟!

무서운 기세를 보이는 기운이 지척에 이르자 백무의 움직임이 달라졌다. 곤에게 달려들다가 순간적으로 신형을 분산시키며 공세를 피한 것이다.

퍼퍽!

신형을 움직였지만 격타음이 들려왔다. 눈으로 보이는 권세는 모두 피했지만 암경으로 다가든 권세를 맞은 탓에 백무의 단삼이 터질 듯 펄럭이며 부풀어 올랐다.

적혈신을 이룬 후 자신에게 다가오는 암경의 기운을 못 느낄 백무가 아니었다. 대부분의 기운을 본능적으로 흘려낸 듯 정통으로 맞은 타격도 아니었다. 피하기보다는 일부러 맞아 주었다는 것이 역력했다.

양경의 힘은 자신의 신체로 막아도 별다른 타격이 없지만, 음유의 내공이 자신에게 어떠한 영향이 미치는지 알아보기 위해 곤의 공세를 이용해 자신을 시험한 것이었다.

이토록 무모한 시도를 한 것은 자신의 변해가는 몸에 대한 불안감 때문이었다. 적혈신이 완성되지 않았기에 검기나 내가중수법이 같은 것에 맞으면 자신이 위험할 수도 있다는 당민의 말을 시험한 것이다.

한마디로, 곤의 공격을 이용해 자신이 이룬 적혈신의 현 상태를 알아보고자 했던 것이다.

'크… 음! 이 정도면 견딜 만은 하군. 거기다 몸 안으로 침투한 암경을 이토록 빨리 해소할 수 있다니……. 혹시 적혈신

이 완성된 것인가? 아니, 아직은 모르는 일이다. 누님을 만나면 모든 것이 확실해지겠지.'

곤에게서 발해진 암경은 무척이나 위력적인 것이었다. 다른 이라면 내장이 파열되거나 혈맥이 끊기겠지만, 백무는 약간의 통증만을 느낄 뿐이었다.

암류의 권세를 간직한 이권이 몸에 부딪치고 음유로운 기운이 백무의 전신으로 흘러들었지만 어느새 씻은 듯이 사라져 버린 후였던 것이다.

당민이 구해온 약을 복용하지는 않았지만 스스로 적혈신을 이루어가고 있는 것이 아닌가 하는 생각이 들었다.

하지만 그것은 당민이 자신의 몸 상태를 알아본 연후에나 판명날 것이었다. 지금은 그저 암경에도 견뎌내는 자신의 몸 상태에 안도감이 들 뿐이었다.

'일부러 맞아준 것 같은데…….'

암경을 몸으로 해소해 버린 백무를 보며 곤은 아연하지 않을 수 없었다. 본능적으로 암경을 흘려내는 것 같았지만, 일부러 맞아준 것 같은 기색이 역력했기 때문이다.

"차앗!"

파파팟!

곤을 향해 신형을 날리던 백무는 이권을 허용한 탓에 주춤하기는 했지만 기합을 지르며 어느새 곤 앞에 다가가 있었다.

휘이익!

퍼퍼퍼퍽!!

연달아 자신의 전신을 향해 날아오는 발길질을 보며 곤은 손을 들어 막았다. 진즉부터 양손에 북명신공을 끌어올리고 막았건만 전해지는 충격에 손이 얼얼할 정도였다.

파파팡!

퍼퍽!

휘이익!

팡! 파파팡!

처음 사해표국에서 보여준 모습은 장난 같았다. 자신과 같이 백무 또한 모든 것을 내보인 것이 아니었던 것이다. 휘돌아 내리고 연속으로 뿜어대는 백무의 연격기에 곤은 정신을 차릴 수 없었다.

'무슨 놈의 각법이 이렇게 빨라?'

앞전의 비무 때보다 공격하는 속도가 배는 빨라졌다. 자신과 같이 백무 또한 전력을 기울이고 있다는 생각이 들었다. 차고 날리는 동작 하나하나가 점창의 장로들이 보여준 힘을 상회하는 것이었다.

곤은 일단 피하며 자신을 당혹스럽게 하는 백무의 무공을 살피기로 했다. 전의 비무에서 보여준 것과는 다른 양상이었기에 백무가 구사하는 무공의 뿌리를 찾고자 했던 것이다.

‘분명 소림오권이 기반이다. 그것도 사부가 말했던 소림오권의 원류라는 오류신권의 영향을 받은 것이 틀림없다. 그렇지만 간간히 섞이는 체법은 그 원류를 알 수 없는 것이다. 저런 체법을 완성한 곳이라면 상당히 유명한 문파일 텐데, 도저히……’

다른 큰 문파도 마찬가지이지만 점창에서는 웬만한 문파들의 무공에 대해 분석해 놓고 있었다. 무공의 발전을 위해서 이기도 하지만, 강호의 일이란 알 수 없는 것이기 때문이다.

곤은 점창파에서 수많은 세월 동안 분석해 놓은 각파의 무공을 섭렵한 바 있다. 분석한 것을 바탕으로 각 문파의 웬만한 흐름들을 알고 있었지만, 지금 백무가 보여주는 것은 전혀 알아볼 수 없는 것이었다.

소림오권 또한 자신이 알고 있는 것과는 전혀 달랐다. 보이는 형은 같았지만 기운의 움직임이 소림의 것과는 무척이나 달라 보였던 것이다.

천 년 소림의 혼이 서린 불기는 찾아볼 수 없고, 오히려 패도적인 기운이 넘쳐흘렀다. 명칭 그대로 다섯 가지 동물의 순수한 힘이 엿보였던 것이다.

소림이 비밀리에 감추고 있다는 오류신권이 아닐까 하는 생각마저 들었다.

휘이익!

퍼퍽! 타타탁!

파파팍!

공격은 시간이 지날수록 빨라지고 있었다. 대타를 통해 세기를 가다듬고, 결전을 통해 무공의 오의를 깨달아가듯 곤과의 비무를 통해 백무의 움직임이 빨라지며 점점 영활해져 가고 있었다.

'젠장! 이러다간 망신만 당하겠다.'

각법만이 문제가 아니었다. 무릎이다 싶으면 팔꿈치, 팔꿈치다 싶으면 어깨, 어깨다 싶으면 머리까지 전신을 이용한 공격이 마치 풍차처럼 연이어 날아왔다.

보기 드문 훌륭한 연격기였다. 점창에서도 이 정도 연격을 구사할 수 있는 사람은 손에 꼽을 정도였다. 무공의 연원을 파악하고자 북명신공을 운용하며 방어만 하는 것이 점점 힘들어지고 있었다.

혼돈의 기운을 가진 것이 바로 북명의 힘이었다. 음양의 그 어디에도 속하지 않는 힘을 가진 탓에 원하는 대로 기운을 뽑아 쓸 수 있는 무공이었다. 상극의 힘으로 상대하는 자의 내기를 흩뜨리는 공능이 있음에도 내공이 없는 백무이기에 소용이 없었다.

'어느 파인지 흐름을 알 수는 없지만, 백무가 뿌리는 힘의 바탕은 양의 기운이 틀림없다. 그것도 내공과는 전혀 다른 것이다. 그렇다면……'

연이어지는 백무의 공격을 막아내며 곤은 백무의 힘이 극양을 바탕으로 한다는 것을 느꼈다.

스르르르!

서늘한 기운이 사지에 감돌았다. 북명의 힘을 두텁게 감싸고, 그것을 바탕으로 사지에 극음의 기운을 실낱같이 풀어냈다. 백무의 몸에서 흘러나오는 양의 힘을 막기 위해서였다.

휘이익!

북명신공의 기운이 감돌자 곤 또한 같이 휘돌기 시작했다. 백무에 비견되는 움직임이었다.

퍼퍼퍽!

두 사람의 다리가 교차하며 허공에서 부딪쳤다. 극음의 기운을 사지에 두른 곤은 한결 편해짐을 느꼈다.

파파팍!

뿌리는 권각에 북명신공의 기운을 심기 시작한 곤의 투로를 차분히 막아내며 백무는 틈을 타 공격할 수 있었다. 하나하나가 평범한 공격이 없었다.

"좋아!"

곤은 자신의 공격을 적절히 방어하는 백무의 모습을 보면서 진정으로 상대해도 괜찮을 것 같다는 생각이 들었다.

퍽!!

각법을 주고받은 뒤 두 사람은 상대를 향해 신형을 날렸다.

어깨를 부딪치는 순간 강렬한 타격음이 울렸으나 두 사람은 아무렇지 않은 듯 서로 거리를 벌리며 상대의 공격을 견제했다.

"대단하다. 이 정도까지 날 곤란하게 만든 사람은 여태까지 없었는데… 하지만 지금부터다. 차앗!"

곤이 지금 시전한 것은 귀상문이었다. 귀상문 또한 사해표국에서 펼쳤을 때와는 전혀 다른 양상을 보이고 있었다. 곤이 북명신공의 힘을 온전히 다 싣고 있었기 때문이다.

귀상문은 점창파의 절기 중에서 몇 되지 않는 암류의 무공으로, 가공할 파괴력과 함께 살상력이 높은 무서운 무공이었다.

원래 진정한 귀상문을 펼쳐 내기 위해선 특별한 내공심법이 필요하다. 하지만 지금은 어쩐 일인지 귀상문의 위력을 제대로 펼칠 수 있는 내공심법이 점창에는 전해지지 않고 있었다. 오백여 년 전부터 점창파에서 사라져 버렸던 것이다.

지금 점창에서 제자들에게 수련시키는 귀상문은 본래의 내공심법이 사라진 후 가르친 것이기에 위력 면에서 많이 떨어졌다. 점창의 내공심법 대부분이 양기를 키우는 것이라 귀상문과는 맞지 않았던 것이다.

그나마 점창의 내공심법 중 목(木)의 기운을 가지고 있는 고영신공이 있어 그런대로 귀상문의 위력을 펼쳐 낼 수 있었다. 점창에서 귀상문을 절기로 삼는 자들은 대부분 고영신공을 익히고 있었다.

곤이 지금 펼치고 있는 것은 북명의 힘을 바탕으로 한 귀상문이었다. 점창의 장로들이 보았다면 점창의 무공이 아니라고 할 만큼 다른 형태의 귀상문을 펼치고 있었던 것이다.

퍼퍼퍽!

"크윽!"

언제 날아오는지도 보이지 않았다. 적혈신을 이루고 난 후 처음으로 감각을 벗어나는 움직임이었다. 타격 부위에서 전해지는 고통도 장난이 아니었다. 붉게 물든 백무의 몸이었지만 곤에게 맞은 부위는 서리가 낀 듯 하얗게 변해 있었다. 음한지기의 영향이었다.

퍼퍼퍼퍽!!

'크… 으! 제길!! 이대로 가다간 맞다가 볼 장 다 본다.'

백무는 어떻게 해서든지 곤의 투로를 느껴야 했다. 하지만 다리로 공격하는 것인지 팔로 공격하는 것인지 도무지 알 수가 없었다. 발등이 보이는가 싶으면 어느새 가슴을 가격하는 것은 곤의 손이었다.

'으윽! 의식적으로 통제했지만 모든 감각을 개방해야 한다.'

타격점에서 몸을 파고들어 오는 한기는 어느 정도 해소할 수 있었다. 혈수련의 약효 때문인지 한기는 몸 안으로 들어오자마자 이내 사라졌기 때문이다.

하지만 문제는 곤의 투로가 순간적이나마 보이지 않는다는 것이었다. 곤의 투로를 정확히 느껴야 방어는 물론 공격도 가능하다. 탄공신이 움직이는 반경을 넘어서 자신을 압박하는 곤의 움직임을 제압하기 위해서는 우선 그것이 급선무였다.

적혈신을 이룬 후 쏟아지는 수많은 자연의 기운들을 일부러 생각하지 않고 지낸 적이 많았다. 쏟아지는 기감들을 감당하기 힘들었기 때문이다.

"크… 으!"

밀림을 가로지르는 동안 의식적으로 차단하려고 했던 감각을 모두 개방했다. 간신히 한곳만 집중하도록 수련해 왔던 것을 풀어버린 것이었다.

갑자기 밀려드는 감각에 고통스러운 듯, 일순 백무의 입에서는 신음이 흘렀다.

퍼퍼퍽!

곤의 공격은 숨 가쁘게 계속되었다. 연이어지는 곤의 공격은 백무를 괴롭혔다. 거기다 주변의 기운을 신경 쓰기 시작하자 자신에게 쏟아져 들어오는 기운들도 자신을 괴롭히기는 마찬가지였다.

백무는 한동안 곤의 공격을 방어하느라 정신이 없었다.

‘주된 기운과 종속된 기운이 의지에 따라 변화하고 있다. 찰나의 순간마다 변하기에 그 시점을 찾지 못하는 것이다. 공격을 막으려면 그 찰나의 틈을 찾아야 한다.’

기운을 감지하려 애쓴 결과, 얼마 지나지 않아 수많은 기운 속에서 곤의 기운을 정확히 느낄 수 있었다. 감각을 개방하고 어느 정도 적응이 되자 곤의 움직임이 보였다.

명과 암이 함께 공존하는 곤의 기운은 특이한 것이었다. 한규민이나 궁노에게서도 느껴보지 못한 것이었다. 한규민이 밝음이라면, 궁노는 음의 기운을 소유한 고수였다. 그러나 곤은 두 사람과는 달랐다. 두 가지 기운을 자유자재로 사용하고 있었던 것이다.

‘이런 기운을 가진 자가 진정으로 존재하다니…….’

아버지의 말처럼 일촌을 사이에 두고 명암이 교차하고 있었다. 이러한 무공이 있다는 것은 백무로서도 의외였다. 자신이 부정해 오던 것이 현실로 나타났기 때문이다.

대부분의 무림인은 한 가지 기운을 선택해 무공을 수련한다. 이질적인 기운을 수련한다면 거의 대부분 주화입마에 빠지기 쉽기 때문이다.

무당에서 전해지는 양의심공 같은 것도 본질의 기운은 하나였다. 한번에 여러 가지 생각을 하며 두세 가지의 초식을 시전 하기는 해도 그 밑바탕에 깔려 있는 내공의 근본은 하나였던 것이다.

백무와 마찬가지로 곤도 놀라고 있었다. 전력을 다한 자신의 공격을 적절히 막아내고 있는 모습에 얼떨떨한 기분이었다.

'이 자식, 정말 괴물은 괴물이군. 장문인도 쩔쩔매는 공격을 저리 막아내다니……'

타격을 가하고는 있지만 정타가 먹힌 적은 한 번도 없었다. 자신의 공격을 교묘히 튕겨내는 반탄력 때문에 애를 먹고 있었던 것이다.

내공으로 형성된 강기라면 분명히 알아보겠건만, 그것도 아니었다. 자신의 힘을 튕겨내는 기운의 정체를 도저히 알아차릴 수가 없었다.

기운을 변화시키며 투로의 정점을 의지대로 바꾸는 것도 얼마 안 있어 막히기 시작했다. 자신의 이러한 공격에 점창의 노고수들도 맥을 못 추었던 것이다.

백무 또한 처음에는 당황한 듯 여러 차례 공격을 허용했지만, 이내 자신의 공격을 방어하기 시작했다. 권법이면 권법으로, 각법이면 각법으로 자신의 공격을 방어해 내고 있었던 것이다.

거기다 더해 공격을 할 때마다 북명신공을 이용해 음한지기를 일으켰다. 서로가 맞서 부딪쳤다면 자신에게 유리해야 마땅했다. 내공이 없는 백무였기에 음한지기가 백무의 기세를 눌러야 정상이었던 것이다.

하지만 전혀 그렇지 못했다. 자신과 부딪칠수록 기세가 점점 강해지고 있었던 것이다.

'치잇! 이제는 따라 하기까지 하다니……'

투로가 점점 자신의 것과 닮아가고 있었다. 자신이 공격하는 것과 마찬가지로 철저히 방어하며 공격을 시도하는 백무의 움직임이 귀상문의 투로를 닮아가고 있었다. 자신이 느끼지 못하는 사이에 어느새 귀상문을 따라 배우고 있었던 것이다.

'이대로 지속된다면 결론이 나지 않겠군. 분명 저 자식은 특이한 공부를 익힌 것이 틀림없다. 아니면 전설에서나 나오는 금강불괴이거나……'

엇각으로 마주치는 백무의 공격이 점점 귀상문의 투로를 완벽히 닮아가자 곤은 이만 비무를 통한 수련을 마칠 때가 왔음을 깨달았다. 이대로 가다가는 가지고 있는 밑천까지 전부 털어줄 판이었기 때문이다.

휘이익!

곤은 공격을 하는 도중 반격이 시작되자 급히 신형을 뒤로 물렸다. 공세를 위해 다가설 때보다 더욱 빠른 움직임이었다.

"잠깐! 이만 비무를 끝내자."

더 이상 백무가 가진 무공의 원류를 찾아낸다는 것이 불가능해 보이자 곤은 손을 들어 백무를 제지했다.

"어째서 끝내는 거지? 난 시작도 안 했는데……."

이제 막 감각을 개방한 후 자신의 의지대로 범위를 확장시켜 목표에 집중하는 법을 찾은 후였다. 그런데 갑자기 비무를 중단하자 의아했던 것이다.

'괴물은 괴물이로군. 이제 시작이라니! 도대체 어디서 튀어나온 자인지. 분명 남쪽에서 왔다고 했는데, 그곳에 저런 자를 키울 만한 문파가 있었나?

자신은 시작도 안 했다는 말에 비무를 중단하기를 잘했다는 생각이 들었다. 이대로 갔다면 비장의 절기 또한 드러냈을지도 모르는 일이었다.

"내일이 또 있으니 오늘은 이만 하도록 하지."

"그럴 수 없겠는데. 난 이제 시작이거든!"

아버지가 자신에게 누누이 이야기했던 것을 조금씩 느껴가고 있던 중이었기에 백무로서는 지금 그만둘 수가 없었다. 아버지가 자신에게 전하고자 했던 뜻이 무엇인지 명확히 알아야 했던 것이다.

파팟!

"어… 어!"

말을 마침과 동시에 신형이 뛰어올랐다. 번개같이 곤을 향해 달려드는 움직임은 완벽한 탄공신이었다.

휘이익!

파파파팡!

일순 피할 곳을 찾을 수 없었지만 곤의 신형이 늘어나며 백무의 공세를 피했다. 그와 함께 백무의 발이 마치 노를 젓듯 휘저으며 허공을 때렸다.

"임마! 그만 하자니까!"

간발의 차이로 공격을 피한 곤은 얼굴을 붉혔다. 자칫 무참하게 맞을 뻔했기 때문이다.

"너만 때리면 다냐? 난 아직 안 끝났어! 내가 맞은 만큼 너도 맞아야겠다."

곤이 백무의 공세를 피하며 비무를 그만두자고 했지만 백무는 전혀 그럴 마음이 없었다. 맞은 만큼 패줘야 직성이 풀릴 것 같았다.

쾅!

휘이익!!

진각 소리와 함께 땅을 박차며 백무의 신형이 곤을 향해 다시 튀어나갔다. 신형을 날려 곤에게 다가서는 기세는 무척이나 사나웠다. 혼자 마음대로 때리더니 이제 공격해 볼 만하니까 뒤로 피하는 곤이 마음에 들지 않았기 때문이다.

내리찍는 발길이나 뻗어오는 손길은 마치 창처럼 곤의 요혈을 노렸다. 탄공신의 움직임으로 번개같이 파고들며 두 손은 소림오권의 행로를 따르고 있었다. 모든 것이 곤에게 배운 귀상문을 따르고 있었다.

퍼퍼퍽!

파팡!

픽!

어린 표범이 공을 희롱하듯[彪子弄毬] 다가오다가는 어느새 먹이를 노리는 뱀처럼 튀어나오는[白蛇吐身] 수법에 곤은 정신을 차릴 수가 없었다.

거기다 안개처럼 모호하게 다가오는 각법까지. 간신히 막아내고는 있지만 간간이 공격을 허용하며 곤은 물러나기를 반복해야만 했다.

"제기랄, 그만 하자니까!!"

더 이상 비무할 생각이 없었던 곤은 큰 소리로 부르짖었다. 그렇지 않으면 위험을 감수하고서라도 자신의 진짜 실력을 드러내야 했던 것이다.

턱!

연이어 공격을 해대던 백무의 신형이 멈췄다.

"크… 으! 이제 끝난 거냐?"

"아니! 아직!"

"그런데 왜?"

의아해하는 곤을 바라보며 백무는 손을 들어 한쪽을 가리켰다.

"응?"

'불가에서 말하는 육심통이라도 익혔나? 상당히 먼 거리인데……. 다가오는 자들의 기운이 탁한 것을 보니 성정이 좋지

않은 자들 같다. 일단 피하는 것이 좋을 것 같군.'

누구인지 모르지만 빠른 속도로 다가오는 자들이 있었다. 불길한 기운을 흘리는 자들이다. 하지만 다가오는 자들보다는 백무에게 의문이 가는 곤이었다. 자신보다 먼저 그들의 기운을 느꼈다는 것이 의아한 것이다.

"일단 자리를 피하도록 하자. 괜히 부딪쳐서 좋을 것이 없는 자들 같으니까."

곤은 일단 자리를 피하는 것이 좋을 것 같아 보였다. 다가오는 자들의 기운이 심상치 않았기 때문이다.

"좋아! 나도 괜한 시비에 휘말리기 싫으니까. 일단 피하는 것이 좋을 것 같다."

휘이익!

곤이 먼저 자리를 피했다. 백무도 등짐을 찾아 들고는 곤의 뒤를 따랐다. 이곳에서 하룻밤 머물 작정이었기에 다가오는 자들이 지나가기를 기다리기로 한 것이다.

백무와 곤은 조금 떨어진 수풀 속으로 몸을 숨겼다. 관목이 우거져 비무를 했던 공터에서는 잘 보이지 않는 곳이었다. 곤은 혹시나 하는 생각에 기막을 쳐 자신과 백무의 기운은 물론 소리를 차단했다.

"조용한 소리는 되지만 네가 자칫 큰 소리라도 내면 자칫 기막이 뚫릴 수도 있으니 조심해라. 금방 지나갈 테니 가만히 있는 것이 좋다."

“알았다.”

두 사람은 다가오는 기운의 주인들이 빨리 지나가기를 기다렸다.

휘이이익!

두 사람이 느낀 기척의 주인공은 다름 아닌 당민의 뒤를 쫓고 있는 흑광과 백암이라는 자였다.

‘으음! 특이한 자들이로군. 저렇게 어둠의 기운을 흘리는 자들이 존재하고 있었다니……’

흑백의 두 사람이 점점 다가오자 곤과의 비무를 통해 확장된 자신의 기감에 어두운 기운이 느껴졌다. 백무는 속으로 참 특이한 자들이라 생각했다. 마치 쌍둥이처럼 닮았는데 흑백으로 나뉘어 있는 모습과 은은히 감싸고 있는 어둠의 기운이 묘한 조화를 이루고 있었기 때문이다.

백무는 흑백의 조화를 이루는 이들에게 집중했다. 어둠을 뿌리는 기운의 정체가 궁금했기 때문이다. 집중할수록 손바닥 안에 촉촉하게 땀이 배어 나왔다. 그들이 풍기는 기세에 자신도 모르게 긴장하고 있었던 것이다.

‘진짜 흥미로운 자들이로군.’

이토록 긴장하기는 요하 강변으로 도망칠 때 이외에는 처음이었다. 이제는 전신을 파고드는 날카로운 어둠의 기운이 그를 긴장하게 했던 것이다.

백무가 긴장과 호기심으로 눈을 빛내고 있을 때, 곤은 두 사람을 확인하고는 떫은 감을 씹은 것마냥 표정이 구겨질 대로 구겨져 있었다.

"제기랄! 정말 뭐 됐다. 숨소리조차 내지 마라."

난데없는 전음에 백무는 곤의 얼굴을 쳐다보았다. 자신과 같이 긴장한 것이 역력했다. 어째서 그러는지 자세히 모르겠지만 다가오는 자들 때문이라는 것은 불문가지였다. 곤은 두 사람의 정체를 아는 것이 분명했다.

'아는 자들인가? 저토록 인상을 구길 정도면 보통 자들이 아닌 것 같은데……'

스스윽!

유령처럼 경공을 발휘하며 날아오던 두 사람은 공터에 멈추어 섰다.

"이곳이 좋겠다. 응??"

당민을 기다릴 장소로 선택한 곳이었다. 독공의 고수이기에 막힌 곳보다는 개활지가 자신들에게 유리하다고 생각해 멈추어 선 것이다. 널찍하니 걸리는 게 없는 곳이라 당민의 독을 상대하기에 충분했다.

자신들이 생각한 장소에 도착한 후 보인 것은 누군가 얼마 전까지 머물러 있던 흔적이었다. 이곳저곳에 파인 바닥을 보며 의아한 눈빛을 발하는 백암이었다.

"왜 그래?"

"저걸 봐라! 얼마 전까지 상당한 고수들의 싸움이 있었던 것 같다."

"고수?"

"그래. 저 진각으로 파인 자국을 봐라!"

선명하게 남겨진 족인과 흔적들이 많은 것을 백암에게 알려주고 있었다. 흔적으로 보아 권각법의 고수들이 대결을 펼친 것이 분명했다.

선명히 찍혀 있는 자국들은 상당한 고수들이었음을 반증했다. 일 장 간격으로 찍혀 있는 족인들이며, 땅을 스치며 다리를 휘돌려 원을 그린 듯 깨끗하게 이어지는 자국까지 절정 고수 이상의 자들만이 보여줄 수 있는 흔적들이었다.

"비무 같은 것을 한 모양이로군."

"그럴 수도 있겠지. 하지만 움직인 흔적을 보면 웬만한 자들이라 해도 무사할 수 없는 공격이다."

"누군지 상당한 자들이군. 어째서 이런 곳에서 비무를 벌인 것이지는 모르겠지만, 주의하는 것이 좋겠다. 다행히 떠난 것 같다. 자칫 이런 흔적을 남긴 고수들이 방해를 한다면 일을 그르칠 수 있으니."

핏자국 같은 것은 보이지 않고 거의 대등한 움직임을 보인 흔적이었다. 두 사람은 알 수 없다는 듯 고개를 흔들었다.

"지금은 저런 것에 신경을 쓸 때가 아니다. 이곳으로 오고 있는 그 계집을 먼저 처리해야 한다."

먼저 흔적에서 시선을 뗀 것은 백암이었다. 밝은 치장과는 달리 심계가 깊은 그였기에 다가올 대적과의 싸움을 준비하려 한 것이다.

"그게 좋겠다. 지금은 이런 것에 신경을 쓸 여유가 없으니. 자, 먹어라. 만독신단이다. 이거면 그 계집의 독공을 어느 정도 막을 수 있을 거다."

흑광은 검은색의 유지로 싸여져 있는 단환을 하나 내밀었다. 해독 기능을 가지고 있는 것으로, 자신도 무척이나 아끼고 있는 것이었다.

"고맙다."

누가 만들었는지 잘 알고 있기에 백암은 스스럼없이 유지에 싸인 만독신단을 꺼내 삼켰다. 속이 뒤집어질 듯 썼지만 한 줌 독수로 녹아버리는 것보다는 나았기에 아무런 불평 없이 삼킬 수 있었다.

"그런데 그 계집이 어째서 다시 돌아오는 것이지?"

"모르지. 상당 기간 안 올 것 같았는데… 다시 돌아온다면 낭패다. 그 계집이 교주의 일을 알게 되면 중원 진출의 꿈은 물거품이 된다. 그 계집의 재주라면 신마의 독상을 해독할 테니까."

"신마가 원하는 것을 준 것 같은데 밀독천에나 처박혀 있을 것이지, 왜 다시 돌아와 가지고 우리를 이렇게 번거롭게 하는 것인지… 아예 이번 기회에 숨을 끊어놓는 것이 좋을 것 같다.”

“후후, 그럼 당가의 마지막 후예가 사라지는 것이니 당가는 이로써 완전히 멸문이로군.”

‘당가? 마지막 후예? 누님이다!! 누님이 어떻게…….’

백무는 두 사람이 말하는 소리를 듣고 그들이 기다리는 사람이 누구인지 알 수 있었다. 당가의 마지막 후예라면 당민밖에는 없었기 때문이다.

어떻게 이곳으로 오는지 알 수는 없지만 마음이 급해졌다. 말하는 소리를 들어보면 공터에 있는 자들은 당민을 해하기 위해 온 것이 분명했기 때문이다.

‘저 자식들이 누구인지는 모르지만, 누님을 해코지하게 그냥 놔둘 수는 없지.’

백무는 천천히 신형을 일으켰다. 곤과의 비무를 통해 어느 정도 자신감을 얻은 터였다. 손에 땀이 배일 정도로 어두운 기운을 풍기는 자들이었지만 백무는 자신있었다. 도검에도 상처를 입지 않는 적혈신이라면 상대할 수 있다는 생각이 들었던 것이다.

탁!

백무가 신형을 일으키려 하자 곤이 곧바로 제지했다. 눈으로는 안 된다는 빛이 역력했다. 공터에 있는 자들이 누구인지 아는 까닭이다.

"저들이 누군지 알아? 바로 광천십마 중 흑백쌍마야. 두 사람이 합쳐 광천십마에 들었지만 광청십마는 광천십마다. 마교의 최고수 중 둘이라는 말이다. 감당하기 힘든 자들이다. 그러니 섣불리 나설 생각은 마라."

곤이 다급히 전음을 날렸지만 백무는 아랑곳하지 않고 신형을 일으켰다. 덕분에 곤이 쳐놓은 기막은 일순 흐트러지고 말았다.

"누구냐?"

기막이 찢어지자 두 사람의 존재를 느낀 것인지 흑광이 소리를 질렀다.

"젠장! 글렀군. 나가자! 저놈들이 나오라잖아."

곤은 투덜거리며 자리에서 일어났다. 어차피 걸린 이상 추잡하게 도주하고 싶은 마음은 없었다. 조금 빨라지기는 했지만 언젠가 마교의 중추라는 광천십마와 대적해 보고 싶다는 생각도 했었기에 미련을 털고 앞장서기 시작했다.

"저 두 놈, 합공이 전문이야. 둘이 합쳐 광천십마에 들기는 했지만 개개인의 실력도 무시하지 못할 자들이지. 절대로 둘이 합공하게 해서는 안 된다. 그렇지 않으면 우리 둘 다 골로 가는 수가 있다."

곤의 전음에 백무는 고개를 끄덕였다. 자신도 흑백쌍마의 기운이 심상치 않다는 것을 느꼈기 때문이다. 흑백쌍마의 기세가 좀 전과는 확연히 달라져 있었다. 곤과 비무를 할 때도 느껴보지 못했던 기세가 그들에게서 흘러나왔다.

시퍼런 안광을 줄기줄기 뻗어내는 두 사람을 보며 백무는 곤의 뒤를 따르기 시작했다. 발걸음을 옮겨 갈수록 백무의 몸이 점점 붉어지기 시작했다.

"웬 놈들이기에 본좌들이 있는 곳에 숨어 있었던 것이냐?"

"말이야 바로 합시다. 우리가 있던 곳에 당신들이 나타난 것이지, 우리가 숨어 있었던 것은 아니오."

"허!"

시비조인 곤의 말에 두 사람은 할 말을 잃었다. 이제 막 약관을 벗어났을 나이이건만 천둥벌거숭이처럼 나대는 꼴이 가관이었던 것이다.

자신들이 누구던가! 천하가 떠는 마교의 광천십마였다. 비록 두 사람이 함께이기는 하지만 마교가 자랑하는 광천십마에 반열에 든 사람들이다. 그런데 하룻강아지처럼 까부는 곤의 모습이 어이없던 것이다.

"크크! 네놈이 무엇을 믿고 그러는지 모르지만, 우리가 누군지 알고 나서도 그런 소리를 할 수 있을지 모르겠구나."

"모르긴 왜 몰라? 마음이 졸아든 흰둥이, 검둥이지. 크크!"

곤은 일부러 흑백쌍마의 신경을 건드렸다. 객관적으로 볼 때 자신들은 흑백쌍마의 상대가 안 된다는 것을 알기에 두 사람을 경동시키기 위해서였다.

"기회가 없을지도 모른다. 무! 놈들이 우리를 경시하게 만들어야 한다. 죽이지는 못하겠지만 불의의 일격을 가한다면 살 수도 있을 거다. 저놈들이 긴장할 정도라면 놈들이 기다리는 사람이 고수일 확률이 크니까. 내가 시선을 끄는 동안 저기, 다른 곳에 신경 쓰고 있는 놈은 네가 어떻게든 해봐라."

어째서 곤이 이처럼 출싹대며 나대는지 궁금했는데, 전음으로 들려온 곤의 말은 옳은 소리였다. 그들의 기운이 곤에게 집중되고 있는 것이 확연히 느껴졌다. 내공이 없는 탓인지 흑백쌍마는 자신에게 신경조차 쓰지 않고 있었던 것이다. 곤의 의도대로 자신은 숨어 있는 비수가 되는 편이 효과적으로 둘을 상대할 수 있을 터였다.

"이놈이!!"

화가 나는 말이지만 흑백쌍마는 섣불리 손을 쓰지 않았다. 자신들의 심화를 돋우어 이득을 보겠다는 생각이 눈에 보였기 때문이다. 하지만 아무리 그래도 자신들에게는 상대도 되지 않을 터였다.

"후후후, 이제 보니 이곳에서 비무를 벌였던 놈들이구나."

"너희들 때문에 방해가 되긴 했지. 그럼 못다 한 비무를 다시 한 번 해보도록 할까?"

우드드득!

곤은 앞으로 나서며 손가락 관절을 꺾었다. 자신의 기운은 최대한 감춘 채 그 또한 비장의 수를 준비하고 있었다.

"후후, 가소로운 놈이로군. 네놈 손가락처럼 목뼈를 분리시켜 주마."

"자칫 일이 틀어질 수 있으니 빨리 끝내라. 그 계집이 올 시간이 머지않았다."

비웃음을 흘리며 앞으로 나선 것은 흑광이었다. 백암은 당민이 올 시간이 임박했기에 흑광으로 하여금 곤과 백무를 빨리 처리하라고 재촉했다.

"걱정하지 마라. 좀 하는 놈들인 건 분명해 보이지만, 간식 거리도 안 되는 놈들이니."

휘리리리—

흑광의 장포가 부풀어 올랐다. 그리고 그에게서 솟아오른 흑암의 기운이 사방을 지배했다.

"조심해라, 무! 저놈은 암술의 고수다. 최대한 놈의 기운을 느끼지 않으면 쥐도 새도 모르게 당한다. 다행히 놈들이 너에 대해서는 방심하고 있는 것 같으니 내가 저놈을 상대하는 동안 넌 저 흰둥이 놈에게 일격을 가해야 한다. 놈에게 치명상을 입히면 좋겠지만, 잠시만 시간을 끌어주면 된다. 잠시만!"

곤도 긴장하고 있는지 신중한 모습으로 흑광을 지켜보고 있었다. 백무에게 전음을 보내는 동안 곤은 교묘히 흑광의 시야를 차단했다. 백무의 신형을 감춘 것이다.

흑백쌍마가 기다리고 있는 자들이 누구인지 모르겠지만, 백암이 시선을 돌려 자신과 백무가 온 길을 바라보고 있었기에 곤은 감사한 마음마저 들었다.

검은 기류가 뭉클거리며 흑광의 몸에서 더욱 선명하게 흘러나오기 시작했다. 흑선망영(黑旋茫影)이라 불리는 흑광의 절기였다.

흑선망영은 마교에서 전해지는 암흑류의 무공을 발전시킨 것이다. 흑색의 기류를 뿜어 적의 시야를 가리고 공격하는 무공으로, 아직까지도 정확한 실체가 밝혀지지 않은 무공이었다.

암흑의 기류 속에서 흐릿하게 흑광의 신형이 나타났다 사라지기를 반복. 그러다 어느 순간 완전히 곤과 백무의 시야에서 사라졌다.

쒜액!

번쩍이는 섬광과 함께 무엇인가가 곤을 향해 날아갔다.

챙!

"지금이다. 어서!!"

어둠 속에서 날아온 비수를 쳐낸 곤은 미끄러지듯 앞으로 나서며 백무에게 전음을 보냈다. 자신의 일격이 막히자 일순 움찔하는 동안 흑광의 시선을 빼앗았기 때문이다.

파팟!

백무의 신형이 백암을 향해 날았다. 거리는 삼 장. 단 한 번의 도약으로 지척까지 이른 것이다. 굽혀진 백무의 오른쪽 무릎이 백암의 명문혈을 향해 쏜살같이 파고들었다.

"엇!"

백암은 당민이 오는지 살피다 자신에게 다가오는 백무의 기세를 느낄 수 있었다. 시선을 돌릴 사이도 없이 가깝게 다가온 탓에 경호성을 지르며 신형을 앞으로 향했다.

스윽!

퍽!

"으… 윽!"

분명 명문혈을 가격하기 전에 신형을 피했건만 등 어림에 전해지는 충격이 상당했다. 백암이 피하는 순간 굽혔던 무릎을 펴 백암의 등을 가격한 것이다.

'으음! 어떻게 된 거지?'

자신과 백무 사이의 타격점까지 한 자 정도가 남았었다. 그 정도면 신형을 피하는 데 지장이 없을 것이라 생각했건만, 어느새 명문혈 부근을 가격당한 것이다.

내공이 없어 방심하고는 있었지만 완전히 마음을 놓고 있었던 것은 아니다. 흑광이 두 사람을 상대하면서도 어느 정도의 내기를 끌어올리고 있었다. 공터에서 발견한 자국으로 보아 제법 한가락 하는 자들이라 생각했기 때문이다.

"후후, 제법이군."

호신지기를 일으키고 있어 큰 피해는 없었다. 기혈이 조금 진탕되기는 했지만 그리 심한 것은 아니기에 백암은 백무를 향해 시선을 돌리며 보법을 밟았다.

'제기랄!! 분명 성공할 줄 알았는데……'

명문혈을 향해 자신의 족도가 들어가는 것을 똑똑히 보았고, 발끝에 전해지는 충격도 상당했다. 하지만 별단 충격을 받지 않은 것 같은 백암의 모습에 백무는 자신의 의도가 실패했다는 것을 알 수 있었다.

'힘든 싸움이 되겠군. 놈에게 기회를 주지 않으려면 계속해서 공격하는 수밖에 없다.'

백무는 힘든 싸움이 될 것임을 짐작할 수 있었다. 자신에게 일격을 허용하고 흘러나오는 백암의 살기가 보통이 아니었기 때문이다.

백암과 흑광은 비록 말석이지만 마교 내에서도 광천십마의 지위에 오르기 위해 수많은 대결을 거친 백전노장이었다. 광천십마의 자리에 오르는 동안 한 번도 간격을 준 적이 없는 백암이었다. 백무의 공격을 허용한 것으로 인해 수치심을 느낀 백암은 아낌없이 살기를 흘리고 있었다.

"후후후, 제법이로구나. 이것도 한번 막아보거라!"

스르르!

호통과 함께 백암의 신형이 사라졌다. 무연홀보(無煙忽步)로 신형을 감춘 그는 어느새 백무의 뒤로 돌아 나갔다.

휘이익!

'헉!'

신형을 감추고 뒤로 돌아 나가고 있음에도 정확히 자신의 미간을 향해 날아드는 백무의 발등을 보며 신음을 삼킨 백암은 백무의 뒤를 잡는 것을 포기했다. 뒤를 잡으려다가는 무쇠망치 같은 각법에 머리를 맞을 우려가 있었던 것이다.

스으윽!

꽝!

파… 파팡!!

백암이 사라진 자리에 백무의 각법이 공기를 파열시키며 작렬했다.

"차앗!"

파파팡!

공격이 실패했지만 백무는 멈추지 않았다. 기합을 내지르며 백암의 기운이 느껴지는 곳을 향해 연이어 백무의 다리가 쇄도했다. 하지만 허공을 떠오르듯 날아오며 연이어지는 공격에 백암은 무연홀보를 연속해서 시전해 백무의 공세를 빠져나갔다.

휘이익!

쾅! 파파팡!

빠르게 신형을 움직였지만 백무의 공세는 계속해서 따라오고 있었다. 마치 자신의 존재를 확실히 보고 있는 듯 거침이 없었다. 미친 광풍처럼 숨 쉴 틈도 없이 연속해서 공격해 오는 백무의 각법은 백암에게도 위협적이었다.

'어디서 이런 놈이……! 일단 피하고 보자.'

파파팟!

멀찌감치 신형을 피한 백암은 백무를 노려보았다. 어느새 무시하던 마음은 사라졌다. 분명 자신의 신형이 보이지 않을 텐데 어떻게 연신 요혈만 노리고 공격하는 것인지 알 수가 없었다.

'하룻강아지 같은 놈에게 무연홀보가 깨어지다니…….'

근래에 십성을 완성한 무연홀보였다. 잠영을 이용한 은둔술을 가미한 것이라 광천십마라도 쉽게 요체를 파악하기 힘든 것이었다.

각고의 노력 끝에 무연홀보를 완성하고 나서 내심 다른 광천십마에게 뒤지지 않을 것이라 생각했다. 하지만 백무에게는 소용이 없자 백암은 울화가 치밀었다.

백무에게서 한 점의 내공도 느껴지지 않았던 것이 그의 울화를 더욱 부채질했다. 순수한 외공만으로 자신의 무연홀보를 깨뜨린 백무를 향해 백암은 싸늘한 눈빛을 흘렸다.

'내공도 없이 무연홀보를 깨뜨렸다면 선천적인 감각이 상

상을 초월하는 놈이다. 도대체 정체가 무엇이기에…….'

백암은 자신을 이토록 당혹스럽게 하는 백무의 정체가 궁금하지 않을 수 없었다.

"네놈은 누구냐?"

"그건 알 거 없고. 네놈이 누님을 어떻게 한다고? 이 새끼!"

백무는 가문의 복수만 끝나면 평생을 당민을 위해 살 생각이었다. 백암이 당민을 위해하겠다는 것이 떠올라 다시금 분노가 치밀었다. 어떻게든 대가를 치러주고 싶었다.

광천십마에 든 자이지만 조금 전 모습이 사라진 백암의 기운을 확실히 느껴가며 공격을 했다. 자신의 공격에 당혹감을 보이는 백암을 보며 백무는 자신감이 붙었기에 한번 해보기로 한 것이었다.

파앗!

발을 디딤과 동시에 화살이 쏘아지듯 백무의 신형이 백암을 향해 날아갔다. 힘이 실려 있는 탄공신. 전력을 다한 것인지 날아가는 기세가 조금 전과는 사뭇 달랐다.

퍼퍼퍽!

백무의 다리와 백암의 손이 허공에서 얽히며 둔탁한 소리를 냈다.

"으… 음!"

아무리 확인해도 분명 내공 한 줌 실리지 않은 공격이었다.

하지만 그 위력은 일류고수를 충분히 상회하는 것이었다. 거의 절정급의 고수가 공격하는 듯 호신강기를 운용하고 있는 백암의 손에 둔중한 울림이 계속해서 전해지고 있었다.

'흑광도 저놈을 쉽게 처리하기는 힘들 것 같은데 큰일이로군. 머지않아 그 계집이 나타날 텐데……. 어디서 이런 놈들이 나타난 것이지?'

파파팍!

흑광도 고전하기는 마찬가지였다. 흑선망영의 법술을 펼치고 전광묵도(電光墨刀)를 시전하고 있음에도 곤에게 아무런 피해도 주지 못하였다.

곤은 유운신법(流雲身法)을 펼치고 있었다. 점창에서 전해지는 유운신법과는 사뭇 다른 신법이었다. 때로는 흘러가는 구름처럼 유유하게 움직이다가 어느 때는 몰아치는 폭풍처럼 움직이는 탓에 흑광의 전광묵도가 곤의 신형을 하나도 맞추지 못한 것이다. 거기다 흑광의 전광묵도를 피해 간간이 공격을 시도하고 있었다.

"안 되겠다, 흑광! 이놈들도 여간한 놈들이 아니다. 머지않아 그 계집이 올 테니 빨리 끝내야 한다."

당민의 도착을 염려한 백암은 흑광과의 연수를 생각했다. 두 사람이 연계하는 합공은 수배의 위력을 발휘하기에 자존심이 상하지만 흑광에게 전음을 보낸 것이다. 흑광 또한 오랫동안 손발을 맞추어 왔기에 백암의 의도를 눈치 챌 수 있었다.

"파파팟!"

백암이 신형을 띄움과 동시에 날카로운 공세가 쏟아졌다. 갑작스럽게 공세로 전환하는 백암의 모습을 보며 백무는 신형을 틀어 공세를 피했다.

수우욱!

"엇!"

백암의 공세는 허초였다. 공세를 취하는 것같이 허초를 내보이고는 회룡번신의 수법으로, 곤과 흑광이 대결을 벌이고 있는 곳으로 날아갔다.

고수와의 실전이 거의 전무했던 백무는 백암의 허초에 속아 곤의 당부에도 불구하고 두 사람이 연수하는 것을 막지 못했다.

"제기랄!!"

타타탁!

빠르게 발걸음을 놀려 곤에게로 다가갔다. 두 사람이 연수한 이상 자신도 곤과 힘을 합치기 위해서였다.

"젠장! 더럽게 됐군."

이미 두 사람이 합류한 이상 섣부른 공격은 낭패만 불러올 뿐임을 알기에 곤이 손을 멈췄다. 백무와 함께 자신도 연수할 생각이었던 것이다.

"미안하다."

백무는 다가오는 곤에게 사과를 했다. 자신의 기습이 성공하지도 못했고, 꺼려하던 흑백쌍마의 연수도 막지 못했기 때문이다.

"괜찮아. 이 정도만 해준 것도 잘한 거다. 저놈들은 누가 뭐래도 광천십마이니. 조금만 더 했으면 저놈을 어떻게 해볼 수 있었을 텐데. 정말 아쉽군."

곤은 아쉬운 듯 흑광을 노려보았다. 흑광을 방심시키며 애써 잡았던 기회가 무산되었기 때문이다.

'역시! 전력을 다한 것이 아니었군. 기회를 노리고 있었던 모양인데……'

자신이 백암을 잘 막았다면 곤의 말대로 흑광을 어떻게 해볼 수 있었을지도 모른다. 백암과 대결을 하면서도 이상하다는 생각이 들었다. 곤이 자신과 비무를 할 때 보여주었던 것과는 전혀 다른 모습이었기 때문이다. 곤에게서 흘러나온 북명신공의 기운이 전혀 느껴지지 않았다. 곤은 자신의 기운을 최대한 감추며 흑광을 노리고 있었던 것이다.

"너, 아까 나와 비무할 때 내가 했던 동작을 다 따라 할 수 있지?"

그 정도는 할 수 있었다. 백무는 곤의 전음에 고개를 끄덕였다.

"그럼 그걸로 하자. 완전히는 말고, 네가 하던 대로 말이야. 저 두 놈이 연수한 이상 우리에게 별로 승산은 없지만, 그

거라면 어떻게든 버틸 수 있을 테니까. 놈들이 누군가를 해치기 위해 기다리는 모양이니 그들이 올 때까지만 버티면 이 위기를 벗어날 수도 있을지도 모른다."

곤은 흑백쌍마가 연수한 이상 어떻게든 그들이 기다리는 사람들이 올 때까지 버틸 생각이었다. 두 사람의 행동으로 보아 이곳으로 오고 있는 사람은 상당한 고수일 가능성이 크기 때문이다.

"여기에 올 사람은 내가 지켜야 할 사람일지도 모른다."

"지켜야 할 사람? 그렇다면 혹시?"

"맞다. 내가 마교로 행방을 찾기 위해 가려던 것도 다 그 때문이다. 그런데 저놈들이 누님을 해치려고 했기에 나설 수밖에 없었다. 해볼 만한 자들이라 생각했는데 내 생각이 틀렸던 것 같다."

"으음! 그래서 네가 나선 것이로군. 후후, 그렇다면 물러설 수 없잖아."

곤은 어째서 백무가 막무가내로 나서려 했는지 이제야 알 수 있었다. 마교를 단신으로 찾아갈 만큼 소중한 존재가 위험할 수 있었기에 나섰다는 것을 안 것이다.

'후후후! 이 자식! 생각보다 괜찮은 놈인데.'

곤은 곧 백무가 더없이 마음에 들었다. 누군가를 위해 목숨을 걸 줄 아는 자는 결코 흔하지 않기 때문이다.

"잘 들어. 난 이제부터 네 움직임에 맞추겠다. 저놈들은 지금 전력을 다하지 않고 있으니, 네 누님이 올 때까지 버티려면 이 수밖에 없다. 저 자식들의 모습을 보아하니 네 누님은 강하신 분 같은데, 그분이 오시면 어떻게든 되겠지.”

“그래, 한 번도 무공을 시전하는 것을 본 적은 없지만. 좋아, 누님이 오시면 어떻게든 될 거다. 그리고 우리도 만만치 않고. 한번 해보자고.”

서로가 노려보며 대치하고 있었다. 백무와 곤은 흑백쌍마의 합격술을 경계하고 있었지만 흑백쌍마는 다른 이유로 백무를 노려보고 있었다.

이제는 피로 물든 듯 전신이 붉어진 백무를 보며 백암의 뇌리를 한 가지 생각이 스쳐 지나갔다. 자신을 정신없이 몰아치던 백무의 공격을 생각하니 의혹이 더욱 짙어졌다. 그러한 이유로 둘은 전음을 나누느라 백무와 곤의 대화를 거의 듣지 못했다.

“흑광! 저놈 보이냐?”

“붉은 놈? 아니면 속에 능구렁이가 여러 마리 들어간 것 같은 놈 말이냐?”

갑작스러운 질문에 흑광은 무슨 이유인지 궁금한 듯 백암을 바라보았다.

방금 전 자신의 실력을 숨기고 기회를 엿보고 있는 곤의 공격을 보면서 섣불리 상대할 것이 못 된다는 것을 느낀 흑광이었다. 곤의 의도를 눈치 챈 흑광은 방심하지 않고 기회를 엿보고 있었다. 곤과의 대결로 어쩌면 자신의 밑천을 모두 드러내야 할지도 모르는 상황이었다. 그렇기에 백암이 혹시나 그것을 알아본 것이 아닌가 하는 생각이 들었던 것이다.

"온몸이 붉은 저놈 말이다."

"저놈이 왜?"

"한 가지 생각나는 것이 있어서 말이다."

"뭔데 그래?"

언제나 신중한 백암의 목소리에서 곤혹스러움을 느낀 흑광은 의아한 듯 그를 쳐다보았다. 자신을 상대하던 곤이라면 몰라도 내공 한 점 없는 백무를 어째서 주목하는지 그 이유를 몰랐던 것이다.

"아무래도 삼천예 중 하나인 혈영마공과 관련이 있는 놈 같다."

"혈영마공하고? 하지만 내가 보기에는 내공이 하나도 없는 놈 같은데?"

"내공이 없는 것은 맞는 말이다. 하지만 혈영강기만 없다 뿐이지, 전해지는 이야기와 같이 저놈이 공격한 투로가 무척이나 비슷했다. 내공이 없는 상태에서 감각적으로 나를 공격해 무연홀보를 깬 놈이다."

"무연홀보를? 그럼!!"

무연홀보를 깼다면 예삿일이 아니었다. 백암이 의혹을 가지는 것이 당연했다. 혈영마공은 달리 감각의 무공이라 일컬어지는 것이기에 흑광 또한 백무를 주시했다.

"일단 시험해 봐야겠지. 만약 저놈이 익히고 있는 것이 진짜 혈영마공이 틀림없다면, 이건 우리에겐 다시없을 기회다. 그 계집을 막는 일보다 이것이 더 중요하다는 말이다."

백암은 광기에 젖지 않고 자신들에게 잔뜩 살기를 흘리는 백무의 눈을 바라보았다. 전신에서 뿜어지는 강렬한 살기에도 불구하고 차가우리만치 침착함을 갖추고 있었다.

혈영마공을 익히고 있다면 광인이 되는 것이 정상인데, 온전한 정신을 가지고 있다면 마교로 향하는 당민을 저지하는 일은 그야말로 아무것도 아니었다. 그보다는 지금 백무가 진짜 혈영마공을 익히고 있는지의 여부를 파악하는 것이 더 중요한 일이었다.

일단 혈영마공을 대변한다 할 수 있는 혈영강기의 조짐은 보이지 않았다. 내공이 하나도 느껴지지 않는 것도 그와 관련이 있어 보였다.

그렇지만 방금 전 자신을 공격했던 투로는 이미 사라졌다고 여겨지는 혈영마공의 투로와 상당히 닮아 있었다. 인간의 감각을 최대한 일깨워 본능적으로 반응하는 모습이 말이다.

흑광 또한 백무를 바라보았다. 백암의 말이 무슨 뜻인지 알기에. 마교의 교주 위에 도전할 수 있는 몇 안 되는 무공 중 하나가 바로 혈영마공이었다.

혈영마공만 있다면 자신들의 계획이 성공할 확률이 높다는 것을 그 또한 알고 있었다.

"으… 음! 혈영마공만 있으면 이렇게 치졸한 수를 쓰지 않아도 되겠지. 좋다. 한번 시험해 보자."

"좋아! 조금 손해를 보더라도 이건 반드시 확인해야 할 일이다. 그 계집이 오기 전에 빨리 끝내는 것이 좋겠다. 아무래도 저놈들은 그 계집과 관련이 있는 것이 틀림없다."

"후후! 그럼 오랜만에 힘 한번 써야겠군."

뭉클!

흑광의 전음을 끝으로 조금 전에 곤과 백무를 상대할 때와는 다른 기운이 두 사람에게서 흘러나왔다. 눈으로는 확인할 수 없지만 강력한 투기와 함께 전신에 소름이 돋게 하는 강한 힘이었다.

"으… 음!"

"음!"

백무와 곤은 흑백쌍마에게서 느껴지는 기운에 신음을 삼킬 수밖에 없었다. 조금 전 두 사람에게 느껴지던 기운은 지금에 비하면 조족지혈이었다. 흑백쌍마가 시전하는 기운은 마교에서도 특별한 자들만이 익힐 수 있는 것이었기 때문이다.

第三章

흑백쌍마(黑白雙魔)의 암흑투기(暗黑鬪氣)!

九劈雷雲

암흑투기!

흑백쌍마가 흘리고 있는 기운의 정체였다. 마교 내에서 일정한 지위가 되면 익히게 되는 무공이 바로 암흑투기였다. 미친 광마(狂魔)가 되지 않기 위해, 산공(散功)의 고통을 겪지 않기 위해 익히는 것이 바로 암흑투기이다.

그리고 무엇보다 중요한 것은 암천신마공을 제외하고 일반적인 마공을 익힌 이가 극마로 넘어서는 데 없어서는 안 될 중요한 무공이 바로 암흑투기였던 것이다.

백암과 흑광이 수련한 암흑투기는 이제 입마(入魔)의 단계였다. 대부분의 광천십마가 이미 극마의 경지에 들었지만 두 사람은 이제 극마의 초입을 바라보고 있었다.

사실 지금 이 두 사람은 무척이나 불안전한 상태였다. 입마의 단계에서 암흑투기를 일으켜 무공을 전개하면 이십 년 정도의 내공 손실이 있을 뿐만 아니라 잘못하면 주화입마에 빠져 산공이 일어날 수도 있기에 생명이 위험하지 않는 한 암흑투기를 일으키는 것을 자제하는 형편이었다.

암흑투기를 이용해 극마의 단계를 넘어야 안전하지만, 백무가 익힌 무공이 진정 혈영마공인지 알아보기 위해서는 어쩔 수 없이 암흑투기를 일으켜 무공을 펼쳐야 했던 것이다.

"흑백쌍마의 합공이 무섭다고 하더니 빈말은 아니었나 보다. 조심해라, 무! 놈들의 기세를 보니 이제 시작할 모양이다. 다시 한 번 말하지만 무조건 아까 내게 보여주었던 움직임대로 저놈들을 공격해라! 그래야 내가 너와 맞출 수 있으니까."

다시 한 번 백무에게 주의를 준 곤은 북명신공을 끌어올렸다. 이미 흑광이 자신의 힘에 대해 어느 정도 눈치를 챘다고 생각했기에 전력을 다하기로 생각한 것이다.

백무는 최대한 감각을 열고 두 사람에게 집중했다. 조금 전 자신이 공격하던 때와 달라진 기세를 확연히 느끼고 있기에 나름대로 준비하고 있었다.

'아직 저놈들에게는 상대가 되지 않겠지만 초조할 필요도

없고, 긴장할 필요도 없다. 그동안 수련해 온 것을 믿으면 된
다. 누님이 오실 때까지만 놈들을 막으면 되는 것이다.'

이미 곤과의 비무를 통해 내력이 깃든 공격을 상대하는 법
을 어느 정도 터득했기에 두려움은 없었다. 그러나 삶과 죽음
을 가르는 생사결이 될 수도 있기에 긴장되지 않을 수 없었
다.

촤라랑!!

흑광의 왼손에서 하얀색에 검은 기운이 감도는 도가 튀어
나왔다. 손목에 감겨져 있었던 듯 하늘거리는 연도였다.

챙!

내력을 주입한 듯 도신이 일어섰다. 검은 기운이 도신을 따
라 새겨진 뇌전 문양으로 흘렀다. 흑광의 손을 타고 암흑투기
가 주입된 것이다. 요사스러운 도기를 뿌리는 검은색의 도를
부여잡은 흑광의 눈은 서늘하니 침잠되어 있었다. 흑광의 애
병인 전광묵도(電光墨刀)였다.

스르룽!

백암의 손에서도 검신이 튀어나왔다. 새하얀 백색의 검신
이 무척이나 날카로워 보이는 그것은 백연의 애병인 흑연백
검(黑煙白劍)이었다. 유백색의 검신에는 연기와 같은 기이한
무늬가 새겨져 있었다. 흑광과 마찬가지로 백암의 눈 또한 서
늘하게 침잠되어 갔다.

흑광의 전광묵도와 백연의 흑연백검은 여간해서는 꺼내지 않는 것이었다. 두 사람이 애병을 꺼내고 암흑투기를 일으켰다는 것은 혼신의 힘을 다하겠다는 소리였다. 당민의 도착을 우려해 빠른 시간 안에 백무와 곤을 제압하고 자리를 떠나려 무리를 한 것이다.

옛날부터 좌검우도라 하여 힘을 중시하는 도는 우수로 사용하고, 그를 뒷받침하도록 괴이 신랄함을 위주로 한 좌수검을 이용하는 이들이 간혹 있었다.

흑백쌍마가 펼치는 합견진은 이와는 반대로 왼손에는 도를, 그리고 오른손에는 검을 든 두 사람이 하나의 마음으로 연결되어 펼치는 일종의 심신합일공이었다. 마교 내에서도 흑연 속에 전광이 일면 피에 젖은 대지만이 보인다고 할 정도로 알아주는 합격진이었다.

흑백쌍마는 원래 몸이 붙은 채로 태어난 사람들이다. 불구의 몸으로 태어났지만 천하 삼대 의수(醫手) 중 한 명인 귀수마의의 도움으로 각자의 몸으로 분리되어 새로운 삶을 살게 된 자들이었다.

그런 몸이었기에 두 사람 사이에는 남들이 모르는 특별한 교감이 있었다. 지금 흑백쌍마가 펼치는 합격진은 두 사람의 심령이 연결되어 있기에 가능한 무공으로, 마교에서도 오직 그들만이 펼칠 수 있는 가공할 합격진이었던 것이다.

스스스!

암흑투기를 흘려내는 두 사람의 신형이 서서히 겹쳐지고 있었다. 마치 한 사람인 듯 보이다가도 눈을 비벼 다시 보면 두 사람으로 보이는 것이 무척이나 괴이했다.

각자의 무기에 가느다란 흑기류를 흘려내며 겹쳐진 흑백쌍마가 곤과 백무를 향해 다가서기 시작했다.

"차앗!"

기세로 압박하며 서서히 다가서는 흑백쌍마를 향해 기합성과 함께 백무가 신형을 날렸다. 어지러운 다리의 그림자가 허공을 수놓았다. 탄공신이 펼쳐진 것이다.

곤 또한 그의 뒤를 받치며 신형을 움직였다. 사지에 북명신공을 잔뜩 끌어올린 곤은 단숨에 거리를 접는 움직임으로 양손을 뻗어 냈다. 귀문관(鬼門關)을 열고 나온 귀신의 권법이라는 귀상문이다.

차차창!

터텅!!

허공을 날아 찍어오는 백무의 각법과 파고들 듯 말아 쥔 곤의 주먹이 지척에 이르자 흑백쌍마는 도검을 내려쳤다. 백무의 각법과 부딪친 흑연백검에서는 맑은 쇳소리가 난 반면, 곤의 권과 부딪치는 전광묵도에서는 마치 범종이 울리는 것 같은 소리가 울려 퍼졌다. 암흑투기와 북명신공의 기운이 부딪친 탓이었다.

공격을 하다가도 사지 어느 곳이든 일순 기운을 바꾸어 출기불의로 공격할 수 있는 귀상문이었지만, 흑백쌍마는 아무 것도 아니라는 듯 정확히 백무와 곤의 공격을 막아낸 것이다.

파팍!

백무는 이미 예상한 듯 일격이 끝나기도 전에 신형을 움직였다. 탄공신으로 공격하고 뒤로 날아 곤을 뒷받침하려던 백무의 신형이 이 장여를 솟구친 후 곤을 건너뛰어 다시금 탄공신의 움직임으로 바람과 같이 흑백쌍마를 향해 공격을 가한 것이다.

움직임은 탄공신을 따르고 있었지만 운기는 자신이 곤에게서 파악한 귀상문을 따르고 있었다. 발끝에서는 계속해서 힘의 흐름이 바뀌고 있었다.

슈슈슈슉!

휘이익!

타타타타!

날카로운 발끝으로 연이어 공격을 밀어 넣었으나, 어느새 나타난 것인지 도검이 들리지 않은 흑백쌍마의 손들이 백무의 공격을 막아냈다.

파팡!

손과 발이 부딪쳤지만 밀리는 쪽은 오히려 백무였다. 막강한 내력으로 인한 반탄의 힘으로 백무의 공격을 밀어낸 탓이었다.

휘이익!

파파파파팟!

곤의 움직임도 쉬지 않았다. 백무가 연이어 공격하자 곤 또한 연달아 일곱 번의 주먹을 내쳤다. 백무의 공격을 막아내는 흑백쌍마를 향해 점창의 절기인 칠중중수가 가미된 권기를 날린 것이다.

퍼퍼퍼퍼퍽! 피픽!

눈에 보이는 권기는 물론 암중으로 쇄도한 권기까지 곤의 공격은 어느새 튀어나온 맨손들이 모두 막아냈다.

“으… 음!”

“음!”

백무와 곤의 입에서는 저절로 신음이 흘러나왔다. 역시 광천십마라 불릴 만했다. 개개인으로 상대할 때와 합격술을 펼치는 흑백쌍마는 차원이 다른 존재였다.

곤과 백무의 공격을 막아내는 흑백쌍마의 움직임은 여유가 넘쳤다. 백무와 곤도 귀상문을 이용한 합격을 시도했지만 흑백쌍마의 움직임을 따를 수는 없었다.

태어날 때부터 합견진을 익힌 것이나 마찬가지인 흑백쌍마에게 두 사람이 시전하는 급조한 합격진은 아무래도 대적할 만한 것이 아니었다.

하지만 두 사람은 흑백쌍마에 대한 공격을 멈추지 않았다. 조금이라도 틈을 보이는 순간 당할 것이 분명했기에 어떻게 해서든지 당민이 올 때까지 버텨야 했던 것이다.

"크하하! 네놈들이 가진 힘으로는 전광흑연의 합격을 막을 수 없을 것이다."

"크하하! 네놈들이 가진 힘으로는……."

가소로운 듯 비웃는 목소리가 흘러나왔다. 흑광과 백연의 목소리가 겹쳐진 탓인지 마치 메아리처럼 목소리가 연이어 졌다. 목소리마저 겹치듯 사라졌다가 다시 나타나는 것이 다.

"웃기는 소리 하지 마라!"

백무는 소리를 지른 후 다시금 흑백쌍마를 향해 쇄도해 들었다. 탄공신과 소림오권이 합쳐진 모습이었는데, 탄공신만 으로는 안 되자 두 가지를 한꺼번에 펼친 것이다.

파파팡!

휘이익!

터텅!

모든 것을 다 발휘했지만 흑백쌍마에 의해 번번히 공격이 막히고 있었다. 그러나 백무와 곤은 공격을 멈추지 않았다. 잠시라도 주춤거리는 순간 흑백쌍마의 도검이 자신들의 몸을 가르고 지나갈 것이 분명했기 때문이다.

비록 내력이 흑백쌍마에게 미치지는 못하는 것이나, 전광 흑연의 합격만큼이나 두 사람이 보여주는 귀상문의 움직임도 만만치 않은 것이었다.

백무의 움직임은 반 박자를 앞서 갔다. 출기불의(出其不意)로 탄공신을 이용해 흑백쌍마가 예상하지 못할 곳으로 공격을 하였고, 곤은 뒤를 이어 북명신공의 기운이 실린 공격으로 백무를 뒷받침하고 있었다.

팡! 파파팡!

터터텅!

"제기랄!! 모두 막히다니, 정말 괴물들이로군."

잔상을 남기며 뻗어지는 권각을 막아낸 흑백쌍마의 움직임은 그야말로 팔비육두의 괴물 같았다. 오로지 도검과 손만을 사용해 자신들의 공격을 막았다. 백무와 곤이 전력을 타해 필사적으로 공격해 들자 이제는 발을 이용한 방어도 하고 있었다.

어느새 튀어나온 것인지 양발은 곤의 움직임을 사전에 차단해 버렸다. 또한 백무의 연속되는 발 공격은 들고 있는 도와 검면으로 쳐내고 있었다.

'이 자식들, 일부러 공격을 안 하고 있다. 가슴이 답답해지는 것과 관련이 있는 것인가?

백무는 공격을 하는 와중에도 불안감이 느껴졌다. 공격을 할 수도 있건만 흑백쌍마가 수비로만 일관하고 있었기 때문이다. 자신들의 공격을 이 정도까지 막아낸다면 한 번쯤은 공격할 기회가 충분히 있었던 것이다.

백무의 짐작이 맞았다. 사실 흑백쌍마는 두 사람을 사로잡아야 했기에 살상할 수 있는 공격을 자제하고 있었다. 그렇지 않았다면 백무와 곤은 이미 저승 문턱을 넘었을 것이다.

거기다가 흑백쌍마는 또 다른 것을 노리고 있었다. 그것은 그들이 흘려내고 있는 암흑투기 특성을 이용한 공격이었다. 상대방의 내력을 흩뜨리며 서서히 침습해 진원을 갉아먹어버리는 암흑투기로, 백무와 곤의 힘을 빼고 있었던 것이다.

그로 인해 백무와 곤은 조금씩 답답함을 느끼고 있었다. 서서히 암흑투기로 인한 효과가 나타나는 것이다. 흑백쌍마에게서 뻗어 나오는 암흑투기로 인해 백무와 곤은 조금씩 내상을 입어가고 있었다.

파파팡!

터터텅!

"크… 윽!!"

"으음!!"

계속해서 공격을 하던 백무와 곤의 입에서 일순 답답한 신음이 터져 나왔다. 계속해서 스며들던 암흑투기가 이제는 때가 된 듯 두 사람의 내부를 뒤흔들었던 것이다.

암흑투기의 침습으로 인해 곤의 북명신공은 폭풍우 치는 바다의 일엽편주처럼 흔들리고 있었다. 불완전한 신공이기에 벌어져 있던 약간의 틈이 점점 더 벌어지고 있었던 것이다.

백무 또한 암흑투기로 인해 내부가 진탕되어 울렁거리는 속을 진정시킬 수 없었다. 주변을 예리하게 감지하던 감각도 일순 떨어져 버렸다. 중원의 무공과는 궤를 달리하는 마교의 암흑투기가 두 사람의 근본을 흔들고 있었던 것이다.

"크으… 으! 실수다. 놈들은 마기를 흘려 우리의 기운을 흔들고 있었던 것이다."

"윽! 명… 불허전이군."

백무는 자신들이 흑백쌍마에게 당했다는 것을 알 수 있었다. 곤 또한 마찬가지였다.

'제길!! 암천신마도 아니고 광천십마의 말석이나 겨우 차지한 자들이 이 정도의 고수라니……'

곤은 자신의 무공을 암천신마와 비교해 보겠다는 생각은 이미 접은 지 오래였다. 암천신마와는 비교도 안 된다는 흑백쌍마의 무공이 이 정도라면 십만대산으로 가봐야 아무런 소용이 없는 일이라는 것을 절실히 느끼고 있는 것이다.

'으으!! 어째서 사부가 북명신공을 완전히 완성하지 못하면 마교로 가지 말라고 했는지 이제야 알겠군.'

어째서 마교를 십만대산이나 십만마전으로 부르는지 곤은 이제야 알 수 있었다. 자신의 생각은 그야말로 하룻강아지의 만용에 불과하다는 것을 절실히 느끼고 있었던 것이다.

파파팡!

퍼퍽!

“크으!”

‘제길!! 이놈들 몸에서 흘러나오는 기운은 도대체 뭐야?’

공격을 하지 않으면 흑백쌍마의 손에 당하겠기에 멈출 수
도 없었다. 그렇지만 공격을 하면 할수록 몸은 점점 지쳐 갔
다. 검과 도면, 그리고 손과 발에서 흘러나오는 알 수 없는 기
운이 속을 뒤집어놓았다.

부딪칠 때마다 확연히 적혈신을 이루며 얻었던 감각들이
빠르게 죽어갔다. 사해방의 배신자들이나 소중백, 그리고 곤
과의 싸움에서는 대상이나 주변의 기운을 확연이 느꼈건만
어찌 된 일인지 점차 무뎌져 가고 있었다.

더욱 기분 나쁜 것은 이제는 것 잡을 수없이 계속해서 파고
드는 암흑투기였다. 자신에게 파고드는 암흑투기의 기운으
로 인해 속이 울렁거리고 힘이 맥없이 빠져나갔다. 전 같으면
강렬히 요동치고 있어야 할 힘들이 맥없이 수그러들고 있었
다.

마치 빈자리를 채워 나가듯 자신의 몸 구석구석을 파고드
는 흑백쌍마의 암흑투기로 인해 점점 움직임이 둔해지고 있
었다. 이제는 흑백쌍마가 어디서 공격해 올지조차 느껴지지
않았다.

‘제기랄!!’

암흑투기만 아니라면 어떻게든지 될 것 같은데 점점 무기
력해져 가는 자신을 보자 분한 마음이 들었다. 제대로 가격해

보지도 못하고 당한다는 생각에 분노의 감정이 치밀어 올랐다. 어떻게 할 수 없다는 자괴감이 밀려들었다.

그렇지만 그건 마음뿐이었다. 감각이 떨어지고 힘이 떨어짐에도 필사적으로 흑백쌍마를 공격해 들었다. 이대로 순순히 물러설 수만은 없는 일이었다.

그것은 곤도 마찬가지였다. 북명신공이 흔들리자 걷잡을 수 없이 흐트러지는 내력에 더 이상 버티기 힘들었지만 힘겹게 흑백쌍마를 향해 손을 뻗어내고 있었다.

그러나 흑백쌍마의 눈에는 그런 백무와 곤의 공격이 허우적거리는 것으로밖에는 보이지 않았다. 이제는 끝낼 때가 된 것이다.

"크크! 이제 그만하면 됐다."

"크크! 이제 그……."

슈우욱!

여운을 남기는 흑백쌍마의 말이 끝나기도 전에 전광묵도에서는 흰 기류가 전방을 아울렀다. 그와 동시에 흑연백검에서 흑색의 기류가 흘러나와 순식간에 백무와 곤을 덮쳤다.

암흑투기로 인해 내력과 잠원이 흔들리고 있는 백무와 곤의 상태를 흑백쌍마는 놓치지 않았다. 화살처럼 쏘아지듯 백무와 곤을 덮친 것은 흑백쌍마의 암흑투기를 담은 도기와 검기였다.

“엇!”

“앗!”

갑작스러운 공격에 백무와 곤은 헛바람을 삼켰다. 흑백쌍마가 자신들과의 사이에 있는 간극을 순간적으로 접었던 것이다. 두 사람이 펼친 합격과는 차원이 다른 귀상문의 움직임이었다. 갑작스럽게 공간을 접고 다가온 공격은 막을 수 있는 성질의 것이 아니었다.

“피해!!”

곤이 사력을 다해 소리를 질렀다. 도검에 실린 기운을 느낀 것이다. 두 사람은 빠르게 자리를 이탈하려 했지만 흑백쌍마의 손속이 더 빨랐다.

퍼퍽!

“크윽!!”

“윽!”

기해혈에 이는 충격과 함께 곤과 백무의 몸에서 순식간에 기력이 빠져나갔다. 흑백쌍마는 검기와 도기로 백무와 곤의 기해혈을 점했다. 내기를 뿜어 상대의 혈도를 제압하는 타기점혈(打氣點穴)을 시전했던 것이다.

순식간에 요혈을 파고든 것이라 손을 쓸 수가 없었던 두 사람은 이내 무너지듯 쓰러졌다.

흑백쌍마의 공격으로 기해혈을 제압당해 바닥에 쓰러진 백무와 곤은 미동도 하지 않고 있었다. 기해혈로 들어간 암흑투기가 두 사람의 힘을 제압한 것은 물론 순식간에 의식까지 잃게 했던 것이다.

암흑투기는 마치 물에 번지는 먹물마냥 곤의 몸에 침습한 후 몸 안에 있던 북명신공과 충돌을 일으켰다. 이로 인해 곤은 힘을 잃었고, 암흑투기가 혈맥을 따라 거슬러 올라가 뇌맥을 건드리는 바람에 정신적인 큰 충격도 받았다.

그러나 백무가 쓰러지고 의식을 잃은 이유는 곤과는 조금 달랐다. 적혈신을 이룬 후 보통 사람과는 다른 혈도를 가지게 된 탓에 암흑투기는 백무의 혈맥을 건드리지는 못했다.

그렇지만 암흑투기는 근혈에 잠재되어 있던 잠원을 제압했다. 백무에게는 삶을 지탱하는 것이 곧 잠원이었기에 그 또한 의식을 잃었던 것이다.

"크하하하! 네까짓 놈들이 우리에게 덤비다니, 재미있었다."

"크하하하! 네까짓 놈들이 우리……."

흑백쌍마의 광소가 메아리치듯 울려 퍼졌다. 겹쳐졌다가 합쳐지기를 반복하는 두 사람은 쓰러져 바닥에 누워 있는 곤과 백무에게 천천히 다가갔다.

이제 그들의 염원이 이루어지기에 흑백쌍마의 입가에는 만족한 미소가 스쳐 지나갔다.

암흑투기를 씀으로 인해 내력 상실이라는 손실을 입기는 했으나 앞으로의 일을 생각하자 흡족해진 흑백쌍마였다.

"이놈들을 데리고 빨리 자리를 떠야 한다. 그 계집과 밀독천의 떨거지들이 함께 있는 이상, 지금 이 상태로 만난다면 좋은 꼴을 못 볼 것이다."

"알았다. 네 말대로 빨리 떠나는 것이 좋겠군."

당민이 올 때가 머지않았음을 느낀 백암은 서둘렀다. 당민을 저지하는 일보다 백무를 통해 혈영마공의 행방을 찾는 것이 중요했기 때문이다.

또한 자신들을 믿지 못해 뒤를 따르고 있는 자들도 신경이 쓰였다. 당민 혼자라면 모를까, 이미 암흑투기를 쓰느라 내공을 상당히 소진한 상태였기 때문이다.

비록 실력이 자신보다는 약간 처지기는 하지만, 그것은 한 사람일 때의 이야기였다. 내력까지 일부 소실된 마당에 당민을 따르고 있는 자들까지 상대한다는 것은 어불성설이라는 것을 잘 알고 있었던 것이다.

빨리 자리를 떠야 함을 인식한 두 사람은 쓰러져 있는 백무와 곤의 신형을 들려고 했다.

쒜애애액!

그 순간, 무엇인가 흑백쌍마에게로 빠르게 날아왔다. 아직 합격술을 풀지 않고 있다 위험을 느낀 흑백쌍마는 검과 도를 휘둘러 날아오는 물체를 막으려 했다. 날아오는 물체가 암기라 생각했던 것이다.

휘이익!

휘리리릭!

검과 도에서는 아무런 부딪침도 없었다. 암기였다면 검과 도에 튕겨져 나가야 정상이건만 날아온 물체는 도와 검면을 타면서 기어오르고 있었던 것이다. 그것은 암기 같은 것이 아닌 살아 있는 생물체였다. 바로 녹린천아사였던 것이다.

쉬… 쉬쉬쉬!!

기괴한 소리를 흘리며 검면과 도를 휘감으며 타고 오른 녹린천아사들은 심상치 않은 기운을 흘리며 흑백쌍마를 위협했다.

"엇!"

"앗!"

파파팟!

번득이는 이빨, 차가운 검은색의 안광, 머리부터 꼬리까지 나있는 녹색의 역린, 그리고 기이하게 생긴 한 쌍의 날개까지. 범상치 않은 독물임을 확인한 흑백쌍마가 기겁하며 황급히 자리를 피했다.

아무리 마교의 광천십마라지만 녹린천아사의 몸에서 느껴지는 독기는 만만한 것이 아니었다. 손끝에서부터 전해지는 독기가 저릿한 느낌으로 다가왔던 것이다. 위험을 느낀 흑백쌍마는 신형을 뒤로 급하게 물리며 녹린천아사의 공격을 피했다.

"누구냐?"

이런 독물을 다룰 줄 아는 곳은 오직 한 군데밖에 없었다. 주위를 둘러보았지만 아무도 없었다. 혹시나 당민과 밀독천의 인물들이 온 것이 아닌가 하는 생각이 들었지만 인기척은 전혀 느껴지지 않았다.

"저건!"

백암은 곧 자신들을 위협하는 녹린천아사들이 어디서 나타난 것인지 알 수 있었다. 백무가 흑백쌍마를 상대하기 위해 수풀 속에 벗어놓은 등짐에서 녹린천아사들이 날아오르고 있었던 것이다. 영성을 가진 듯 검은 안광을 발하며 허공에서 날고 있는 녹린천아사의 모습은 기괴하기 짝이 없었다.

"세… 상에!! 날개가 달린 뱀이라니……."

합격이 깨진 것인지 흑백쌍마의 모습이 원래의 모습으로 돌아가려 했다. 날아다니는 뱀을 처음 본 탓에 심령이 흐트러진 것이다.

휘이이익!

녹린천아사의 움직임은 잘 훈련받은 군사들 같았다. 어느새 허공을 비상하며 흑백쌍마를 포위하고 있었다.

"조심해라! 망영무연공(茫影無煙功)이 깨지려 한다. 으…음! 예사 놈들이 아니다."

백암은 황급히 흑광의 의식을 추스르며 망연무영공이 깨지지 않도록 했다.

스으으으!

흑백쌍마가 망연무연공이 깨지는 것을 막으며 주변을 날아다니는 녹린천아사들을 경계하고 있을 즈음, 기이한 소리가 백무의 품에서 흘러나오는 것을 들을 수 있었다. 홍아가 녹린천아사를 지휘하며 백무의 품에서 빠져나오고 있었던 것이다.

홍아는 몹시 기분이 나쁜 듯 신경질적인 소리를 내며 허공으로 날아오르더니 이내 흑백쌍마에게 다가왔다. 흑백쌍마를 포위하고 있던 녹린천아사들은 마치 지휘하는 장수를 영접하는 군졸처럼 홍아를 맞으며 양옆으로 갈라졌다.

"이놈은 또 뭐야?"

"잠깐! 멈춰봐라!"

흑광이 망영무연공을 깨고 홍아를 상대하기 위해 앞으로 나가려다 백암의 외침에 순간 멈췄다. 덕분에 또다시 망영무연공은 반 이상이나 흐트러져 버렸다.

"숨을 멈춰라! 안 그러면 중독된다."

"으으! 그러고 보니 좀 어지럽다."

만독신단은 이미 사라져 전설이 되어버린 무형지독(無形之毒)을 제외한 웬만한 극독에 저항력을 갖게 하는 것이었다. 당민을 상대하기 위해 만독신단을 복용했음에도 머리가 어지러워지는 것을 느낀 백암은 급히 전음을 보내 흑암을 멈추게 했다. 녹린천아사의 독기도 위협적이었는데 홍아가 나타난 후 느껴지는 독기로 인해 머리까지 어지러워지는 것을 보면 홍사가 예사 독물이 아니라는 것을 느낀 것이다.

'으… 음! 이놈들은 철저히 훈련받은 놈들이다.'

마치 군진처럼 자신들을 에워싸며 허공을 날고 있는 녹린천아사들의 기세가 사뭇 위협적이었다. 처음 공격할 때도 분명 허공을 날아오다 방향을 틀며 자신들의 검과 도를 피했다. 그것은 절정의 고수들도 하기 힘든 움직임이었다.

백암은 위기감을 느꼈다. 무림고수들을 상대하기 위해 훈련받은 존재임을 이제야 알게 된 것이다. 그리고 그것이 당민과 연관되어 있을지도 모른다는 사실이 그에게 위기감을 느끼게 했던 것이다.

홍아를 보고 제일 먼저 생각난 것이 쓰러진 놈들과 당민과의 관계였다. 당민을 치기 위해 기다리던 곳에서 자신들에게 덤벼 든 것도 그렇고, 분명 자신과 흑광이 나눈 대화를 들은 것이 틀림없었다.

연관이 없을 수가 없었다. 당민과 관계가 있다면 문제가 컸다. 눈앞에 보이는 뱀들이 평범한 것이 아니라는 것을 반증하는 것이었기 때문이다.

"흑광! 이런 영물들을 부리는 것을 보면 저 자식들도 분명 그 계집과 연관이 있는 것이 분명하다."

“그러면 어떻게 해야 하는 것이냐?”

아련히 전해오는 독기를 느낀 흑광 또한 이 자리에서 시간을 끌 수 없다는 것을 알고 있었다.

“만만치가 않아. 저놈들은 우리의 허점을 노리고 있다. 단번에 우리의 숨통을 끊을 빈틈을 말이다. 이건 마치 절정의 고수들에게 포위된 것 같은 느낌이니……”

“망영무연공이 깨져 가는데 어떡하지? 거기다 암흑투기를 사용하느라 내공도 이미 많이 소진됐고. 그냥 이대로 대치할 수만은 없잖아?”

“지금이라면 이놈들을 상대하는 것은 어떻게 되겠지만 그 후가 문제다. 이놈들이 다 처리할 시간이면 당민, 그 계집이 도착하고도 남을 시간이다.”

백암은 절정고수를 상대하는 방법을 훈련받았다면 녹린천아사를 상대하는 것이 쉽지만은 않은 일이라는 것을 알 수 있었다. 시간만 있다면 제압하는 것이 그리 큰 문제는 아니었다.

문제는 시간이었다. 평범해 보이지 않는 뱀들이었다. 녹린천아사와 홍아를 제압하는 데 어느 정도의 시간이 흐를 것이고, 뒤이어 나타날 당민이 문제였던 것이다. 분명 자신들의 목적을 달성하기 위해서는 시간이 걸릴 것이 분명했다.

“큰일이로군.”

“어차피 이대로 당민을 막을 수 없다면 저놈을 데리고 가는 것이 상책이다. 일단 망영무연공을 일부 깨고 내가 선수를 칠 테니 저 뱀새끼들을 처리한 다음, 저놈만 데리고 자리를 뜨자. 둘은 곤란하니까. 어떠냐?”

백무와 곤을 둘 다 데리고 자리를 뜬다는 것은 어려운 일이었다. 백암은 형염마공의 흔적을 보여준 백무를 택할 수밖에 없었다.

“좋아! 그 수밖에는 없겠군.”

두 사람은 녹린천아사와 홍아를 물리친 후 백무를 데리고 자리를 뜨기로 결론을 모았다. 흑광도 백암의 의견대로 할 수밖에 없음을 알기에 찬성을 표시했다.

휘이익!

백암이 먼저 움직였다. 일정 부분 겹쳐진 흑광의 신형도 백암의 뒤를 따랐다. 백암은 표홀히 신형을 이동하며 쾌속하게 검을 휘둘렀다.

하지만 두 사람이 혼연일체로 펼치던 망영무연공의 일부가 깨진 탓에 백무와 곤을 상대할 때보다는 조금은 느린 듯한 움직임이었다.

그러나 합격진을 펼칠 때보다 느리다는 것이지 지금도 거의 눈에 보이지 않는 움직임이었다.

티티팅!

백암이 앞서 가며 녹린천아사를 베기 시작했다. 검기를 머

금은 검이었지만 녹린천아사는 잘려 나가지 않았고 쇳덩어리
가 부딪치는 소리만 들렸다. 허공을 날고 있는 녹린천아사들
은 백암이 휘두른 검력에 의해 허공에서 잘라지지 않고 밀려
나갔던 것이다.

치이익!!

홍아의 입에서 다급한 소리가 흘러나왔다. 성동격서의 수
법으로 백암이 녹린천아사를 공격하고, 흑광이 그사이 백무
를 집으려 하자 다급하게 소리를 지른 것이었다.

파르르르!

흑광은 두 사람이 쓰러져 있는 반장 앞에 이르자 자신의 눈
앞에서 독아를 드러내고 있는 녹린천아사들을 볼 수 있었다.
백암의 검력에 휘말리지 않은 녹린천아사들이 홍아의 지시로
어느새 다가와 있었던 것이다.

'제길!!'

자신들의 의도를 눈치 챈 뱀들의 발 빠른 대응에 흑광은 뒤
로 물러날 수밖에 없었다. 물러난 것은 흑광뿐만이 아니었다.
검력에 휘말려 날아갔던 녹린천아사들이 다시금 날아와 허공
을 유영하며 합공을 해대자 백암 또한 처음 있던 자리로 되돌
아가야 했던 것이다.

아직 망영무연공이 완전히 깨어지지 않아 간신히 피할 수
있었던 것이지, 그렇지 않았다면 아무리 두 사람이라 해도 당
하고도 남을 공격이었다.

"이… 새끼들! 정말 뱀새끼들 맞는 거냐?"

제자리로 돌아온 흑광은 기가 막히지 않을 수 없었다. 한낱 미물들이 마교의 광천십마를 가지고 놀고 있었다. 마치 잘 짜여진 병진처럼 자신들을 상대하는 것을 보며 놀라지 않을 수 없었다.

검기에도 잘려 나가지 않는 몸과 절정고수를 방불케 하는 움직임을 보며 흑광은 고개를 저었다. 자신들의 의도가 하나도 먹히지 않는 탓에 분통이 터지는 것을 막을 수가 없었다.

"으… 음! 저 뱀들은 진짜 밀독천의 영물들이다."

노화를 참을 수 없는 흑광과는 달리 백암의 전음은 차분했다. 일이 뜻대로 풀리지 않는 것보다 다음 상황을 어떻게 해야 할지 생각하고 있었다.

"혈영마공을 익힌 놈은 무조건 데리고 가야 하니 암흑투기를 다시 한 번 써야겠다."

"미쳤냐? 암흑투기를 다시 쓰게!"

"큰 것을 얻으려면 모험을 해야지."

백암의 전음은 단호했다. 어떻게 해서든지 혈영마공을 얻겠다는 의지가 가득했다.

"잘못하면 산공(散功)이 일어날 수도 있는데 정말 그렇게 할 생각인 거냐?"

극마지경에 이르지 못한 상태에서 이미 한 번 암흑투기

를 사용했다. 만약 다시 한 번 암흑투기를 사용한다면 암흑
투기의 불균형으로 인해 산공이 일어날 수도 있는 일이었
다.

처절한 고통 속에 그동안 쌓아왔던 공력이 일순간에 날아
가고, 암흑투기의 붕괴로 인한 처절한 고통이 찾아올 것이 분
명했기에 흑광은 백암의 전음에 반박하는 투로 전음을 보냈
다.

“저놈은 아직 혈영마공의 기운을 외부로 발출하지 못하고
갈무리하고 있다. 그걸 흡수하면 암흑투기의 불균형을 바로
잡는 것은 물론이고, 어쩌면 그걸 기반으로 해서 마교를 휘어
잡을 수도 있다는 말이다.”

“그럼!”

흑광은 백암의 의도를 알 수 있었다. 혈영마공만 있다면 교
주조차 두려워하지 않아도 되는 것이다.

“그래! 손해를 보더라도 저 뱀새끼들한테서 무조건 저놈을
빼내야 하는 거다. 정상에 올라서려면 목숨을 걸고서라도 모
험을 해야 하는 법이지.”

백암의 전음에는 확신이 깃들어 있었다.

“좋아!! 한번 해보자!”

흑광은 자신의 분신인 백암을 전적으로 신뢰하고 있었다.
절정고수에도 못 미치던 자신들이었다. 그저 일류고수 수준
에서 맴돌던 자신들이 광천십마의 반열에 오른 것도 모두 백

암의 능력 덕분이었다.

부족한 부분을 서로 메워 오늘의 이 자리까지 온 것을 알고 있기에 이번에도 전적으로 백암의 말을 신뢰했다.

스스스!

두 사람의 신형이 다시금 겹쳐지듯 합쳐졌다. 다시 한 번 망영무연공이 완전하게 펼쳐진 것이다. 두 사람의 몸에서는 암흑투기의 기운이 넘실거리기 시작했다.

치이이!!

홍아의 입에서 긴장한 것 같은 소리가 흘러나왔다. 자신의 주인이 된 백무가 어떻게 쓰러졌는지 아는 까닭이었다. 지금과 같이 기분 나쁠 정도로 기이한 기운이 감지되고 나서 얼마 후 백무가 힘을 잃고 쓰러진 것을 알고 있었다.

파르르르!

홍아를 중심으로 녹린천아사들이 백무의 주변에 몰려들었다. 백무를 노리고 있다는 것을 본능적으로 느낀 것이다. 녹린천아사의 비늘이 일어나며 녹색의 독연이 피어올랐다.

또한 홍아의 몸에서도 아지랑이 같은 기운이 뿜어져 나오기 시작했다. 인간과 뱀들의 대결이었지만 마치 초절정의 고수들이 생사의 간극을 마주 대하고 있는 것 같았다.

흑백쌍마도 녹린천아사들과 홍아가 흘리는 독기를 느끼며 긴장하고 있었다. 한낱 미물들이 아니었다. 자신들을 향해 퍼져 나오는 독기로 인해 암흑투기마저 흔들릴 정도였던 것이다.

거기다 망영무연공이 뱀들의 본능적인 감각을 돌파할 수 있을지 확신이 서지 않았다. 백무를 보호하고 있는 뱀들의 기세가 무엇보다 엄밀했기 때문이다.

"안 되겠다. 암흑투기를 극성으로 끌어올려라!"

흑백쌍마는 위험한 줄 알면서도 망영무연공을 극성으로 끌어올렸다. 이렇게 된 이상 모 아니면 도였던 것이다. 망영무연공이 해체된 이후에는 일 갑자 이상의 공력이 손실될 것이 분명했지만 그것은 상관하지 않았다. 백무를 얻는 순간보다 더 큰 것을 얻을 수 있다는 기대감 때문이었다.

쑤우욱!!

흑백쌍마에게서 흘러나온 암흑투기가 독기를 밀어내기 시작하자 녹색의 독연이 점차 밀려나고 있었다.

번쩍!!

차라라라랏!

퍼— 퍼— 퍼퍼펑!

"크아아!!"

흑과 백의 기류가 섬광과 함께 녹린천아사를 덮쳤다. 간극을 무시한 공격에 백무의 주변에 몰려 있던 녹린천아사들이 충격을 받은 듯 산산이 흩어졌다. 백무와 곤으로 인해 내력이 소실되지 않았다면 갈가리 찢겨졌을 것이 분명했다.

파파팟!

흑백쌍마의 신형이 쏘아진 화살처럼 홀로 지키고 있는 홍아를 향해 날아갔다.

슈앙!

흑백쌍마의 도와 검에서 강기가 솟아올랐다. 홍아가 녹린천아사들보다 수십 배 무서운 독물이라는 것을 느꼈기에 내력의 손실을 감수하면서까지 전력을 다한 것이다.

홍아는 검과 도에서 뿜어지는 거력을 느끼면서도 꼼짝하지 않고 백무를 지키고 있었다. 흑백쌍마를 저지하려는 듯 홍아의 입에서는 연신 오색의 독기가 뿜어지고 있었다.

퍼… 퍽!

강기에 싸여진 도검이 홍아의 전신을 가격했다. 한쪽 날개엔 구멍이 뚫리고 목 언저리엔 깊은 상처가 생겼다.

카아아아!

비록 상처를 입었지만 이대로 질 수는 없다는 듯 홍아의 입에서 오색의 독기가 뭉클거리며 더 많이 쏟아져 나왔다. 백무를 보호하기 위해 흑백쌍마를 물리치려는 처절한 저항이었다.

슈슉!

하지만 독연이 채 뻗기도 전에 흑백쌍마의 두 손이 뻗어 나오며 장력을 뿜어냈다. 암흑투기를 공력과 섞어 전력을 다해 시전한 것이다.

퍼퍽!

장력에 맞은 홍아의 몸이 힘없이 허공을 날아 한쪽에 처박혔다. 이미 검강에 의해 상처를 입고 있었기에 흑백쌍마의 수강에 맞은 후 곧바로 의식을 잃어버린 탓이었다.

"차앗!"

파파파팟!

흑백쌍마는 방해물이 사라지자 달려오던 자세 그대로 백무를 채더니 그대로 산속으로 치달리기 시작했다.

"크… 으음! 최대한 속력을 내야 한다. 그 계집의 기운이 느껴졌으니 반 각이 지나지 않아 도착할 것이다. 암흑투기는 최대한 줄여야 한다. 그렇지 않으면 귀신같이 쫓아올 것이다."

흑백쌍마는 녹린천아사와 홍아를 상대하느라 가지고 있던 공력의 반이 소실되었다. 그리고 자신들의 무공의 근간이 되는 암흑투기도 흩어지려 하고 있었다.

흑백쌍마는 홍아를 공격하는 와중에 당민의 기운을 느낄 수 있었다. 망영무연공이 흩어지기 전에 최대한 거리를 벌려야 했다. 두 사람은 공력이 계속 소실되는 것을 무릅쓰며 백무를 낚아채고는 망영무연공을 운용한 채 극성으로 경공을 펼친 것이다.

휘이이익!

흑백쌍마가 장내에서 사라지고 난 뒤 얼마 후 당민 일행이 장내에 나타났다. 사천독노는 뒤에 처져 있는지 보이지가 않았다. 백무를 쫓다 강력한 암흑투기를 느낀 당민이 공력을 극성으로 끌어올리고 밀광, 암연과 함께 빠르게 경공을 펼친 끝에 도착한 것이다.

정신을 잃고 쓰러져 있는 곤의 모습과 바닥에서 꿈틀거리며 괴로워하고 있는 녹린천아사들을 보는 당민의 눈에서 일순 살기가 감돌았다.

'어떤 자가 이곳에 왔었다는 말인가?

암흑투기를 사용할 정도라면 광천십마 중 하나가 왔음이 분명했다. 광천십마가 나설 일이라면 오직 자신밖에는 없었다. 그들이 백무에 대해서는 알 리가 없기에 모든 것이 의문스러울 뿐이었다.

'어떤 자인지 모르지만 무아에게 위해를 가했다면, 죽지도 살지도 못하게 해주리라!

강렬한 살기가 주변을 맴돌았다. 당민을 따라온 삼노마저 움찔거릴 만큼 강렬한 살기였다. 그만큼 당민은 분노하고 있었던 것이다.

'우선 무아를 찾아야 한다.'

당민은 빠르게 마음을 진정시키며 조금 전 느꼈던 암흑투기의 행방을 뒤쫓았다. 하지만 방금 전까지 이곳에 있었던 암흑투기는 이미 아련히 사라져 아무것도 느껴지지 않았다.

‘저 아이들을 저토록 만들었다면 분명 광천십마 중 하나가 분명하다. 놈이 무아에게 위해를 가한 것이 틀림없다. 암흑투기와 맞닥뜨렸다면 무아가 위험할 수도 있다.’

백무를 따라간 것으로 보이는 녹린천아사들이 고통스러운 듯 바닥에서 꿈틀거리고 있었다. 자신을 노리고 온 광천십마 중 하나가 백무에게 위해를 가한 것이 틀림없다는 생각이 들었다.

“어서 주변을 뒤져요!”

밀광과 암연에게 주변을 뒤지라고 지시한 뒤 당민은 쓰러져 있는 곤에게로 다가갔다.

“이놈이 무아를 따라갔다는 점창의 고수인 모양이로군.”

곤의 얼굴에는 검푸른 핏줄기가 돋아나 있었다. 암흑투기가 혈맥을 따라 뇌 쪽으로 치솟은 탓이다. 검푸르게 변한 핏줄기는 얼굴뿐만 아니었다. 손을 비롯해 전신에서 검푸른 핏줄기가 보이는 것을 보면 주화입마가 일어나고 있는 것이 틀림없었다.

“으음! 이놈도 암흑투기에 당한 모양이로구나.”

타타타탁!

당민은 곤의 혈도를 짚었다. 그리고는 곤의 가슴에 손을 대고는 공력을 운용했다. 잠시 후 당민의 손이 푸른빛으로 빛나기 시작했다. 기해혈을 침습해 곤의 전신을 돌며 혈맥을 막아가는 암흑투기를 해소하려는 것이다.

온몸에 퍼져 있는 검푸른 기운이 당민의 손에 몰려들고 있었다. 암흑투기를 알지 못하고서는 함부로 벌일 수 없는 치료였다. 마교의 중요한 인물을 치료해 본 경험이 있기에 당민은 주저없이 손을 쓴 것이다.

하지만 이런 방법은 상당히 위험한 것이다. 자칫 암흑투기가 거꾸로 침습해 치료하는 사람이 주화입마가 될 가능성이 높았기 때문이다.

그러나 쓰러져 있는 곤이 무에 대한 행방을 알고 있는 유일한 이였기에 당민은 위험을 무릅썼다. 그녀에게는 무엇보다도 백무의 안위가 우선이었던 것이다.

파르르르!

휘이이익!

당민이 곤에게 손을 쓰고 있는 사이, 녹린천아사에 매달려 날아온 사천이 장내에 도착했다.

삐이이이!

사천은 사밀소를 불었다. 당민이 호법도 없이 사람을 치료하고 있자 자신을 따라온 녹린천아사들로 하여금 당민 주위를 호위하게 했다. 바닥에 흩어져 있는 녹린천아사들을 보았지만 그에게는 당민의 안위가 우선이었기 때문이다.

사천은 조치를 마치고 급하게 홍아의 행방을 찾았다. 당민을 호위하면서도 분주하게 날며 어쩔 줄 모르는 녹린천아사

의 행동을 보면 홍아에게 무슨 일이 생긴 것이 분명했던 것
이다.

사천은 홍아를 찾으며 도검에 상처를 입은 듯 바닥에서 꿈
틀거리는 녹린천아사를 살펴보았다. 깊은 상처이기는 했지
만 죽지는 않을 것 같았다. 그렇게 녹린천아사를 살피다 흙속
에 반쯤 박혀 있는 홍아를 발견한 사천은 기겁을 하며 홍아에
게 다가갔다.

"홍아야!! 아이고! 홍아야!! 이 녀석아! 시집도 가기 전에 이
무슨 일이란 말이냐?"

흙속에 파묻힌 홍아를 꺼낸 사천은 정신을 잃고 있는 홍아
를 보며 눈물을 흘렸다. 그에게 있어서 홍아는 친딸보다 더욱
소중한 존재였기 때문이다.

사천이 홍아를 끌어안고 흐느끼고 있을 때, 밀광과 암연
은 주변 수색을 마쳤는지 장내로 돌아왔다. 사천이 홍아를
끌어안고 울고 있는 모습이 보였지만 그들은 녹린천아사와
같이 당민의 주변을 지키며 호법을 섰다. 식은땀을 흘리며
곤의 상세를 치료하는 당민의 모습이 심상치 않았기 때문이
다.

"커… 억!"

곤에게서 손을 떼며 당민이 검은 피를 토했다. 내색은 하지
않았지만 그동안 백무를 추적하느라 무리를 한 데다 곤을 치

료하며 얼마간 내상을 입은 모양이었다.

"괜찮습니까, 천주?"

피를 닦으라는 듯 밀광이 화급하게 손수건을 내밀며 당민의 상세를 물었다.

"옷 꼴은 그 모양이면서 이런 건 또 어디서 난 거예요?"

다 떨어진 누더기를 입고 있으면서 깨끗한 비단으로 된 손수건을 어떻게 가지고 있는 것인지 타박하며 당민은 입가에 묻은 피를 닦았다.

"헤헤! 그게……. 괜찮은 겁니까?"

"여기요. 난 괜찮아요. 울혈을 토하고 났더니 한결 괜찮아졌어요. 주변은 뒤져 봤나요?"

"이 일대를 모두 뒤져 봤지만 아무것도 없었습니다."

피를 닦은 손수건을 내밀자 밀광은 황급히 받아 챙기며 주변을 수색한 결과를 말해주었다.

"역시! 그 정도 기운이라면 분명 광천십마 중 하나였을 거예요. 흔적이 남아 있을 리가 없지요. 일단 이자가 깨어나기를 기다려야겠어요. 그래야 무아에게 해를 입힌 놈이 누구인지 알 수 있을 테니까요."

"엉엉엉! 홍아야!!"

곤이 깨어나기를 기다리는 세 사람에게 대성통곡하는 사천의 목소리가 들려왔다. 백무에 대한 걱정이 가득한 당민은 신경이 거슬렸다.

하지만 사천을 타박할 수는 없었다. 그의 마음을 잘 알기도 하지만, 사천의 손에 들린 홍아를 보니 광천십마와 싸움을 벌인 것이 분명해 보였기에.

"뚝! 해요."

"어어엉!"

사천은 울음을 그치지 않았다. 자신의 말에도 울음을 그치지 않자 당민은 사천에게 다가갔다. 그리고는 그의 손 안에 있는 홍아를 살며시 만지며 상세를 살폈다.

"그만 울어요, 사 노! 이 아인 잠시 정신을 잃은 것뿐이니 걱정할 거 없어요."

"흑흑! 하… 지만 천주!"

사천은 당민의 말에 울음을 그치면서도 홍아의 걱정이 멈추지 않았다.

"조금 있으면 정신을 차릴 거예요. 그러니 깨어나면 어떻게 된 일인지 홍아에게 알아나 봐요. 알았죠?"

"흑! 알았어요, 천주!"

당민의 다독거림에 울음을 멈춘 사천은 홍아를 쓰다듬으며 깨어나기를 기다렸다. 당민의 말이라면 믿을 수 있기 때문이다.

'쩝, 부럽네! 난 언제 저런 대접을 받아보나. 크크, 그렇지만 좋은 걸 얻게 됐으니…….'

손수건을 내밀고도 면박만 받았던 밀광은 상황이 심각한

와중에도 사천이 부러웠지만 당민이 피를 닦은 손수건을 생각하자 다시 기분이 좋아졌다. 평상시 준비해 놓았기에 얻어진 성과였던 것이다.

"딴생각하지 말고 자령천화(紫靈天花)의 수액이나 좀 내놔요."

"예… 예!!"

히죽거리던 밀광은 다급히 품을 뒤졌다. 마음속 생각을 들킨 것 같아 계면쩍었지만 당민의 상태가 좋지 않다는 것을 알기에 급히 품에서 조그만 자색 병을 하나 꺼내 당민에게 주었다.

당민은 병을 열어 자령천화의 수액을 마셨다. 곤이 깨어나면 바로 백무에 대한 추적을 개시할 작정이었기에 떨어진 체력과 소진된 내공을 회복하기 위해서였다.

"잠시 운기조식을 해야겠어요. 내가 운기조식하는 중에 저 자가 깨어나면 여기서 벌어졌던 일을 상세히 물어봐요."

"알겠습니다, 천주!"

자령천화액을 마신 후 밀광에게 백무의 행방에 대해 물어보라 말한 당민은 곧바로 자리를 틀고 앉아 운기조식을 시작했다. 어쩌면 광천십마와 생사를 결할 수도 있을지 모른다는 판단에서였다.

파파파팟!

거대한 산의 협곡을 지나고 있는 흑백쌍마의 신형은 그 이름값만큼 무척이나 빨랐다. 두 사람의 몸은 어느새 둘로 분리되어 있었다.

공력이 계속 소실되기에 암흑투기를 줄인 채 망영무연공을 펼친다는 것은 무척이나 어려운 일이었다. 두 사람의 혼과 육체를 하나로 엮는 술법의 근간이 바로 암흑투기였기 때문이다.

내공만으로 망영무연공을 시전하면 진원진기가 고갈될 뿐만 아니라 그대로 육신이 소멸할 수도 있었다. 평상시라면 문제가 없겠지만, 당민의 기운을 느끼고 무리하게 암흑투기를 운용한 탓이 컸다. 거기다 홍아의 공격으로 독상까지 당한 것으로 인해 한 시진도 지나지 않아 망영무연공이 완전히 풀어진 것이다.

"지독한 놈들이다. 어떻게 그런 놈들이 있을 수 있는지……."

"크… 으! 그러게 말이다. 아무래도 독기가 침입한 것 같은데 몰아내기가 쉽지가 않다. 그자가 준 만독신단을 복용했는데도 이 정도라니……."

"이대로 독기를 없애지 않고 간다면 위험하다. 일단 독기를 몰아낼 장소를 찾아야겠다."

백암과 흑광은 협곡 안쪽으로 들어가며 안전하게 머물 만한 장소를 찾기 시작했다. 답설무흔의 신법을 펼치며 온지

라 당민의 추적은 어느 정도 피할 수 있을 것 같았기 때문이
다.

파파팟!

"저기 정도면 안전할 것이다."

두 시진을 넘게 달리며 쉴 만한 곳을 살피던 백암은 잡목과
검불로 가려진 바위틈 사이로 나 있는 조그마한 동굴을 찾을
수 있었다. 짐승들이 둥지로 쓰던 것으로 보였다. 입구는 그
리 크지 않지만 안쪽은 상당한 크기였다. 기문진을 설치한다
면 쉽게 발견할 수 없을 것 같은 은밀한 동굴이었다.

백암은 동굴로 들어서기 전에 간단한 환영진을 입구에 설
치했다. 마교의 기진을 거의 섭렵한 그였으나 진의 기운이 최
대한 발휘되지 않는 환영진을 설치한 것은 당민의 눈을 속이
기 위한 것이었다.

마교의 기진이나 자신이 알고 있는 고절한 환영진을 설치
한다면 당민이 그 진의 기운을 알아볼 것이 분명했기 때문이
다. 그렇기에 진세가 거의 느껴지지 않는 간단한 환영진을 써
동굴의 입구를 가렸다.

동굴로 들어선 두 사람은 백무를 내려놓고는 이내 운기조
식을 취하기 시작했다. 독기도 독기이지만 흩어지려는 암흑
투기를 빨리 안정시켜야 했던 것이다.

이미 자신들이 수련한 암흑투기의 삼분지 일과 공력 중 절
반 이상이 날아가 버렸다. 시기를 놓치면 처절한 고통이 수반

되는 산공의 과정을 겪으며 죽음에 이를 수도 있었다.

　흑백쌍마가 운기조식에 여념이 없을 때, 백무는 의식을 차리고 있었다. 암흑투기로 인해 근혈 안에 억눌렸던 잠원이 서서히 깨어나고 있었기 때문이다.
　의식이 깨어나자 백무는 주변부터 살폈다. 곧 자신이 누워 있는 곳이 동굴이라는 것을 알 수 있었다. 어두움을 개의치 않는 그였기에 동굴 안에서 운기조식을 취하고 있는 흑백쌍마의 모습이 보였다.
　'저놈들이 나를 데리고 온 모양이로군. 그나저나 어째서 그런 현상이 일어난 거지?'
　기운이 불안전해 보이는 것으로 보아 운기조식을 끝내려면 상당한 시간이 걸릴 것 같았다. 빠져나가려면 어떻게 된 것인지 자신의 몸부터 살펴야겠다는 생각이 들었다.
　'분명 내 몸에는 혈도가 존재하지 않는다. 그러니 혈도가 제압되었다는 것은 말도 안 되는 소리다. 기해혈이 제압당하지 않았음에도 저놈들이 뻗어낸 기운이 침습하는 순간 정신을 잃은 것이 틀림없다. 저놈들이 뿜어내는 기운하고 누님이 베풀어주신 적혈잠원대법과는 상극인 것인가? 저놈들과 싸울 때도 언제나 활력으로 넘쳤던 몸이 이상해지기 시작했다. 감각도 죽어버리고 힘도 빠지고…… . 처음 해보는 것이지만 일단 내 몸의 상태가 어떤지 한번 살펴봐야겠구나. 어떻게 해

서든지 힘을 회복해야 저놈들에게서 벗어날 수 있을 테니
까.'

백무는 의식을 집중했다. 주변의 기운을 느끼는 감각이 어
느 정도 돌아왔기에 집중한다면 자신의 몸 상태를 알 수 있겠
다는 생각에서였다.

"으… 음!"

아직까지 이질적인 암흑투기의 기운이 거침없이 몸속을
맴돌고 있었다. 흑백쌍마와 싸우며 전신으로 들어온 것들이
었다. 그중 제일 큰 것은 기해혈에 머물며, 흑백쌍마가 마지
막으로 점혈을 위해 쏘아냈던 암흑투기였다.

백무는 힘을 주어봤다. 맥이 없는 것이 팔다리는 물론 전신
에 힘을 하나도 줄 수 없어 움직일 수가 없었다. 전신에 들어
찬 암흑투기 때문이었다.

'알 수가 없는 기운이로구나. 이런 기운이 존재하다니.'

기운의 정체를 모르는 이상 어찌할 방도가 없었다.

'마교에서 나온 놈들이 틀림없는 것 같은데……. 저자들이
도대체 무슨 수법으로 나를 이렇게 만든 것인지 모르겠지만,
저들이 깨어나기 전에 어떻게든 빨리 이곳을 벗어나야 한다.
거기다 놈들이 누님과 나의 관계를 어느 정도 알아낸 것 같으
니…….'

자신도 문제지만 백무는 이들이 당민에게 위해를 가하기
위해 온 자들이라 빨리 이 자리를 벗어나야 한다는 생각이 들

었다. 이렇게 자신을 데리고 온 것을 보면 당민과의 관계에 의문을 가진 것이 분명했기 때문이다. 혹시나 자신이 흑백쌍마에게 인질이 되어 당민을 위협하는 수단이 될 수는 없다는 생각이 들었던 것이다.

'빨리 힘을 되찾아야 한다. 저놈들이 운기조식에서 깨어나면 큰일이니 그전에 빨리 힘을 찾아야 한다. 무슨 방법이 없을까? 혹시!! 그 방법이라면……'

고통 속에 찾아낸 호흡법! 혈천독지 안에서도 수련을 하게 만들어준 호흡법이라면 힘을 찾을지도 모른다는 생각이 들었다. 백무는 정신을 집중한 후 스스로 찾은 호흡법을 이용해 전신으로 호흡을 하기 시작했다.

일반 무림인들이 내공을 수련하는 토납법이나 내공심법과는 달리 근혈 하나하나에 집중하여 행하는 호흡법이었다. 처음엔 힘들었지만 점차 자신의 호흡에 집중하기 시작했다.

'크… 으! 특이한 기운이다.'

온몸 구석구석에서 흑백쌍마가 뿜어내던 암흑투기를 느낄 수 있었다. 명과 암의 기이한 기운이 근혈 속으로 파고들다가 백무의 호흡이 시작되자 점차 밀려 나가고 있었다. 그러자 서서히 근육 속에 있는 미세한 혈맥에 기운이 도는 것이 느껴졌다.

호흡을 통해 잠원이 힘을 찾자 암흑투기를 근혈에서 밀어

내기 시작했다. 밀려 나온 암흑투기는 제일 먼저 혈도를 따라 움직였다. 잠원으로 인해 자신들의 힘이 밀리기 시작하자 살아 있는 생명체처럼 살 길을 찾기 시작한 것이다.

퍼퍼퍽!!

그러나 보통 사람들과 다른 혈도를 가지고 있기에 암흑투기는 그저 막힌 혈도만 두들겨 댈 뿐이었다.

스스스!

혈도를 따라 돌던 암흑투기는 아무리 두들겨도 혈도가 뚫릴 생각은 안 하고 갈 길이 막히자 다른 곳을 찾기 시작했다. 자신들의 뒤를 따라오는 힘 때문이었다. 바로 적혈잠원대법으로 인해 발생한 잠원이었다.

자신을 억눌렀던 힘에 대해 분풀이라도 하려는 듯 근혈에서 발생한 잠원은 암흑투기를 맹렬히 쫓기 시작했다. 그러자 암흑투기가 점차 흐트러지기 시작했다. 자신의 위기를 아는 듯 암흑투기는 필사적이었다. 이에 백무의 기해혈 부근이 불룩거리며 요동쳤다.

쩡!

소멸하지 않기 위해 스스로 길을 찾던 암흑투기에게 길이 열렸다. 암흑투기가 찾은 곳은 뼛속이었다. 잠원에 밀려나 막힌 혈도 안에서 소멸하기 전에 살길을 찾은 것이다.

잠원의 기운은 근혈 부근에서만 발휘되고 있었다. 기해혈 밑으로 침잠한 암흑투기는 꼬리뼈를 통해 뼛속으로 파고들기 시작했다. 내몰릴 대로 내몰린 암흑투기의 기운은 필사적으로 골수를 통해 빠르게 길을 뚫었다.

퉁퉁퉁!

백무의 신형이 누워 있는 자세 그대로 허공으로 튀어 올랐다. 골수를 치달리는 암흑투기로 인해서였다. 뼈가 부서지는 듯한 고통으로 온몸에 경련이 일어난 것이다. 꼬리뼈를 통해 뼛속으로 들어선 암흑투기는 마치 제 세상을 만난 듯 치달리기 시작했고, 모든 것을 헤집었다. 백무는 암흑투기가 주는 고통에 정신을 차릴 수가 없었다.

"컥!"

경련이 이는 몸이 계속해서 튀어 오르기를 반복하며 움직이다 결국 입에서 피가 뿜어져 나왔다. 치달리던 암흑투기가 척수를 통해 어느새 뇌맥까지 이른 것이다. 보통 사람 같았으면 이미 숨이 끊어져도 끊어졌을 상황이다.

'크… 으! 이… 것들을 없… 애지 않으면 내… 가 당한다.'

적혈신을 이루며 이미 인간 한계를 넘어서는 고통에 익숙한 터였다. 뇌맥에 전해지는 충격에 피를 토하기는 했지만 백무는 계속해서 자신만의 호흡법을 기억하며 고통이 사라지기를 기다렸다.

잠원의 힘이 근혈에만 머무는 이상 백무에게는 암흑투기를 제어할 방법이 없었기 때문이다. 고통에 의식이 불안정해졌지만 끝까지 호흡을 놓치지 않았다. 덕분에 뇌맥은 뚫리지 않았고, 호흡법이 효과가 있는 듯 뼛속으로 들어선 암흑투기가 서서히 안정을 되찾아가기 시작했다.

암흑투기가 안정되자 사지에 힘이 돌기 시작했다. 근혈에 잠들어 있는 잠원의 힘이 암흑투기를 차단하고 힘을 불어 넣고 있었던 것이다.

'으… 으! 조금은 살 것 같구나.'

고통이 가시기 시작하자 백무는 정신을 차릴 수 있었다. 하지만 그것도 잠시,

스으으윽!

골수 속으로 침투한 암흑투기가 다시 움직이기 시작했다. 뇌맥을 뚫을 수 없자 척추를 통해서만 타고 오르던 기운들이 각 뼈마디를 타고 흐르기 시작한 것이다.

으드드득!

"크… 윽!!"

뼈마디가 제자리를 이탈했다가 다시 제자리를 찾아가며 잠잠해지던 고통이 다시금 일어났다. 척수 속을 뚫어가며 안정되어 가던 암흑투기가 자신이 살아갈 수 있는 안정된 장소를 찾자 세를 불려가며 다시금 요동치기 시작한 것이다.

가장 큰 고통이 일어난 곳은 적혈잠혈대법을 시술받으며 부러진 뼈 대신 대체물을 집어넣은 곳이었다. 암흑투기가 강

제로 뚫어가자 말할 수 없는 통증이 찾아왔다.

암흑투기가 척수이외의 다른 뼛속을 따라 이동하며 막히는 곳이 생기자 강제로 길을 뚫기 시작했다.

퍽!! 퍼퍼퍽!

암흑투기는 지칠 줄 몰랐다. 마주 서면 물러날 줄 모르고 모든 것을 차지해야만 하는 특성을 가진 기운이었다. 이러한 기운이었기에 십만대산이라 일컬어지는 마교 마공들의 기운을 누를 수 있었던 것이다.

하지만 이번에는 쫓기듯 도망쳐야 했다. 뒤도 돌아보지 않고 도망치게 만들었던 기운을 눌러야만 직성이 풀리는 암흑투기였다. 적혈잠원대법으로 일깨워진 백무의 잠원과 상대할 터전을 만들기 위해 암흑투기는 필사적일 수밖에 없었다.

퍼… 퍼퍼퍽!

부르르르!

암흑투기가 가속하며 막힌 부분에 연이어 충격을 주며 뚫어가는 동안 백무는 적혈신을 이룰 때와는 비교도 되지 않는 고통을 느껴야 했다.

'크… 으!! 사… 살아… 야 한… 다. 으… 으윽!'

온몸이 자근자근 부서지는 듯한 고통이 느껴졌다. 정신을 잃을 것 같은 고통 속에서도 자신이 알아낸 호흡을 잊지 않으려 애썼다. 근혈을 통해 호흡하며 자신에게 찾아온 고통을 막아내기 위해 사력을 다해야 했다.

퍼퍼퍽!

"크으… 으!"

퍼퍼퍼퍼퍼퍽! 꽝!!

급박해지는 암흑투기의 움직임에 연이어지는 충격과 함께 천지가 무너질 것 같은 폭발음이 내부에서 터져 나왔다. 비록 밖으로 소리가 흘러나오지 않았지만 백무는 자신의 바로 옆에서 벼락이 떨어지는 것 같은 소리를 들을 수 있었다. 암흑투기가 골수 속을 완전히 관통한 것이다.

모든 것이 뚫리자 고통이 점차 줄어들어 갔다. 암흑투기가 골수를 관통한 후 숨을 고르는 듯 잠잠해졌기 때문이다. 의식이 희미해진 가운데서도 백무는 호흡을 잃지 않았다. 고통을 줄이려 집중한 까닭이다. 그에 따라 몸을 떨던 백무의 신형도 차츰 잦아들었다.

어찌 된 일인지 백무의 호흡은 이제는 근혈을 넘어서 뼛속까지 이르고 있었다. 백무가 호흡을 계속할 수 있는 것은 암흑투기와 잠원의 힘이 경계를 이루며 대치했기 때문이다.

백무의 호흡은 잠원을 키우고 있었다. 또한 아직은 잠원의 기운이 더 강성하지만, 암흑투기도 잠원이 커지는 만큼 그 크기를 키우고 있었다. 두 기운 다 백무의 호흡을 방해하지 않았던 것이다.

　암흑투기는 자신의 힘을 키울 수 있는 탓에 백무의 호흡이
경계를 넘나들어도 가만있었다. 다만 상대의 기운이 자신의
영역을 넘어서지 않도록 경계만 할 뿐이었다.

第四章

욕심은 화를 부르는 법이다

九劈雷雲

백무의 몸속에서 두 기운이 대치 속에 안정을 찾아갈 무렵, 흑백쌍마는 운기조식을 끝냈다. 내공이 많이 소실되기는 했지만 암흑투기의 움직임이 어느 정도 정상으로 돌아오자 운기조식을 끝낼 수 있었다.

"후우!! 천만다행이로군. 위험한 고비는 넘긴 것 같다."

"그래! 도박이 성공한 것 같다."

위험한 도박이었지만 자신들의 의도가 성공했다는 생각이 들자 두 사람은 안도의 한숨을 내쉬었다.

"내공이 거의 일 갑자나 빠져나간 것 같지만 그야 언제든지 보충할 수 있으니 걱정할 것은 없고, 이제 저놈에게서 혈영마공의 기운을 빼앗으면 되겠군."

"그나저나 그 계집하고 이 녀석은 무슨 관계가 있는 건지 모르겠다."

"그러게. 우리를 공격했던 독물들은 밀독천이 아니면 볼 수 없는 것들이니 분명 관계가 있다고 봐야겠지."

당민과의 관계가 의문이었다. 밀독천의 독물로 보이는 뱀들이 필사적으로 지키려고 했던 것을 보면 아주 밀접한 관계가 있다는 확신을 가질 수 있었다.

"그건 그렇고, 저놈이 혈영마공을 어떻게 익혔을까? 혹시 교주가 감추어놓은 제자인가?"

아무리 당민이 몸담고 있는 밀독천이 마교의 방계라고는 하지만 혈영마공은 오래전에 폐기된 무공이었다. 혈영마공과 당민의 관계가 무엇인지 의문이 들었다. 또한 백무와 당민의 관계 역시 마찬가지였다.

"으음! 생각했던 것과는 좀 다르긴 하지만 저놈이 익히고 있는 것은 혈영마공이 분명하다. 암흑투기에 저렇게 반응하는 것은 혈영마공의 기운밖에는 없으니까. 저놈이 혈영마공의 기운을 간직하고 있는 것을 보면, 어쩌면 교주와도 관련이 있을 거다. 네 말대로 제자일 수도 있고, 아니면 누구 말대로 숨겨둔 교주의 자식 놈일 수도 있다."

"그럴 수도 있겠지. 교주의 자식 놈이건 이제는 상관없다. 그동안 그 당시 완전히 폐기돼 혈영마공의 원전은 그 어디에

도 남아 있지 않다고 생각했는데, 이놈이 익히고 있다니 우리
에겐 행운이 아닐 수 없다.”

사실 백암은 흑광과 함께 혈영마공을 비밀리에 찾고 있었
다. 온전한 광천십마가 아니라는 주위의 따가운 시선도 시선
이지만, 마인 특유의 야망 때문이었다.

자신 이외의 강자는 인정하지 않는 특유의 야망은 그들로
하여금 마교 역사상 최고의 무공이라는 혈영마공에 대해 남몰
래 연구하며 그에 대한 발자취를 비밀리에 쫓게 했던 것이다.

오랜 세월 혈영마공을 추적해 오는 동안 그들이 내린 결론
은 혈영마공은 진짜 폐기된 것일 수도 있다는 것이었다. 패도
를 숭상하는 마교에서 그런 파괴적인 마공을 폐기시켰을 리
가 없다고 생각했지만, 더 이상 단서가 나오지 않자 얼마 전
부터 포기하고 있었다.

그런데 이제 단서가 아닌, 혈영마공을 익히고 있는 것으로
보이는 결과물이 자신들의 눈앞에 있었기에 침착한 겉모습과
는 달리 마음속으로는 흥분을 감추지 못하였다.

“전에 내가 한 말 기억하냐?”

“전에?”

“그래, 혈영마공이 어디에선가 비밀리에 연구되고 있을지
도 모른다는 말 말이다.”

“아!!”

“그래! 지금 내 생각에는 절전되었다는 혈영마공을 밀독천

에서 계속 연구해 오고 있었다고 본다. 이놈이 바로 그 증거이고."

백암은 고민을 하다 혈영마공이 마교 내에 있었던 것이 아니라 어쩌면 밀독천을 통해 이어져 내려오고 있을지도 모른다는 생각이 들었다. 아니, 그렇게 결론을 내리고 있었다.

"그럴 수도 있겠군. 그러니 그동안 우리가 못 찾았은 것이고… 네 말이 맞는 것 같다."

흑광도 백암의 생각에 동의했다. 자신들 이외에도 많은 이들이 혈영마공의 행방을 쫓고 있었을 것이다. 그런데 그동안 누구도 발견하지 못했다면, 백암의 말대로 마교가 아닌 밀독천에서 전해 내려왔을 공산이 컸다.

백암의 결론에 의문을 푼 흑광은 고개를 끄덕거리다 무엇이 생각난 듯 백암을 향해 눈을 크게 떴다.

"그렇다면 큰일 아니냐? 다들 밀독천이 그저 교주의 지시를 받는 곳이라고만 알고 있으니 말이다. 저놈이 혈영마공을 익히고 있다면, 교주가 나름대로 안배를 하고 있었다는 이야기인데……. 으음! 어쩌면 이번 일도 교주의 음모일지도 모르겠다."

"그럴 수도 있겠지. 내가 아는 한 교주는 그리 물렁한 사람이 아니니까. 어쩌면 삼전이 의도하고 있는 것을 알면서도 모른 척하고 있는지도 모른다. 교주 또한 중원으로 진출하는 것이 꿈인 사람이니까."

백암은 흑광이 말한 뜻을 알고 있었다. 자신도 그런 결론을 내리고 있었던 것이다.

그리 나이가 많아 보이지 않는 자가 이성을 상실하지 않고 혈영마공을 익혔다면 교주 또한 혈영마공을 익히고 있을 가능성이 컸다.

만약 자신의 예상대로 교주가 혈영마공을 익히고 있는 중이라면, 이번에 광천십마가 진행하고 있는 일은 교주가 알면서도 모른 척하고 있을 것이란 생각이 들었다.

밀독천이 마교의 방계라지만 교주와 밀접한 관계를 지속하고 있다는 것을 알고 있는 두 사람이었다. 그들로서는 백무의 일을 생각하면 혈영마공으로 인한 파장이 적지 않을 것이란 생각이 들었다. 그만큼 혈영마공이 지니는 의미는 더할 나위 없이 컸기 때문이다.

"일단 이놈의 기운을 흡수해야 한다. 교주가 어떤 일을 꾸미던 간에 이놈의 기운을 우리가 흡수하면 끝일 테니까. 나머지야 알아서 흘러갈 것이고, 우리는 이놈을 통해 혈영마공의 구결을 알아내어 훗날을 준비하면 되는 것이다. 우리가 이놈의 기운을 흡수해 혈영마공을 익힌다면, 교주가 혈영마공을 익히고 있다고 해도 최후의 승리자는 우리가 될 것이다."

"하긴 다음 교주 위를 차지하기 위해 본 교의 삼전이 피 터지게 싸우는 동안 우리는 착실히 준비하면 그만이니까."

“일단 이놈을 깨워야겠다. 먼저 이놈과 그 계집과의 관계를 알아내는 것이 우선이다.”

“그래야겠지. 교주가 무슨 일을 꾸미는지 확실히 알아야 우리도 대비를 할 수 있을 테니까.”

푹!! 타타탁!

백암은 혈도를 풀기 위해 백무의 기해혈을 짚은 후 주변의 혈도를 차례로 짚어갔다. 자신들이 수련한 암흑투기를 함께 넣어 혈도를 제압했기에 신중하게 혈도를 푼 것이다.

“응? 어째서 깨어나지 않는 것이지?”

혈도를 풀었음에도 백무는 깨어날 생각을 하지 않았다. 해혈을 했음에도 백무가 깨어나지 않자 백암은 빠르게 백무의 몸 상태를 살폈다.

“별다른 이상은 없는 것 같은데 이상하군. 암흑투기의 충격으로 정신을 잃은 것인가?”

백무의 혈도를 짚자 기이한 기운을 느껴졌다. 혈영마공의 기운이라 생각해 살펴봤지만 그다지 강력한 힘은 느껴지지 않았다. 백암은 백무가 깨어나지 않는 것을 보면서 암흑투기로 인해 정신에 충격을 받은 것이란 결론을 내렸다.

“이제 와서 이놈의 몸을 살필 이유가 있냐? 언제 그 계집이 쫓아올지 모르니 우리에겐 별로 시간이 없다. 어차피 혈영마공의 기운을 흡수하면 그만이다. 구결이야 이놈의 머릿속에 있는 것을 훔쳐 내면 될 테고.”

맞는 말이었다. 당민과의 관계가 어찌 되었든 혈영마공의 기운을 흡수하면 그만이었다. 다른 사람은 모르겠지만 흑백쌍마에게는 백무의 기운을 훔칠 수 있는 방법이 있었다.

그들을 광천십마의 반열로 올라서게 해준 비밀스러운 방법이 있었던 것이다. 혈영마공이 어째서 사장되었는지는 알지만, 자신들만의 방법이라면 충분히 가능성이 있었던 것이다.

"맞는 말이다. 네 말대로 당민, 그 계집이 언제 쫓아올지 모르니 빨리 끝내는 것이 좋겠다. 좋아! 시작하도록 하자. 한두 번 해본 것도 아니니."

"이번엔 어디를 맡을 거냐?"

"난 백회혈을 맡겠다. 넌 용천혈을 맡아라."

"알았다."

백암은 백무의 머리맡에 자리해 백회혈에 손바닥을 가져다 대었다. 그에 반해 흑광은 다리 쪽으로 가 백무의 신을 벗기더니 양손으로 발바닥을 잡았다. 용천혈을 점한 것이다.

"지금부터 시작한다. 정신을 집중해라. 충격으로 흐트러졌을지 모르지만 의식 속에 있는 것까지 끄집어내야 하니 말이다."

"내 걱정은 하지 말고 너나 잘해라. 네가 맡은 것이 더 위험하니까."

흑광은 백암에게 주의를 당부했다. 백무의 머릿속에 자리 잡고 있을 혈영마공의 구결을 훔쳐 내려다 정신적인 간섭이 있을 수 있기에 백회혈을 맡는 것이 더 위험했기 때문이다.

"좋아, 시작한다. 우리들의 염원을 위해……."

백암의 입에서 알 수 없는 중얼거림과 함께 그의 손에서 흰 기류가 흘러나와 백무의 백회혈로 스며들었다. 흑광 또한 백암과 같이 알 수 없는 중얼거림과 함께 백무의 용천혈로 흑색의 기류를 쏟아내기 시작했다. 두 가지 기운은 백무의 백회혈과 용천혈을 통해 급격히 몸 안으로 스며들어 가고 있었다.

부르르!

두 가지 기운이 흘러들자 백무의 신형이 떨리기 시작했다. 거의 안정을 찾아가던 잠원과 암흑투기가 흑백쌍마가 불어넣는 기운으로 인해 다시금 요동치기 시작한 것이다.

백무의 신형이 떨리는 것을 느끼며 흑백쌍마는 진정한 강자로 거듭나려는 자신들의 염원이 이루어질 것임을 믿어 의심치 않았다.

하지만 흑백쌍마가 알지 못하고 있는 것이 있었다. 백무가 자신들이 생각하고 있는 혈영마공을 익히지도 않았을뿐더러 혈도가 보통 사람과는 완전히 다르다는 것을.

모산파는 강소성 구곡에 있는 모산에 둥지를 튼 문파이다. 위화존(魏華存)이 내려준 상청경(上淸經)을 바탕으로 부적이

나 주술로 귀신을 부리고, 복을 기원하며 재앙을 물리치는 등 도가 계열에서는 알아주는 문파였다.

하나 원대에 이르러 모산파의 기운이 쇠하고, 당시 욱일승천하는 기세를 뿌리며 일어난 다른 도교 문파에 흡수되었다. 모산파를 흡수한 문파는 정일도(正一道)로 일컬어지는 천사도(天師道)였다.

천사도의 도사는 출가하지 않을 수도 있으며, 결혼이 허용되고, 재계하는 기간(齋期) 외에는 술을 마시고 고기를 먹을 수 있게 했다.

이런 천사도의 도풍이 모산파와는 별로 맞지 않았기에 천사도에 모산파가 흡수되는 것을 못마땅하게 여긴 모산파의 기인들은 모산의 유진을 가지고 다른 길을 찾아 나섰다. 이로 인해 모산파에 있는 많은 유진들이 유실되거나 행방이 묘연해졌다.

흑백쌍마가 익히고 있는 망영무연공(茫影無煙功)도 모산파에서 유래된 것이다. 흑백쌍마는 모산파가 멸망할 당시 모산파를 떠났던 기인의 후손이었다. 그들은 자신들에게 전해진 모산파의 유진을 익혀 지금의 광천십마 자리를 차지한 이들이었던 것이다.

지금 백무에게 시전하고 있는 천매귀령공(天魅鬼靈功)도 모산파에서 유래된 술법이었다. 모산파가 귀신과 부적술에 능했던 만큼 사람의 영혼에 대한 공부와 기에 대해서도 남다른 유진을 남겼다.

흑백쌍마가 시전하는 천매귀령공은 마교에서 전해지는 흡성대법과 비슷한 효과를 지닌 것이다.

흡성대법이 사람의 진기와 정혈을 흡수하는 것이라면, 천매귀령공이 흡수하는 것은 인간의 진기와 정혈이 아닌 귀신의 힘을 자신에게 불러들여 귀력(鬼力)을 발휘하는 차시강혼(借屍降魂)의 술법이었다.

지금 백무에게 시전하는 것은 천매귀령공에 마교에서 알아낸 흡성대법의 비결을 가미해 인간 진기와 정혈까지도 빼앗을 수 있도록 흑백쌍마가 만들어낸 괴공(怪功)이었다.

흑백쌍마는 천매귀령공으로 백무의 몸에 깃들어 있다고 생각한 혈영마공의 기운과 의식 속에 있는 혈영마공의 비결을 흡수하기로 한 것이다.

혈영마공의 기운과 비결을 자신들이 가진다면 온전한 십청광마가 되는 것은 물론, 적자생존의 원칙이 적용되는 마교에서 이를 이용해 훗날 교주 위에 오르려는 야심이 있었던 것이다.

“크… 억!”

“으… 윽!”

천매귀령공을 이용해 백무의 능력을 흡수하려던 흑백쌍마가 비명을 지르며 피를 토했다. 혈도를 통해 흘러들던 천매귀령공의 기운이 엉뚱하게 다른 곳으로 흘러들고 있었던 것이다.

여기저기 가로막힌 혈도들로 인해 천매귀령공의 기운이 암흑투기와 마찬가지로 골수 속으로 스며들었다. 자신들의 예상과는 판이한 흐름에 두 사람은 천매귀령공의 힘을 되돌리려 애를 썼다.

그러나 백무에게 빼앗기는 천매귀령공의 기운을 되돌리려는 노력은 모두 허사였다. 두 사람의 힘이 상상할 수 없을 정도로 빠르게 흡수되고 있었기 때문이다.

대법을 멈추고 빠져나가는 기운을 막으려 했지만 그조차도 할 수가 없었다. 역으로 되돌리려 했지만 이미 두 번이나 망영무연공을 펼쳐 많은 공력을 소실한 후라 백무의 몸에서 일어나는 흡인력에 비해 자신들의 힘이 미치지 못했기 때문이다. 두 사람은 다급한 마음에 무리하게 기를 운용한 탓에 심각한 내상만 입은 것이다.

"크… 으! 이… 대로 가… 다간 끝장이다. 윽! 암… 흑투기를 일으켜 이… 이놈을 죽… 여야 우… 리가 산다."

백암은 치밀어 오르는 고통 속에서도 간신히 흑광에게 심령을 통해 자신의 뜻을 전했다. 전음을 보낼 여력마저 없기 때문이었다. 내력이 달리는 데다 전음으로 보내다 자칫 기가 흐트러져 그대로 주화입마에 빠질 수 있기 때문이었다.

백암이 심령으로 자신의 의견을 전하자 흑광도 그의 뜻에 동감했다. 이대로 있다가는 백무의 기운을 흡수하기는커녕 모든 것을 빼앗긴 채 죽을 것이 분명했기 때문이다. 두 사람은 암흑투기를 일으켰다.

"컥!"

"큭!"

비명이 다시금 흘러나왔다. 암흑투기를 일으킨 것은 그들에게는 더할 수 없는 실수였다. 이미 골수 속으로 들어가 자리 잡고 있는 암흑투기가 문제였던 것이다.

흑백쌍마가 불어넣는 암흑투기는 잠원에 대항하기 위한 세를 키우기 위해 자신의 힘을 기회를 엿보고 있었던 것이다. 백무의 잠원보다는 아직 약한 힘을 가지고 있었기에 동질의 기운이 몸 안으로 들어오자 골수 속에 자리 잡은 암흑투기가 흑백쌍마의 기운을 거세게 빨아드리기 시작한 것이다.

"끄… 으!"

"으… 으으!"

흑백쌍마의 입에서 처절한 신음이 흘러나왔다. 이제는 암흑투기와 더불어 진원진기까지 빨려 들어가기 시작했기 때문이다. 게다가 진원진기를 따라 정혈까지 빨려들고 있었다. 마치 혼돈의 심연처럼 모든 것을 빨아들이듯.

자신들의 모든 것을 빼앗기고 있음에도 흑백쌍마는 손을 쓸 수가 없었다. 백무의 몸에서 일어나고 있는 너무도 거센 흡인력에 손을 뗄 수가 없었던 것이다. 천매귀령공의 기운이

일찌감치 바닥을 드러냈고, 암흑투기와 내력 또한 바닥을 드
러내고 있었다.

"크… 큰… 일이다. 마… 지막 방… 법……."

백암은 암흑투기와 내력이 바닥을 드러내기 시작하자 다
급히 심령을 통해 흑광에게 자신의 뜻을 전했다. 그 순간 두
사람의 정혈과 생기가 백무의 몸속으로 급속하게 빨려 들어
가 버렸다.

으드드득!!

흑백쌍마의 신형이 오그라들기 시작했다. 뼈가 부서지는
듯한 소리가 동굴에 울려 퍼졌다. 마교에 있다는 전설의 흡성
대법처럼 모든 것을 빨아드리는 힘에 흑백쌍마의 신형이 점
차 왜소하게 변해갔다. 신형이 점차 줄어가며 흑백쌍마의 생
기도 완전히 사라져 갔다.

뚝!

잠시 후, 이미 생명이 소진한 듯 흑백쌍마의 신형이 떨어지
듯 고개를 숙였다. 생기가 완전히 빨려 들어가 허무하게 생을
마감한 것이다. 광천십마의 죽음치고는 너무도 허무한 죽음
이었다.

으드드득!

흑백쌍마의 숨이 끊어졌음에도 정혈은 계속 백무의 몸속
으로 빨려 들어갔다.

투툭!

어느 순간 더 이상 빨아들일 것이 없자 흡인력이 사라졌다. 끌어당기는 힘이 사라지자 반으로 줄어든 흑백쌍마의 신형이 동굴 바닥으로 쓰러졌다. 백무의 힘을 탐낸 참혹한 결과였다.

"크… 으으으!"
흑백쌍마의 기운을 흡수하는 것이 끝나자 눈을 감고 바닥에 누워 있는 백무의 입에서 신음이 흘러나왔다. 고통을 참는 듯 신음은 입가에서만 맴돌았다.
으드드득!!
백무의 몸이 붉게 변하기 시작했다. 그와 함께 근골이 이탈하는 듯 몸이 일렁이며 소리가 흘러나왔다. 흑백쌍마의 기운을 모두 흡수한 여파로 인해 뜻하지 않게 탈태환골이 시작된 것이다.

한동안 근골이 이탈하고 다시 제자리를 찾아가는 과정이 계속되었다. 환골탈태가 진행되는 한 시진 동안 백무의 입에서는 계속해서 신음이 흘러나왔다.
주르르륵!
근골이 자리를 찾아가는 것이 끝나자 백무의 몸에서 누런색의 진액이 흘러나오기 시작했다. 피처럼 붉어진 몸에 얼룩덜룩한 진액이 흘러나오자 마치 흉신악살의 모습과 같았다.

백무가 흑백쌍마의 기운을 빨아들여 탈태환골을 시작할 무렵, 곤은 정신을 차리기 시작했다.

"으… 으으!!"

"천주, 이놈이 깨어나는데요?!"

밀광의 말에 당민이 눈을 떴다. 밀광의 말대로 곤이 의식을 찾아가고 있었다. 흐릿한 눈동자로 일행들을 바라보는 곤의 표정에 의혹이 서려 있음이 보였다.

"넌 점창파의 무인이냐?"

"그… 그렇습니다."

쌀쌀한 기운이 감도는 목소리였다. 품고 있는 기세는 자신이 감당할 만한 것이 아니었다. 하지만 냉랭한 표정으로 자신을 둘러싼 사람들이 자신을 구했음을 안 곤은 당민의 물음에 차분히 대답했다.

"너와 무아가 같이 있었다는 것을 알고 있다. 어찌 된 일이냐?"

여전히 찬바람이 쌩쌩 도는 목소리였다. 백무를 알고 있다는 사실에 누구인지 짐작이 가기는 했지만, 곤은 우선 당민의 신분부터 확인해야 했다.

"말씀하시는 분은 누구십니까?"

"난 무아의 누이다. 이곳에 있던 자들은 누구냐?"

당민의 질문에 흑백쌍마를 떠올린 곤은 고개를 흔들었다.

처음 사부를 홀로 남겨두고 점창파를 나서면서 마교의 교주인 암천신마에게도 백 초안에는 지지 않을 것이라 생각하고 있었다. 그만큼 자신감이 있었던 곤이다.

하지만 그건 자신만의 생각일 뿐이었다. 암천신마의 발끝에도 못 미친다고 전해지는 흑백쌍마에게 너무도 쉽사리 당하고 말았다. 어째서 사부가 무공을 완성하기 전까지는 마교에 갈 생각은 꿈에도 하지 말라고 했는지 이제야 알 것 같았다.

그런데 지금 눈앞의 여인은 흑백쌍마보다 더 강한 것 같았다. 자신에게 전해지는 기운이 만만치 않았고, 두 눈 깊은 곳에서 비쳐지는 살기에 가까운 기운은 너무도 가공스러워 보였다.

'난 아직 멀었군. 무가 찾으려던 누님이라는 분이 이 정도의 고수일 줄이야.'

"말씀드리겠습니다. 처음 이곳에서 마교의 흑백쌍마를 만났습니다. 놈들은 누군가를 기다리……."

자괴감이 밀려들었지만 당민의 눈동자에 어려 있는 불안감을 본 곤은 흑백쌍마와의 일을 차분히 말하기 시작했다. 자신과 백무가 어떻게 흑백쌍마를 상대했으며, 어떤 식으로 당했는지에 대해 모두.

"정말 흑백쌍마가 나타난 것이냐?"

당민은 흑백쌍마가 출현했다는 곤의 말에 반문했다. 마교의 광천십마 중 누군가 나타난 것을 알고 있었지만, 흑백쌍마의 출현은 그녀에게도 의외였던 것이다.

"그렇습니다. 그놈들은 당신을 노리는 것 같았습니다. 그 때문에 무가 나섰고, 나와 무는 놈들의 손속에 쓰러졌습니다. 흑백쌍마가 우리를 제압한 것은 알 수 없는 기운이었는데, 도저히 어떻게 해볼 방법이 없었습니다. 그 기운에 정신을 잃어 그 다음에 어떻게 됐는지는 저도 잘 모르겠습니다."

"정신을 잃었다고?"

"예! 기이한 기운이 덮치는 순간 기해혈이 제압당해 곧 정신을 잃었습니다. 무란 친구도 저와 비무할 때는 그리 강해 보이더니, 그 기이한 기운 때문인지 힘을 쓰지 못했습니다."

'으… 음! 암흑투기로군!!'

당민은 상황의 심각함을 인식할 수 있었다. 암흑투기가 어떤 것인지 잘 아는 까닭이었다. 혈영마공과 암흑투기의 기이한 반응을 생각할 때 백무가 암흑투기에 침습을 당했다면 문제가 될 소지가 많았다.

'빨리 찾아야 한다. 마교에서 벌어지는 피의 쟁투에 뛰어드는 한이 있더라도 빨리 무아를 찾아야 한다.'

"찾을 수 있겠어요?"

상황이 급했기에 당민은 걱정스런 눈빛으로 삼노를 쳐다보았다.

“홍아도 저리 됐으니 힘들 것 같습니다.”

밀광은 고개를 저었다. 백무를 추격하는 유일한 수단이었던 홍아가 백무의 품을 벗어난 이상 백무를 찾기 힘들었기 때문이다.

“무조건 찾아야 해요. 무조건!! 그렇지 않으면 무아의 생명이 위험할 수도 있어요. 어쩌면 이 세상에는 다시없을 악마가 나올 수도 있어요.”

여기까지 백무를 추적할 수 있었던 것은 홍아의 냄새 때문이었다. 녹린천아사가 홍아의 냄새를 추적해 온 것이다. 그런 홍아가 정신을 잃고 여기에 남겨진 상태라 더 이상 녹린천아사를 이용해 백무를 찾을 수 없게 되었다.

언제 어디서든 자신이 목표로 하는 것을 찾아갈 수 있는 홍아의 능력이라면 충분히 찾을 수도 있겠지만, 그것도 당장은 불가능해 보였다. 상당한 충격을 받은 듯 축 늘어져 있는 홍아의 모습을 보면 당분간 정신을 차리기 힘들 것 같았기 때문이다.

“저……!”

두 사람의 모습을 보면서 곤이 입을 열었다.

“무슨 일이냐?”

“찾을 수도 있을 것 같습니다만!”

“찾을 수 있다니? 그게 무슨 소리냐?”

곤이 백무를 찾을 수 있다는 말에 당민과 삼노는 반색했다.

서광이 비친 것이다.

"사실… 제가 무란 친구에게 천리향을 묻혀놨습니다."

"천리향을?"

"예. 무란 친구와의 비무라면 제 무공을 완성하는 데 도움
이 될 것 같아서 말입니다. 워낙 경공이 빨라 자칫 행방을 잃
어버리기 쉬워 떨어지더라도 쉽게 찾을 수 있도록 천리향을
묻혀놓았습니다."

곤은 하루 종일 지치지도 않고 경공을 펼치는 백무를 따라
가며 혹시나 그를 놓칠 것을 염려해서 흑백쌍마와 만나기 전
에 슬쩍 백무의 옷에 천리향을 묻혀놓았던 것이다.

"가자!"

"저어… 그런데 제가 지금……."

곤은 암흑투기로 인해 북명신공이 흔들린 상태였다. 내
력을 끌어올리기 곤란한 지경이라 추적하는 것이 힘들지도
몰랐다. 당민은 곤이 무슨 뜻으로 하는 말인지 알 수 있었
다.

"뭐 해요, 눈치없이! 이 사람에게 자령천화액을 주도록 해
요."

"예?! 자령천화액을 주라니요?"

밀광은 느닷없는 당민의 말에 놀라지 않을 수 없었다. 자령
천화의 수액은 독문의 사람들에게는 영약이지만 일반 무인들
에게는 극약이나 다름없는 것이었기 때문이다.

그런데 백무를 추적할 수 있는 유일한 사람에게 극약을 주라는 당민의 말이 밀광은 믿어지지 않았던 것이다.

"걱정 말아요. 이 사람이 익히고 있는 내공이라면 우리와 같은 효과를 낼 테니까요."

"알겠습니다."

독술은 물론 의술까지 거의 극에 이르도록 익히고 있는 당민이었다. 그녀가 그렇다면 그런 것임을 알기에 밀광은 자신의 품에서 조그마한 자기병을 꺼냈다.

하지만 아까운 듯 곤에게 건네는 손이 조금 떨리고 있었다.

"마셔라! 암흑투기로 인한 상세는 그것을 마시면 바로 회복될 것이다. 어째서 네가 무아에게 천리향을 사용했는지 모르겠다만, 그로인해 무아를 찾을 수 있게 되었으니 일단 그것은 불문에 부치겠다."

"알겠습니다."

꿀꺽!

내상을 치료하는 데 탁월한 영약이라는 말에 곤은 병뚜껑을 열고는 단숨에 자령천화액을 마셨다.

"크… 으윽!"

자령천화액이 목구멍을 타고 내려가자 불로 지지는 듯한 통증이 식도를 타고 전해져 왔다.

'크… 으! 도… 독이란 말인가? 영… 약이라면 이… 이런 고… 통이 있을 수 없다. 무… 를 찾기 위해 날 회… 복시…

키려고 준 것이 아닌가? 그… 런데 어… 어찌!'

곤은 몸에 일기 시작한 통증에 의문의 눈빛으로 당민을 바라보았다. 그의 눈은 이런 고통을 주는 이유가 무엇인지를 묻고 있었다.

"네가 마신 것은 극독이다."

"크… 으! 어… 째서!!"

자신을 구해놓고서 다시 극독을 먹인 이 상황을 믿을 수가 없었다.

"다른 때 같으면 극독이겠으나, 지금의 네 상태에서 내공과 체력을 회복시키는 가장 빠른 방법이기에 어쩔 수 없었다. 고통은 있겠지만, 자령천화액이라면 네 몸에 남아 있는 암흑투기의 잔재를 모두 씻어내 줄 것이다. 그러니 참아라! 무아 같으면 이런 고통쯤은 웃으면서 즐겼을 것이다. 그러니 잔말 말고 중단전에 통증이 오면 운기조식에만 매달리도록 해라."

한심하다는 눈빛이었다. 곤은 울화가 치밀어 올랐다. 하지만 지금은 상세를 치료하는 것이 우선이었다. 당민의 말대로 점차 중단전 쪽으로 고통이 몰려오기 시작했다.

"고통을 최대한 참아라! 만약 임흑투기를 모두 몰아내지 못한다면 네놈은 무공을 모두 잃고 말 테니까."

"크… 으!!"

곤의 얼굴엔 무슨 뜻이냐는 표정이 가득했지만 고통 때문에 입을 열 수가 없었다.

"일단 암흑투기를 몰아내라. 그러면 알려줄 테니."

의문이 들었지만 지금 당장은 고통이 더 큰 문제였다. 더군다나 고통과 함께 찾아든 힘은 그도 처음 느껴보는 것이었다. 곤은 당민의 말대로 가부좌를 틀고 운기조식을 취하기 시작했다. 자신의 사부가 벌모세수를 위해 밀운단을 복용시켰을 때보다 더한 약력이 느껴졌다.

북명신공이 자신의 몸에서 휘돌고 있는 약력을 하단전으로 몰아넣기 시작했다. 그것은 곤이 한 번도 느껴보지 못한 강대한 힘이었다. 독성을 가진 자령천화액이었기에 미처 자신이 흡수하지 못한 밀운단의 기운도 같이 일어난 것이다.

'크… 으!'

하단전을 가득 채우고도 여전히 남아 있는 약력은 중단전을 건드렸다. 치고 올라온 약력이 개암만 한 중단전을 부풀리기 시작했다. 이 년 전 기운이 중단전에 똬리를 튼 후 처음으로 움직이기 시작한 것이다.

고통에 정신을 차릴 수 없었지만 애써 북명신공을 운용했다. 북명신공은 곤이 알고 있는 내공심법 중 중단전을 운용할 수 있는 유일한 것이기에 정신을 집중했다.

'기… 기운이 상… 달하려 한다.'

중단전을 부풀리던 자령천화액의 기운이 어느새 가득 차

상단전으로 상달할 조짐이 보였다. 하지만 상단전은 곤에게
는 미지의 영역이었다.

중단전을 가득 채우는 것도 모자라 상단전까지 약력이 치
고 올라오자 곤은 당황스러웠다. 그의 마음이 흐트러진 것을
아는 지 약력 또한 흩어지려 했다. 이에 곤은 필사적으로 북
명신공을 이용해 기운을 다스리려 했다.

"갈!! 제어하지 못한다면 그대로 놔두어라. 세상의 모든 기
운은 하나로 통할지니 스스로 그 길을 열 것이다."

상단전을 여는 것은 미지의 일이라 당황하고 있는 곤의 뇌
리로 당민의 전음이 들려왔다. 곤은 순간적으로 북명신공으
로 약력을 잡으려는 것을 풀고는 당민의 말대로 치밀어 오르
는 약력을 그대로 놔두었다.

'으… 음!!'

고통은 계속됐지만 북명신공으로 억제하려는 것을 풀어버
리자 약력이 알아서 길을 찾아 상단전을 열기 시작했다.

퍼퍼퍼퍽! 쾅!!

번쩍!!

상단전이 열리며 머리가 하얗게 비는 듯한 느낌이 들었다.
꿈틀거리며 휘돌던 약력의 기운도 언제 그랬냐는 듯이 가라
앉았다. 흑백쌍마와의 대결로 무기력했던 내공도 다시 제자
리를 찾아갔다. 삼단전을 관통하고 휘돌던 약력이 서서히 자
리를 찾아가자 곤은 고통에서 해방될 수 있었다.

그리고 자신의 몸 안에 휘돌던 암흑투기의 기운이 모두 사라진 것 또한 알 수 있었다.

"감사합니다."

곤은 운기조식을 마친 후 자리에서 일어나 포권을 취했다. 자령천화액이 무엇인지는 모르지만, 천하에 다시없을 영약이 분명했다. 삼단전을 관통하고 자신에게 새로운 영역을 보여 줬기 때문이다.

비록 상단전이 완전히 열린 것이 아님을 알 수 있었지만, 그것만으로도 좋았다. 상당한 수련을 통해서 얻을 수 있는 경지를 자령천화액으로 인해 순간적으로 얻었으니 감사하지 않을 수 없었다.

"좋아할 것 없다. 무아를 찾기 위해 그런 것이니. 네가 천리향을 왜 사용했는지 모르겠지만, 만약 무아에게 해를 입히기 위해 그런 것이라면 네놈의 명줄을 거둘 것이다. 또한 무아를 찾지 못해도 마찬가지이다."

싸늘하기 그지없는 음색이었으나 곤은 백무에 대한 당민의 염려를 읽을 수 있었다

"그런 일은 없을 것입니다."

"그건 무아를 찾아야 확실히 알 수 있을 것이니 그리 자신하지 마라. 그리고 네놈이 내게 감사하는 이유는 알겠지만, 그것이 네놈에게는 시련이 될 수도 있을 것이다."

"예?"

자령천화액을 복용한 것을 말함이 분명했다. 일부이기는
하지만 상단전을 열 수 있는 영약이 자신에게 시련이 될 수
있다는 말이 의아스러웠다.

"머지않아 스스로 알게 될 테니 그건 나중에 네 스스로 알
아봐라. 지금은 일단 무아를 찾아야 하니 말이다."

"알겠습니다."

장내에서 사라진 무에 대한 생각으로 가득해 보이는 당민
이었다. 곤은 궁금했지만 입을 다물 수밖에 없었다. 지금 당
민에게는 백무를 빨리 찾는 것만이 유일한 목적이었다. 자신
에게 하는 이야기로 봐서 백무의 상태가 꽤나 심각해졌음이
분명했다.

'아무렇지 않게 이야기하는 것을 보면 당장은 이상이 없겠
군.'

당민이 한 말이 무슨 뜻인지는 잘 모르겠지만, 자신이 익히
고 있는 불완전한 북명신공과 밀접한 관련이 있는 것임이 분
명했다. 몸 상태도 당장은 이상이 없을 것 같았다.

'일단 무를 찾은 다음 물어봐야겠구나.'

의문도 잠시, 당민의 말대로 지금은 백무를 찾는 것이 급선
무였다. 곤은 바로 몸을 일으켜 앞으로 나섰다. 기운을 제압
당했던 것뿐이라 움직일 수 있었던 것이다.

"따라오시죠."

곤은 곧바로 천리향을 추적하기 시작했다. 자신의 의제 중

한 명인 장이가 만들어준 천리향이었다. 점창파에도 천리향
이 있기는 하나 장이가 만들어준 것은 특별했다. 다른 천리향
과는 달리 다른 향을 섞거나 물로 씻어내도 절대 지워지지 않
는 것이었다.

파파팟!

곤은 최대한 빠르게 비운축영을 펼치기 시작했다. 당민의
눈에서 엿보이는 초조함이 그를 재촉했기에.

파파팟!

당민과 삼노는 앞서 가는 곤을 따라 경공을 시전했다. 자신
들의 경공도 만만치 않건만 구름이 흐르듯 앞서 가는 곤의 경
공도 일절이었다.

'어찌 된 영문인지는 자세히 모르겠지만, 일단 무아와는
적이 아닌 것 같으니 그나마 다행이다. 점창의 늙은이가 애
지중지하는 제자가 하나 있다더니만 저놈인 것 같은데……
어째서 저런 불완전한 무공을 익히게 한 것인지 모르겠구
나.'

곤의 뒤를 따르는 당민의 머릿속에 의혹이 일었다. 상당한
내력이었지만 허점이 많았다. 그로인해 암흑투기의 침습을
받은 것이 분명했다.

곤이 먹은 자령천화액이 도움이 되기는 하겠지만 그것은
임시방편일 뿐이었다. 당장 불안정한 기운을 다스리기는 했

지만 분명 훗날에 문제가 생길 것이다.

혼돈의 기운을 간직한 것으로 보이는 내공은 분명 삼단전을 동시에 사용하고 있는 것이다. 그러나 매우 불완전한 상태. 당민이 알고 있기로 삼단전을 동시에 사용하는 기공들은 강호에 전무하다시피 하지만, 몇 가지가 있기는 했다.

소림의 달마역근경이나 무당의 태극무한공, 마교의 암천신마공 등 전설처럼 내려오는 무공이 바로 그것이다. 그것들은 완전한 상태의 무공으로, 익힌다면 천하를 좌지우지할 수 있다.

하지만 삼단전을 동시에 사용하는 것은 전설이 전하는 천예(天藝)들이라도 극성으로 완성했을 때만이 가지는 특성이다. 곤과 같은 형태가 아니었던 것이다.

곤이 가진 내력은 불완전함에도 삼단전을 거의 동시에 사용하고 있었다. 하단전부터 시작해 차차 상달해 삼단전을 사용하는 것이 아니라 처음부터 삼단전을 사용하는 기공이 분명했다. 무림인인 당무로서는 백무만큼이나 흥미로운 일이 아닐 수 없었다.

'일단은 무아를 찾는 것이 급하다. 저놈에 대해서는 나중에 알아보면 될 일이다.'

당민은 곤에 대한 생각을 잠시 접기로 했다. 백무에 대한 일이 우선이었다. 자신의 숙원을 이루는 것도 중요하지만 백무를 치료하는 동안 그에게 남다른 감정이 생겼기 때문이다.

당민이 곤을 앞세우고 자신의 행방을 추적하고 있을 무렵, 백무는 정신을 차릴 수 있었다.

"크… 으! 젠장할! 더럽게 정신없네!"

눈을 뜬 백무는 머리가 어지러웠다. 몸 상태도 예전과는 달랐다. 전신으로 묵직한 기분이 드는 것이 오랫동안 병을 앓은 사람처럼 온몸이 뻐근했다.

"그놈들 때문에 쓰러졌지. 그리고……."

흑백쌍마가 쏘아낸 기운에 전신이 무기력해진 것에 대해서는 그 이유를 도저히 알 수 없었지만 흑백쌍마에 의해 쓰러진 것이 기억났다.

그리고 잠시 정신을 차렸을 때 흑백쌍마가 자신을 버려두고 운기조식을 하던 것도 생각났다. 그러다 알 수 없는 기운이 몸 안에 치돌며 끔찍한 고통을 주었을 때 자신만의 호흡법으로 고통을 이기려 했다는 것도 알 수 있었다.

하지만 그 이후로는 전혀 기억이 나지 않았다.

"그 뒤 분명히 뭔가 일어난 것 같은데……."

의아한 기분이 들었지만 일단 주변부터 살펴야 했다. 자신이 정신을 처음 차렸을 때와는 상황이 달라졌다는 것을 느꼈기 때문이다.

"저건!!"

몸을 일으켜 주위를 둘러보다 흑백쌍마의 시신을 발견한

백무는 놀라지 않을 수 없었다. 처음엔 누구인지 알아보지 못했다. 반으로 줄어들어 바싹 말라 버린 강시처럼 생긴 시신들이었기 때문이다.

하지만 헐렁하게 걸쳐 있는 옷가지가 그들이 누구인지를 알게 해주었다. 믿을 수 없게도 자신을 쓰러뜨리고 이곳까지 끌고 온 흑백쌍마가 기괴한 모습으로 죽어 있었던 것이다.

"어째서 이놈들이 이런 모습으로 있는 거지?"

도저히 알 수 없는 일이었다. 누가 봐도 이상한 일이었다. 무림인과 싸워도 쉽게 지지 않으리라 생각했던, 자신을 가지고 놀 듯 한순간 무력하게 만든 흑백쌍마였다. 그런데 분명 얼마 전까지 운기조식을 취하던 흑백쌍마가 이토록 볼품없는 강시로 변한 것이 무슨 이유인지 알 수 없었다.

"하하! 무슨 일인지는 모르지만 잘됐다. 새끼들! 감히 누님을 해하려 했으니. 크크! 꼴좋구나."

흑백쌍마는 자신으로서는 상상할 수도 없는 상당한 고수였기에 내심 불안했던 백무이다. 당민에 대한 위협이 사라졌기에 백무는 일단 안심이 되었다. 자신으로 인해 흑백쌍마가 볼썽사나운 모습으로 죽었다는 사실을 전혀 알지 못하는 백무였다.

"가만! 이놈들이 했던 말로 봐서는 누님이 날 찾아오는 중인 것 같았는데……. 여기가 어디인지 모르겠지만 일단은 누님부터 찾아야겠다."

백무는 흑백쌍마가 나누던 대화를 통해 당민이 자신을 추적해 오고 있음을 확신했다. 백무는 자리에서 일어나 동굴을 나섰다.

"근데 여기가 도대체 어디지?"

동굴 바깥으로 나왔지만 거대한 협곡이라는 것을 제외하고는 어디가 어디인지 알 수가 없었다. 곤과 비무를 벌였던 곳을 찾아야 하지만 그곳이 어디인지 도통 알 길이 없었다.

"휴우, 막막하군! 이대로 찾아 나설 수도 없고……."

거대한 산맥 한가운데에서 당민을 찾아 나선다는 것이 쉽지만은 않아 보였다. 자칫 지옥도에서처럼 길이 어그러질 수도 있겠다는 생각도 들었다.

"누님이 날 추적해 온 것으로 봐서는 어떻게 해서든지 분명 날 찾아올 것이다. 이곳이 어디인지도 확실히 모르고 괜히 찾으러 나섰다가 길이 어긋나면 곤란할 테니, 차라리 이곳에서 기다리는 것이 낫겠다."

당민을 찾으러 나서려던 백무는 신형을 돌려 세웠다. 흑백쌍마가 기다리던 지점으로 봐서는 확실하게 당민이 자신을 추적해 오고 있었던 것이 분명했다. 이럴 줄 알았으면 지옥도에서 좀 더 기다릴 걸 하는 생각마저 들었다.

"그놈들이 날 이곳으로 데리고 온 것에는 분명 어떤 연유가 있을 테니, 그동안 죽어 나자빠진 놈들에 대해 알아보는 것이 좋겠다."

백무는 흑백쌍마에 대해 살펴보기로 했다. 어떻게 죽었는지는 모르지만 무엇인가 그들에 대해 알 만한 것이 있을 것이라는 생각에서였다.

동굴 안쪽으로 다시 발길을 돌린 백무는 흑백쌍마에게 다가가 그들의 품을 뒤졌다. 몸이 줄어들어 그런지 그들의 품을 살피는 것은 어렵지 않았다.

백무가 두 사람의 옷가지를 뒤져 찾아낸 것은 한 권의 두툼한 책과 잘 접힌 양피지 한 장, 그리고 검은색과 흰색의 환(環)이었다.

"이것 외에는 별반 없군. 상청경이라?"

글씨 자체가 흐리긴 했지만 낡아 보이는 책자에는 분명 상청경(上淸經)이라 쓰여 있었다. 몇 장을 넘겨보니 도가적인 고리타분한 경구와 귀신에 대한 이야기, 그리고 부적과 주술에 대한 이야기가 잔뜩 적혀 있었다. 워낙 얇은 종이에 책 자체도 두꺼웠던지라 단시간에 자세히 살핀다는 것이 쉽지만은 않아 보였다.

"이자들의 무공이 기록되어 있나 했더니 그건 아니었군. 이건 나중에 자세히 보도록 하고, 다른 것이나 살펴봐야겠다."

상청경의 내용이 도가의 경전이라는 사실에 실망을 한 백무는 접혀진 양피지를 펼쳐서 안의 내용을 살피기 시작했다. 양피지에는 깨알 같은 글씨로 무엇인가가 가득 적혀 있었다.

“무슨 글인지 도저히 모르겠군.”

양피지 안을 가득 메우고 있는 글자들은 중원의 문자가 아니었다. 어려서부터 학문을 제법 익힌 백무로서도 도저히 알 수 없는 문자들이었다.

“음, 이것도 다음에 다시 한 번 살펴봐야겠군. 마교에서도 상당한 지위를 가진 놈들이 가지고 있었던 것을 보면 중요한 것 같으니 일단 챙겨놔야겠다.”

백무는 상청경과 양피지를 챙겨 품에 넣었다. 그리고는 흑백으로 이루어진 환을 집어 들었다.

“으음, 제법 묵직하군.”

손가락 두 마디 정도 되는 굵기로 손목에 차는 환이었는데 그 크기에 비해 상당히 무거웠다. 한 개당 적어도 대여섯 근은 나갈 것 같았다.

“이건 이놈들이 사용하던 도검과 관련이 있는 것 같은데…….”

흑백쌍마의 품을 뒤지며 곤과 자신을 위협했던 도검을 발견할 수 없었다. 좋은 무기라 생각했기에 거두려고 했지만 찾을 수가 없었던 것이다. 대신 남아 있는 것이라고는 자신이 들고 흑백의 쌍환뿐이었다.

하지만 아무리 살펴봐도 어떻게 도와 검으로 변하는지는 알 수가 없었다. 알 수 없는 기관이 설치되어 있거나, 특이한 방법으로 도검을 꺼내는 것이 분명했다.

"이놈들이 사용하던 도검과 관련이 있는 물건이다. 기병인 모양이로군. 어떻게 사용하는 것인지는 모르겠지만, 죽은 놈들의 물건이니 일단은 가져야겠다."

쌍환을 팔목에 차니 서늘한 기운이 느껴졌다. 흑백쌍마가 보여주었던 기운과는 달리 쌍환에서 흐르는 기운은 꽤나 청명했다.

"누님이 언제 날 찾아 오실지는 모르겠지만, 일단 몸 상태나 살펴봐야겠다."

깨어나면서부터 뭔가 다른 이상을 느꼈다. 전과는 달리 온몸이 더할 나위 없이 무거운 것으로 보아 어떤 변화가 일어난 것이 분명했다. 멀쩡하던 몸이 흑백쌍마와 대결하면서부터 이상해진 것이다.

거기다 기괴한 모습으로 쓰러져 있는 흑백쌍마의 모습이 자신의 몸에 이상이 있는 것과 관련이 있는 것이 분명해 보였다. 적혈신에 이상이 생긴다면 그동안의 고심이 허사였기에 자신의 몸 상태부터 살펴야 했던 것이다.

내공을 수련하지는 않았지만 훗날을 위해 백가장에서 내려오는 내공심법과 수많은 의서들을 아버지 몰래 탐독한 백무였다.

게다가 적혈신을 이룬 후 다른 사람의 내력이 움직이는 것을 느낄 수 있었다. 이미 한 번의 경험으로 충분히 파악할 수

있는 자신감도 있었기에 백무는 자신의 몸을 다시 한 번 살펴
보기로 했다.

눈을 감고 가부좌를 틀고 앉아 적혈신을 이루며 열린 감각
의 눈으로 자신의 몸을 직시했다.

'으… 음!'

감각의 느낌도 달라져 있었다. 흑백의 논리로 느껴지던 감
각들이 이제는 세세한 것까지 파악할 수 있을 정도였다. 자신
에게 쏟아져 들어오는 감각으로 인해 고통스러웠던 현상도
없어졌다. 제삼의 눈이 생긴 듯 아무런 고통 없이 모든 것을
바라보듯 그대로 느낄 수 있었다.

의서들에 수없이 나열되어 있던 혈도의 존재가 이미 자신
에게는 없었다. 마치 모두가 하나가 된 것 같은 느낌이다. 적
혈신을 이루고 난 뒤부터 알고 있었던 기운과는 다른 제삼의
기운이 느껴졌다.

그것은 흑백쌍마와 대결 시에 느껴지던 느낌과 비슷했다.
기분 나쁘면서도 칙칙한 느낌의 생소한 기운이 주변은 물론
자신의 몸에서도 느껴지기 시작한 것이다.

'알 수 없는 일이로군. 이런 기운이라니, 마치 골수 깊숙이
에 스며든 것 같은 느낌인데……. 나로서는 도저히 이 기운의
정체를 파악하지 못하겠다. 어디 다른 이상은 없나 살펴봐야
겠군.'

자신의 상태를 관조하려 해보았지만 생각의 고리는 미로

속을 맴돌 뿐이었다. 몸 안에서 떠돌고 있는 기운의 정체를 모르는 이상 아무것도 할 수 없었다.

별다른 성과가 없자 백무는 가부좌를 풀었다. 이제는 확연해진 감각으로도 파악이 안 된다면 다른 것을 통해 확인해 볼 생각이었던 것이다.

"차앗!"

파파팟!

가부좌를 풀고 자리에서 일어난 백무는 소림오권을 시전하기 시작했다. 흑백쌍마와의 싸움에서 무기력했던 자신의 몸 상태를 점검하기 위해서였다. 용권연신을 시작으로 학권연정까지 일각도 되지 않는 빠른 시간에 소림오권의 모든 투로가 동굴 안에서 펼쳐졌다.

파팟!

파파팡!

소림오권이 끝나자 이번에는 탄공신이었다. 보신경에 권각으로 이루어진 투로가 합쳐진 탄공신의 움직임은 눈이 어지러울 정도로 빨랐다.

좁은 동굴 안이었지만 지장을 받지 않는 듯 여기저기 뻗어지는 손발의 잔영이 마치 삼두육비의 괴물처럼 보였다. 소림오권에 이어 탄공신까지 끝낸 후, 마지막에는 두 가지를 섞어 시전하며 몸 상태를 점검한 백무는 신형을 멈췄다.

"후우! 이상은 없는 것 같군. 오히려 전보다 움직임이 한결 나아진 것 같구나.”

　그동안 수련해 왔던 것들을 펼치며 자신의 몸이 전처럼 정상적으로 움직인다는 것을 확인한 백무는 안도의 한숨을 내쉬었다. 자신의 뜻대로 몸이 움직이는 것을 보면 이상은 없는 것이 분명했다.

　거기다 기세 또한 흑백쌍마에게 의식을 잃기 전과는 많이 달라진 상태였다. 자신도 모르는 사이에 강력한 투기가 일어나고 있다는 것을 느낄 수 있었다.

　“응? 다른 이들은 누구지?”

　백무는 수련을 끝낸 후 동굴 쪽을 향해 다가오는 기운을 느낄 수 있었다. 그중 셋은 자신도 잘 아는 기운이었다. 당민과 곤, 그리고 묘강을 가로지르며 올 때 홍아의 주인이었던 사천의 기운을 확인할 수 있었다.

　하지만 두 사람의 기운은 생전처음 느껴보는 것이었다. 음습하면서도 차가운 기운이 전신에 어리어 있는 것이 흑백쌍마가 보여주었던 그 기운에 뒤지지 않았다. 바로 밀광과 암연이었다.

　“일단 누님이신 것 같으니 나가봐야겠다.”

　일행은 자신이 있는 동굴 앞에서 머뭇거리고 있었다. 아마도 흑백쌍마를 의식한 듯했다. 천천히 동굴을 나선 백무는 석양을 등진 채 동굴을 바라보고 있는 다섯 사람을 볼 수 있었다.

누더기 차림의 정체를 알 수 없는 세 사람과 짧은 여정이었
지만 흑백쌍마와의 싸움을 같이했던 곤, 그리고 금방이라도
눈물을 흘릴 듯 촉촉이 젖어 있는 눈동자로 자신을 바라보고
있는 당민이었다.

"누님! 무사하셨군요."

휘이익!

짝!

당민이 신형을 날려 백무의 앞으로 다가오더니 느닷없이
뺨을 때렸다.

"한 대인께 의탁하라 했거늘!! 어째서 너 혼자 길을 나선
것이냐?"

당민은 진정으로 화를 내고 있었다. 지옥도를 떠나기 전과
는 달리 창백해진 안색에 마른 듯한 당민의 몸을 보며 백무는
그동안의 노심초사가 그대로 느껴졌다.

"죄송합니다, 누님!"

"죄송하다면 끝나는 것이냐?"

"누님이 걱정돼서 어쩔 수 없었습니다. 한 대인은 예정보
다 빨리 지옥도를 떠나 버렸고, 제 나름대로 수련할 것이 있
어 청빙담에 남아 수련을 했지만 돌아오신다는 날짜가 넘어
도 오시지 않기에 할 수 없이 중원으로 오게 됐습니다."

당민은 백무의 눈빛을 보며 자신과 마찬가지로 백무 또한
자신을 진정으로 걱정했다는 것을 알 수 있었다.

불완전한 몸을 가지고 있어 그 균형이 깨진다면 언제 죽을지 모른다는 사실을 누구보다도 잘 알고 있는 백무였다. 그런데 그런 몸으로 자신을 염려해 위험을 무릅쓰고 찾아 나선 것이 당민의 마음에 와 닿았다.

"챙겨 가지고는 온 거냐?"

혈수련의 연근을 말함이 분명했다. 자신의 생명과 직결된 것이기에 모를 수가 없었다.

"넉넉히 이 년 치를 챙겨 왔습니다."

"이 년 치?"

알 수 없는 말이었다. 혈천독지에 있는 혈수련의 연근이라면 백무가 수련하는 동안 거의 바닥을 드러냈어야 정상이다. 그런데 이 년 치라니 알 수 없는 말이었다.

"그 이야기는 나중에 하시죠. 저녁 시간이 다 된 것 같은데, 뭐 좀 먹으며 이야기하는 것이 좋을 것 같습니다."

"알았다."

당민은 자신의 예상과는 달리 백무의 몸에 별다른 이상이 없음을 확인하고는 백무의 의견을 따랐다. 이렇게 만난 이상 이야기는 천천히 해도 늦지 않을 것이기에 서두를 필요가 없었던 것이다.

"그런데 이분들은 누구십니까? 한 분은 전에 묘강에서 뵌 분 같은데……."

"어차피 이야기가 길어질 것 같으니 자세한 이야기는 나중

에 해야겠지만, 이분들은 밀독천의 사람들이다. 삼노, 인사해
요. 제 의동생인 백무예요.”

“처음 뵙겠습니다, 소천주! 밀광이라 하오.”

“암연입니다.”

“사천입니다, 소천주!”

세 사람이 일제히 포권을 취했다. 자신을 어째서 소천주
라 칭하는 것인지는 모르겠지만, 어떤 사연이 있음이 분명했
다.

“모두들 반갑습니다. 백무라고 합니다.”

당민과 밀접한 관련이 있는 것 같기에 백무는 반가이 인사
를 했다.

‘이름이 이상하다 했더니 백무로군.’

곤은 이제야 백무의 이름을 온전히 알 수 있었다. 곤은 당
민을 비롯해 백무와 삼노의 만남을 보면서 이들이 도대체 어
떤 관계인지 궁금하지 않을 수 없었다.

“그런데 이렇게 처음 본 자리에서 안 좋은 일이 있을 것 같
군요.”

‘무슨 말이지?’

난데없는 말에 곤은 기감을 증폭시켰다. 그러다 무엇을 느
꼈는지 인상을 찡그렸다.

第五章 마고의 파황적도기(破荒赤刀旗)!

九劈雷雲

곤도 자신들이 있는 곳으로 다가오는 사
람들의 기운을 느낄 수 있었다. 결코 반가울 수만은 없는 기
운을 가진 자들이었다. 이토록 패도적이면서 암울한 분위기
를 풍기는 기운의 주인들은 오직 마교에서 온 자들밖에는 없
었기 때문이다.

"그런 것 같습니다, 소천주!"

밀광도 백무가 말하는 것이 무슨 뜻인지 알아챌 수 있었다.
자신들이 있는 곳을 향해 일단의 사람들이 달려오는 것을 그
또한 느낀 것이다.

"무아도 그렇고, 밀 노와 암 노, 그리고 곤이라면 지금 다가

오는 놈들은 충분히 상대할 것 같으니 사 노는 이리로 오세요.”

당민은 홍아가 쓰러져 움직일 수 없는 상태라 무공을 익히지 않은 사천이 위험할 수도 있기에 그는 자신의 옆으로 불렀다. 홍아가 없는 녹린천아사만들으로는 다가오는 자들을 막을 수 없기 때문이다.

파파파팟!

곧 장내에 패도적인 기운들을 풍기는 장한들이 나타났다. 그들의 숫자는 모두 이십여 명으로, 다들 한결같이 붉은 옷을 입고 있었다.

‘으음! 흑백쌍마가 독자적으로 행동하더니 어느새 등세황의 편에 붙은 모양이로구나.’

당민은 장내에 나타난 자들이 누구인지 알 수 있었다. 적색의 장포에 가느다란 잔월이 새겨진 표기를 달고 있는 자들은 오직 하나밖에 없었기 때문이다.

‘무아가 어떤 실력을 지니고 있는지 저자들을 상대하다 보면 알 수 있겠군. 내가 없는 동안 무척이나 성장한 듯하니 한번 살펴보아야겠다. 만약의 경우라도 밀광과 암연이 있으니 그리 위험하지는 않을 것이다.’

자신의 눈앞에 있는 자들은 불과 이십여 명이지만, 거의 대부분이 절정급에 달하는 일류고수들이라 가히 대문파와 맞먹을 만한 전력이었다.

하지만 당민은 지켜보기로 했다. 자신의 예상과 달리 완전

히 변해 버린 백무를 추적해 오는 내내 궁금했다. 흑백쌍마와
도 그렇고, 장내에 나타난 자들보다 훨씬 강한 고수인 곤과
대등하게 대적했다면 그 혼자서 싸워도 그리 위험할 것 같지
않았기에 그냥 지켜보기로 한 것이다.

사사사삭!

나타난 자들은 꽤나 숙달된 움직임으로 동굴이 있는 암산
을 제외한 일행의 전방을 삼엄하게 포위하기 시작했다.

스르르룽!

그들은 대적을 맞이한 듯 굳은 안색으로 주변을 포위하더
니 일제히 도를 꺼내 들었다. 그들 역시 자신들이 일생일대의
적을 만났음을 이미 알고 있었던 것이다.

"부기주(副旗主)! 흑백쌍마께서 보이지 않습니다."

"그분들이 이들과 부딪치지 않았을 수도 있다. 십만대산으
로 오는 길은 여러 갈래이니까."

수하의 전음에 주위를 살펴보았지만 어디에도 흑백쌍마는
보이지 않았다.

'으음! 이거 큰일이로군.'

개인 간의 실력을 놓고 보면 약간 처지기는 하나 그래도 흑
백쌍마는 광천십마에 위치에 오른 사람이었고, 그런 그들이
당민을 놓칠 리 없었다. 부기주라 불린 자는 수하들의 동요를
우려해 말하지는 않았지만, 흑백쌍마가 눈앞에 있는 자들에
게 당한 게 틀림없다고 생각했다.

흑백쌍마는 당민이 마교로 오는 것을 저지하기 위해 나섰다. 지금 당민이 마교로 와서는 안 되기 때문이었다. 특히 천주와 만나는 것은 무조건 막아야 하는 상황이었다. 만사불여튼튼이라. 혹시나 하는 생각을 한 전주의 명으로 따라붙긴 했지만 역시 불길한 예상이 맞아떨어진 것이다.

'으… 음! 전주께서 우리를 따라가라 한 이유가 이거였나? 그렇다면 이번 일이 쉽지만은 않겠군. 자칫 우리 모두가 몰살당할 수도 있다.'

마교의 파황마전 소속 적도기(赤刀旗)의 부기주인 장천명은 누구보다 당민에 대해 잘 알고 있었다. 독선고는 마교의 제일인자인 교주조차 무시할 수 없는 사람으로, 지난날 그녀가 자신을 무시하는 자에게 보여준 한 수로 그녀가 얼마나 무서운 존재인지 누구보다 잘 알고 있었던 것이다.

언제나 마교로 올 때면 무엇이 그리 당당한지 홀로 오곤 했던 당민인데, 지금은 정체를 알 수 없는 자들과 함께였다.

'저들 또한 예사로운 기운이 아니다. 어린놈들이야 그렇다 쳐도 허름한 모습의 두 놈은 나조차도 일 대 일로 감당할 수 없을 만큼 강한 자들이다. 아련히 독기가 느껴지는 것으로 보아 저들은 분명 그곳에서 온 자들이 분명하다.'

모두가 만만치 않은 자들이었다. 풍기는 기운이 심상치 않은 것으로 보아 오늘 겪을 일이 흉험하리라는 생각이 들었다. 당민과 함께 행동할 사람들이라면 오직 한 곳밖에는 없었다.

"젊은 놈들은 어느 정도 괜찮겠지만, 저기 추레한 모습의 늙은 두 놈은 주의해라. 기운이 심상치 않은 놈들이다. 지금부터 죽음을 각오하고 혈도마라진(血刀魔羅陣)을 펼쳐라."

스스스슥!

장천명의 전음에 파황적도기들은 이번 싸움이 자신들의 생각보다 더 위험하다는 것을 깨달았다. 혈도마라진은 최후의 순간이 아니면 펼치지 않는 것이었기 때문이다. 적도기의 대원들은 긴장한 채 내력을 최대한 끌어올리고는 서서히 진형을 형성하기 시작했다.

혈도마라진은 파황적도기가 자랑하는 합격진이다. 절정급에 달하는 일류고수들이 삼 인 육 개 조로 연환하여 각기 육방을 압박하는 진으로, 진을 지휘하는 자와 그를 보조하는 자를 합쳐 총 이십 명이 필요한 살진이었다. 이는 그들이 감당하지 못할 대적을 상대할 때나 펼치는 진인데, 진을 펼친 자들이 모두 죽음에 이를 때까지 결코 멈추지 않는 죽음의 살진이었다.

장천명이 죽음을 각오하고 혈도마라진을 펼치려 한 것은, 당민도 문제이지만 자신들의 앞을 막고 있는 자들 또한 전설이 전하는 독문의 고수들임이 분명해 보였기 때문이다.

"모두들 만독신단을 삼켜라!"

장천명을 비롯해 파황적도기 모두가 일제히 품에서 만독신단을 꺼내 삼켰다. 장천명의 명에 따라 만독신단을 삼키는 그들의 자세는 한 점의 흐트러짐도 없었다.

그런 적도기들의 움직임을 보면서 당민은 밀광과 암연에게 전음을 보냈다.

"밀 노와 사 노는 무아가 위험하다 싶으면 나서도 되지만, 될 수 있으면 무아가 저놈들을 상대하도록 지켜만 보세요. 지금까지 적혈잠원대법이 어느 정도 진행됐는지 이번 기회에 알아봐야 하니까요."

"알겠습니다, 천주!"

당민은 적도기가 다가오는 순간 독을 풀 수도 있었지만 그렇게 하지 않았다. 백무의 상태를 온전히 관찰하기 위해서였다. 적도기라면 백무의 상태를 충분히 시험해 볼 수 있다고 판단한 것이다.

"무슨 일인지는 모르지만 당신들은 잘못 온 거야. 난 누님을 해하려는 존재를 용서하고 싶은 생각이 전혀 없으니까."

백무의 싸늘한 음성이 장내에 퍼졌다. 이미 흑백쌍마에 당한 적이 있는지라 살벌한 기운을 흘리는 적도기들에게 강한 적개심을 나타냈다.

백무의 몸이 점차 붉어지기 시작했다. 암흑투기의 영향인지 전과 달리 선명한 핏빛 기운이 아닌 조금은 어두운 빛이 흐르고 있었다. 그와 함께 가슴을 답답하게 하는 강렬한 투기가 흘러나오고 있었다.

‘화가 단단히 난 모양이로군. 그나저나 이들은 마교에서도 상당한 자들인 것 같은데, 재미있겠어.’

백무가 나서자 곤도 눈을 빛냈다. 싸움이라면 밥보다도 좋아하는 곤이었기에 백무의 뒤를 이어 앞으로 나섰다. 자령천화액을 복용하고 몸 상태가 완전히 회복됐을 뿐만 아니라 북명신공의 기운도 좀 더 안정되었기 때문이다. 곤 또한 흑백쌍마에게 당한 것을 마음에 두고 있었던 것이다.

“후후! 겨우 너희들만 가지고 우리를 상대할 수 있을 것 같으냐? 네놈들은 오늘 죽음의 강을 건널 것이다.”

자신이 경시했던 백무와 곤이 나서자 적도기의 부기주인 장천명은 의아했다. 정작 밀독천의 고수들로 보이는 자들은 나서지 않고, 풋내 나는 두 사람이 나섰기 때문이다.

“하룻강아지 범 무서운 줄 모른다더니. 저 두 사람은 나설 기미가 안 보이니 일단 이 두 놈부터 없애야겠다. 그리고 기회를 봐서 한 명이라도 이 자리를 빠져나가 본 교에 연락을 취하도록 하라.”

장천명은 자신들의 죽음이 기정사실로 받아들였다. 당민 혼자서도 자신들을 죽이는 것은 여반장이라는 것을 아는 까닭이었다.

기회를 봐서 지금의 사태를 자신의 상관에게 보고해야 했다. 그래야만 자신들의 복수를 해줄 것이기에 그는 은밀히 외곽에 있는 수하 하나에게 전음을 보내 흑백쌍마의 죽음과 자신들의 죽음을 알리도록 한 것이다.

"일단 저놈들에게 우리의 무서움을 알려주도록 해라! 개진!!"

휘이이익!

장천명의 굵은 목소리와 함께 진풍이 몰아치기 시작했다. 앞으로 나선 백무와 곤에게 진풍이 집중되자 그들도 서서히 움직이기 시작했다.

'진의 압력이 상당할 텐데 저리 자연스럽게 움직이다니, 역시 예사 놈들이 아니라는 말인가?'

백무와 곤의 움직임을 보면서 장천명은 긴장하기 시작했다. 이미 진에서 일어난 진풍이 장내를 감싸기 시작한 이상 그 압력이 상당할 터였다. 절정을 넘어선 고수가 아니라면 움직이는 것조차 부자유스러울 것이 분명했다. 그런데도 두 사람의 움직임은 물 흐르듯 자연스러웠다.

"조심해라. 심상치 않은 놈들이다. 최대한 빨리 저놈들을 처리해야 한다. 일단 뒤에 있는 놈들을 차단하고 저 두 놈을 친다."

부기주의 전음이 아니더라도 적도기들은 이미 느끼고 있었다. 진법과 맞물린 그들의 도기는 그리 녹록한 것이 아니건만 백무와 곤은 아무 영향도 받지 않은 듯 자연스럽게 움직였던 것이다. 내력을 더욱 끌어올린 듯 적도기들의 도에서는 이미 붉은 도기가 넘실거리기 시작했다.

스르르릉!

'신경이 거슬리는군.'

무척이나 사람의 신경을 거슬리게 하는 기분 나쁜 소리였다. 마치 칼이 갈리는 듯한 소리가 허공중에 울려 퍼졌다.

공력이 조금이라도 약한 자는 내상을 입을 정도의 진기가 섞인 소리가 울려 퍼지며 사방으로 진의 기운이 확산되었다.

백무는 도기의 그물이 자신과 백무를 둘러싸고 있는 것이 눈으로 보듯 느껴졌다. 그런데 이상하리만치 마음이 차분했고, 짜릿한 기분마저 들었다.

'후후! 우리를 저분들과 차단하려 애를 쓰는군!'

진풍을 이용해 교묘히 밀광과 암연을 차단하는 진세의 힘은 이제 자신과 곤을 완전히 둘러싸고 있었다.

'좋아! 해볼 만하겠어. 흑백쌍마란 놈들과 싸울 때와는 달리 기운이 빠지지 않는군. 후후, 좋아!'

허공중에 퍼지는 도기의 여파가 살갗이 따끔거릴 정도로 자신에게 미치고 있었다. 살벌한 파황적도기의 기운이 자신을 자극하자 백무의 마음에 강렬한 투기가 일어났다.

소중백이나 흑백쌍마의 대결 때와는 달리 불안한 마음도 들지 않았다. 적도기들이 붉은 도기를 운용해 공격한다는 것도 마음에 걸리지 않았다. 그저 싸워보고 싶다는 느낌만이 강하게 들 뿐이었다.

길이 두 자 반에 폭이 두 치 가까이 되는 직도에서 나오는 도기는 서서히 붉은색을 띠기 시작했다. 서슬 퍼런 잔월처럼 날카로운 기세였다. 붉은 도기를 흘려내는 파황적도기의 도가 자신과 곤의 허점을 노리며 서서히 다가오기 시작했다.

자신에게 집중된 자들은 모두 여섯! 곤에게도 여섯이 붙었다는 것을 느낌으로 알 수 있었다. 나머지는 밀광과 암연의 개입을 대비한 것이 분명해 보였다.

'좋아! 우선 이자들부터 처리하자.'

자신을 포위하고 있는 자들을 상대하기 위해 백무는 처음부터 전력을 다하기로 작정했다. 마음이 일자 근혈에서 흘러나오는 잠원이 힘을 발휘하기 시작했다. 골수 속에 박혀 있는 암흑투기도 결전이 시작되었음을 아는지 힘을 보태고 있었다.

사아아아!

권각에 힘이 실렸다. 무엇이든 부술 수 있을 듯한 강력한 기운에 만족감이 들었다. 양팔에 힘이 돌기 시작하자 쌍환으로부터 서늘한 기운이 팔목에 감겨오며 기분 좋은 느낌이 전신으로 전해져 왔다.

'기분이 좋군. 광천십마에 들었던 자들이 가지고 있던 거라 특별한 물건인가 보군.'

백무는 자신의 팔목을 감싸고 있는 쌍환이 마음에 들었다.

비단 시원하게 전신을 감싸는 쌍환의 기운 때문만은 아니었
다. 쌍환이 자신의 약점을 보완해 줄 것 같은 기분이 들었던
것이다.

　권법을 시전할 때 제일 약해지는 부위는 팔목이다. 권이나
수도(手刀)를 날릴 때 제일 큰 충격을 받기 때문이다. 거기다
도검을 상대할 때 자칫 상처라도 입는다면 권에 힘을 실을 수
없다.

　이미 적혈신을 이루어 도검불침의 몸이 되었지만, 상대가
도기를 사용하기에 손목에 감긴 두 개의 쌍환이 더없이 고마
웠다. 파황적도기가 흘려내는 도기나 도에 직접 부딪치더라
도 쌍환이 그 충격을 현저히 줄여줄 것이기에.

　"차앗!"

　기합과 함께 두 다리를 정자로 밟으며 양팔을 들어 올렸다.
자신이 알고 있는 무공은 단 두 가지뿐이다. 바로 소림오권과
탄공신으로, 이 두 가지 무공을 동시에 펼쳐야만 진세를 펼치
는 파황적도기를 상대할 수 있다고 생각했다.

　소림오권은 상체를 주로 이용하는 것이고, 탄공신은 하체
를 중심으로 시전되는 무공이다. 어찌 보면 이 두 가지 무공
처럼 궁합이 잘 맞는 것도 없을 것이다. 두 가지를 적절히 사
용한다면 파황적도기를 상대하는 데 문제가 없을 것이란 생
각이 들었다.

　스스스슥!

쉬이익!

백무가 신형을 움직이자 점점이 얽히던 도기들이 그에게
로 쏜살같이 집중되었다. 자신을 향해 도기가 날아오자 백무
는 학이 양 날개를 펼치듯 팔을 휘둘렀다.

타타타탕!!

도기가 쌍환에 부딪치며 여지없이 팅겨져 나갔다.

타타탕!

파팟!

그는 손목에 차고 있는 쌍환을 이용해 자신에게 집중된 도
기를 쳐내며 빠르게 전진했다. 타격을 위한 거리를 잡기 위
해서였다. 묵직한 기운이 손목에 전해졌지만 백무는 개의치
않았다. 오히려 도기와 쌍환이 부딪칠 때마다 흥분이 몰려왔
다.

쉬이익!

타타탕!

스윽!

"윽!"

연이어지는 파황적도기의 공격에 미처 다 막지 못해 살갗
을 베였지만 별다른 상처는 없었다. 그저 붉은 몸 위에 하얀
색의 선이 잠깐 생겼다가 사라지는 것이 고작이었다.

도를 맞는 순간 날카로운 기운이 내부를 침습했지만 그것
도 잠시였다. 몸 안에 감돌고 있는 충만한 힘이 파황적도기의

도기를 어느 사이엔가 소멸시켜 버린 것이다.

파파팡!

터텅!

퍼퍼퍽!

'이거 생각보다 쉽지가 않군.'

도기가 몸에 닿아도 별 다른 상처를 입지 않아 안심은 되었지만 파황적도기를 상대한다는 것은 그리 쉬운 일이 아니었다. 공방이 거듭되고 거리가 좁혀질수록 삼 인 일 조로 이루어진 두 개의 삼재진이 연환을 이루며 백무를 압박했던 것이다.

상중하로 나뉘어진 두 개의 삼재진이 하늘을 가리는 비단처럼 백무를 향했다. 엄밀히 이어지는 연환 공격은 그들이 어째서 마교에서 자랑하는 파황적도기인지를 여실히 보여주었다.

휘이익!

타타타탕!

백무는 미끄러지듯 돌며 양쪽에서 날아오는 도기들을 쳐냈다. 금룡헌조(金龍揮爪)에 백룡회수(白龍廻首), 그리고 용기횡강(龍氣岹鋼)으로 이루어진 백무의 용권은 붉은색 도기의 머리를 하나하나 쳐나갔다.

휘이익!

파―파팡!

곤의 움직임도 신출귀몰했다. 앞뒤로 오가며 노닐 듯이 신형을 움직이는 손과 발이 귀상문의 투로를 따라 적도기들을 공격해 갔다. 푸르스름한 기운이 손발에 맺혀 있는 것을 보면 손발에 기를 운용하는 것이 분명했다.

파파팡!

타―타타탕!

공방이 계속되었지만 누구 하나 치명상을 입지 않았다. 적도기는 적도기대로, 백무와 곤은 그들대로 상대방에게 치명상을 입히지 못하고 있었던 것이다.

삐이이익!

서로 간의 공방이 지속됨에도 아무런 성과가 없자 장천명의 입에서 내공을 실은 휘파람이 흘러나왔다. 자신들의 공격이 별다른 성과를 거두지 못하자 진형을 변형시킨 것이다.

파파팟!

적도기들이 부챗살처럼 퍼지며 백무와 곤의 포위를 풀고는 뒤로 물러났다. 물러난 것도 잠시, 곧 적도기 열둘의 움직임이 달라졌다. 백무와 곤을 각기 상대했던 그들이 이제는 둘을 동시에 상대하려 했다. 소진으로 나뉘어진 혈도마라진이 합쳐진 것이다.

육 대 일의 대결이 십이 대 이가 되자 적도기들의 움직임은 더욱 날카로워졌으며, 백무와 곤이 쳐내야 하는 도기의 양은 더욱 많아졌다.

파파팡!

터—터터텅!

"이 자식들, 꽤나 번거롭군."

조금 전과는 달리 상대해야 할 도기가 더욱 늘어나자 곤의 입에서 불평이 터져 나왔다. 수세로 돌아선 지금의 상황이 영 마음에 들지 않는 것이다.

백무는 흑백쌍마와의 대결에서 자신과 곤이 합공하던 것을 떠올렸다. 진의 위력으로 인해 방어만 하는 자신들의 모습에 비위가 상한 것이다.

"친구! 흑백쌍마란 놈과 싸울 때 했던 것처럼 하면 어떤가?"

"좋아! 그것도 괜찮은 생각이군."

백무의 제안에 도기의 압박으로 거의 제자리에 서서 방어만 하던 곤의 움직임이 달라졌다. 백무는 빠르게 곤에게 다가서더니 소림오권을 시전하며 도기들을 쳐냈다.

두 사람이 동시에 거의 같은 움직임을 보였다. 하지만 그런 모습과는 달리 기질적인 것은 무척이나 달랐다.

"차앗!"

이번에는 곤이 먼저 나섰다. 도기의 그물을 뚫고 번개같이 움직이는 것은 점창의 비전보법인 분광착영(分光捉影)이었다.

"헛!"

거리를 접듯 순간적으로 백무의 앞에 곤의 신형이 나타나
자 방금 전까지 도기를 뻗어내고 뒤로 신형을 물리던 적도기
의 입에서 헛바람이 튀어나왔다.

퍽!

"크윽!"

왼쪽으로 신형을 튼 순간, 왼쪽 허벅지에서 극통이 밀려들
었다. 귀상문의 투로를 따르는 곤의 발에 가격당한 것이다.

휘이이익!

한 사람이 심각한 타격을 입었음에도 불구하고 적도기가
운용하는 혈도마라진은 깨지지 않았다. 곤의 공격이 성공하
기 무섭게 좌우에 있던 자들의 도가 붉은 도기를 머금은 채
상하로 나뉘어 곤의 배후를 엄습한 것이다.

타타탕!!

곤의 좌우로 도기들이 날아들자 백무가 탄공신을 시전하
며 도기들을 쳐냈다. 학이 양 날개를 펼치듯 신속한 백무의
손놀림에 도기들이 튕겨 나갔다.

파팟!

자신을 위협하던 도기가 백무에 의해 저지당했다는 것을
확인하자마자 곤의 신형이 허공으로 치솟아올랐다. 비상하
는 매를 닮은 듯 곤의 신형은 그 자리에서 이 장여나 떠올랐
다. 점창파의 비전보법 중 하나인 창응칠식(蒼鷹七式)이 시전
된 것이다. 후방을 맡아준 백무의 방어가 공고함을 확인한 곤

의 움직임은 거침이 없었다.

휘이익!

팟!

곤의 신형이 떠오르자 밑에서 도기를 머금은 붉은 기운의 도가 곤을 따라 치솟아올랐다.

파곽!

백무가 황급히 그 자리로 뛰어들었다.

퍽! 우직!!

"크… 악!!"

순간 곤을 따라 신형을 차올리며 도를 뿌려대던 적도기의 신형이 반으로 접혀 버렸다. 곤의 움직임을 따라 후방을 방어하던 백무가 뛰어들며 발끝으로 적도기의 복부를 가격해 척추를 부러뜨려 버린 것이다.

손에 채워져 있는 쌍환의 움직임만을 주시하던 적도기들이 미끄러지듯 전진하며 밀어 차는 백무의 발을 놓친 것이다. 백무를 공격하던 세 사람이 갑자기 각법을 사용하는 백무로 인해 신형을 주춤거렸다.

휘이익!

그 짧은 순간이 그들에게는 치명적인 실수였다. 치솟아올랐다가 허공을 휘돌며 먹이를 낚아채는 매처럼 지상으로 내려오는 곤을 간과했던 것이다.

퍼퍼퍽!!

빠가각!

강력한 북명신공의 기운이 담긴 곤의 손과 발이 허공을 돌며 적도기들의 머리를 강타해 머리뼈를 부숴 버렸다.

"크… 윽!"

"윽!"

"아아악!"

비명과 함께 세 사람이 바닥에 쓰러졌다. 머리가 반쯤 부서져 피를 흘리고 있는 모습으로 보아 살아날 가망성이 없어 보였다.

"이 자식들이!! 모두 쳐라!!"

그야말로 눈 깜짝할 사이였다. 순식간에 적도기 중 네 명이 목숨을 잃자 장천명은 최후의 공격 명령을 내렸다. 대기하고 있던 적도기 일곱 명과 자신이 직접 나서 진을 운용하기 시작한 것이다.

파파팡!

퍼펵!

장천명이 합세하여 진을 강화시켰지만 두 사람의 합공은 이미 기세가 올라 치고 빠지며 파황적도기들을 농락하고 있었다. 한 사람이 공격을 하면 그사이 다른 사람이 방어를 하여 파황적도기들을 몰아붙였다.

이미 기세가 붙은 백무와 곤을 막기란 요원한 일이었다. 두 사람은 마치 잘 짜여진 톱니바퀴처럼 손발을 맞추며 공격을 하고 있었던 것이다.

한 사람이 허공에서 공격을 하면 다른 한 사람은 지상에서 적도기들의 공격을 막아내고 있었다. 역할이 고정되어 있는 것이 아니었다. 둘은 번갈아 가며 방어와 공격을 해대고 있었다.

반 각도 채 흐르지 않았건만 백무와 곤의 합공에 쓰러진 파황적도기가 벌써 다섯을 넘어가고 있었다.

'이… 이대로 가다가는 모두 전멸이다.'

백무와 곤의 움직임은 완전한 초절정고수의 움직임이었다. 광천십마에 버금가는, 아니, 그보다 더욱 뛰어난 움직임이었다.

흑백쌍마의 합격진이 얼마나 무서운 것인지 잘 알고 있는 장천명이다. 그 이상 가는 합격진은 한 번도 본 적이 없었다. 하지만 지금 그는 환상이라고밖에는 말할 수 없는 두 사람의 합격을 보고 있었다.

백무와 곤이 보여주는 합격은 흑백쌍마가 시전하는 망영무연공 못지않았다. 아니, 오히려 위력적인 면에서는 더 나은 것 같았다. 한 명은 무식하게도 도기를 손으로 쳐내면서 공격하고, 다른 한 명은 미꾸라지 빠지듯 도기의 그물을 뚫고 적도기를 차례로 쓰러뜨리고 있었다. 공수가 완벽히 조화된 합격이었던 것이다.

차라리 두 개 조가 한 명씩 공격할 때가 나았다. 진형을 변형해 자신들의 힘에 두세 배의 증가를 가져왔다면, 적도기를 상대하는 백무와 곤의 합격은 열 배 이상의 힘이 증가한 것만 같았다.

그렇다고 다른 인원들을 투입할 순 없었다. 백무와 곤 말고도 자신들을 노려보며 남아 있는 자들의 전력 또한 무시할 수 있는 것이 아니었다. 그들은 전설이 전하는 문파의 사람들이었기 때문이다.

장천명은 이대로 가다간 전멸을 면치 못할 것을 확실히 알 수 있었다.

'으… 음! 수치로군!! 적을 앞에 두고 도주해야 하다니. 얼마나 살아날 수 있을지 모르겠군. 저들이 우리를 쫓는다면 대부분 죽음을 면치 못할 것이다.'

장천명은 자리를 벗어날 생각을 굳혔다. 그리고 미리 지시해 놓은 수하에게 전음을 보냈다.

"으… 음! 넌 이대로 빠져나가 이 사실을 보고해라. 해진하고 각자 퇴각하는 순간, 그 틈을 타 최대한 빨리 자리를 벗어나야 할 것이다. 네가 빠져나가는 것은 눈치 채지 못할 것이다."

전음을 보내는 사이 두 명이 더 죽어 나자빠졌다. 이대로 시간을 끌다가는 자신을 비롯해 모두가 죽을 수밖에 없음을 뼈저리게 느꼈다.

삐익!!

파황적도기 전체가 달려들어도 이곳에 있는 자들을 상대할 수는 없다고 생각한 장천명은 휘파람을 불어 퇴각 명령을 내렸다. 그러자 휘파람 소리와 함께 적도기들이 다급하게 전권에서 신형을 빼기 시작했다.

"암 노!! 저자들이 도망가지 못하게 막아요. 그리고 사 노는 아이들을 풀어요. 한 놈이 빠져나갔어요."

적도기들의 도주를 눈치 챈 당민이 소리를 질렀다. 그녀는 이미 적도기들의 움직임을 하나하나 주시하고 있었기에 진을 푼 적도기들이 퇴각하는 것과 동시에 한 사람이 은신술을 펼치며 장내를 이탈하는 것을 알아챌 수 있었다. 이 자리에서 그 누구도 빠져나가서는 안 되기에 두 사람에게 소리를 친 것이었다.

'눈치를 챈 것 같지만 잡을 수는 없을 것이다.'

당민의 외침에 흠칫했지만 장천명은 다른 적도기와는 달리 해진(解陣)하는 순간 장내를 벗어나는 자신의 수하를 믿었다. 비록 적도기에 소속되어 있지만 그는 또 다른 신분을 가지고 있었기 때문이다.

적도기들도 당민의 목소리를 들었지만 자신들이 무사히 도망칠 수 있을 것이라 생각했다. 자신들을 막기 위해 움직인 암연은 백팔십 근이 넘게 나가는 육중한 몸집을 가지고 있던 것이다.

하지만 그것은 그들의 오판이었다. 검은 안개가 퍼지듯 암연의 몸이 순식간에 사라지며 주변을 감싸기 시작했다.

"뒤로 물러나요. 어서!"

파파팟!

뾰족한 당민의 음성이 다시금 장내에 울렸다. 밀광을 비롯해 백무와 곤은 신형을 날려 당민의 옆으로 다가갔다.

"왜 그러십니까, 누님?"

"저들이 도주하면 무척 귀찮아진다. 마교의 본격적인 추적이 시작될 테니까. 잠시 지켜보거라. 암 노가 저들을 막을 것이다. 사 노는 아이들을 시켜 어서 빠져나간 놈을 잡도록 하세요. 아무래도 그놈은 하늘을 살피려는 자 중 하나 같으니 말입니다."

"알겠습니다, 천주!"

사천은 당민의 말에 신형을 굳힌 후 사밀소를 꺼내 들었다.

삐리리리!

쐐애애액!!

사밀소가 울리고 녹린천아사 중 몇 마리가 장내를 떠났다. 도망친 자를 추적하기 위해서였다.

"누님, 저 검은 안개는 무엇입니까?"

마치 살아 있는 생물처럼 퍼져 나가는 기이한 기운이었다. 그 기이한 느낌에 백무는 안개처럼 적도기들을 휘감는 검은 기운의 정체에 대해 물었다.

"충독암연공이다."

"충독암연공이요?"

"그래, 밀독천의 삼대독공 중 하나이지."

"으음!"

사천은 자신하는 표정을 짓는 당민을 보며 장내를 지켜보았다. 심상치 않은 기운이 장내를 맴돌자 자신에게 전해지는 묘한 느낌에 저절로 신음이 터질 수밖에 없었다.

'하나하나 살아 있다니……. 너무도 미세해 잘 느껴지지는 않지만 저것들은 분명 살아 있다.'

내력이나 기공을 이용한 기운이 아니었다. 암 노가 뿜어내는 기운이 아니었던 것이다. 검은색의 안개는 하나하나 살아 있는 듯 생명의 기운을 흘리고 있었다.

묘강 전역을 일통한 비밀의 문파 밀독천!

밀독천의 문도 수가 얼마나 되는지, 그리고 근거지는 어디인지는 비밀 중의 비밀이었다. 독문의 수많은 고수들이 밀독천을 찾으려 했지만, 밀독천에 가보았다는 사람이 없을 정도로 베일에 가려진 문파였다.

하지만 묘강의 밀림을 살아가는 자라면 누구나 경외하고 두려워하는 존재가 바로 밀독천이다. 그들은 암중에 묘강을 지배하는 절대적인 존재들이었기 때문이다.

밀독천을 경외하는 존재들은 또 있었다. 그들은 바로 독을 이용해 강호무림에 위명을 떨치는 문파들이다. 밀독천의 독공은 신비하고, 파괴적이며, 공포의 존재였다. 독공을 익힌 이도 중독시키는 절대적인 존재로, 강호의 독문들은 밀독천의 독공 앞에 무력했기 때문이다.

당민의 지시에 의해 펼쳐진 암연의 독공 또한 밝혀지지 않은 밀독천의 신비한 독공 중 하나였다. 강호무림을 좌지우지하는 절대자들이라 해도 결코 만만히 대할 수 없는 독공이 펼쳐진 것이다.

암연이 시전한 검은 안개가 스멀거리며 주변을 감싸는 순간 적도기들 사이에서 작은 동요가 일어났다. 무엇인가 불안한 기운이 자신들을 노린다는 것을 느꼈기 때문이다.

"당황하지 말고 경계를 철저히 해라!"

장천명의 입에서 고함이 터져 나왔다. 보이지는 않지만 무엇인가가 자신들을 노린다는 것을 알기에 수하들의 주의를 환기시켰지만, 그조차도 무엇이 자신들을 노리는지 알 수가 없었다. 그저 검은 안개 속에서 충만한 살기만이 느껴질 뿐이었다.

"으… 아아!!"

"크아아악!"

장천명의 노력에도 불구하고 곳곳에서 비명이 터져 나왔다. 퇴각할 때도 절도를 잃지 않았던 파황적도기들이었지만, 암흑 속에 가려진 후로는 이성을 잃어가고 있었다. 검은 안개가 자신들의 몸을 급격히 변화시키고 있었기 때문이다.

“이… 이건?”

무엇인가 몸을 스치는 듯 간지러운 느낌이 들었다. 하지만 별 다른 이상은 보이지 않았다.

“으… 아아아!!”

간지러운 듯한 기이한 느낌에 장천명은 주위를 둘러보았다. 검은 안개 속에서 수하들이 비명을 지르고 있었다.

“부, 부… 기주!”

“크… 으! 부기주!”

살길을 찾으려는 듯 적도기들이 비틀거리며 장천명에게 다가왔다. 비명을 지르던 수하들의 모습은 쳐다볼 수 없을 정도로 기괴하게 변해 있었다. 처절한 비명과 함께 수하들의 몸이 녹아내리고 있었던 것이다.

서서히 녹아내리기 시작하는 동료의 몸을 보면서 수하들은 처절한 비명을 지르고 있었다. 그러다 자신의 몸도 녹아내리고 있다는 것을 알게 되자 비명을 내지른 것이었다.

죽음을 두려워하지 않는 적도기들이었다. 고통도 고통이지만 자신이 녹아내린다는 심리적 공포감에 비명을 질렀던 것이다

“크… 으윽!!”

장천명의 입에서도 비명 소리가 흘러나왔다. 간지러운 느낌이 끝나고 고통이 밀려 들어왔던 것이다.

“나… 나도 당… 한 것… 인가?”

서서히 녹아내리기 시작하는 자신의 손을 보며 전설의 독문, 밀독천이 어째서 공포의 대상인지 알 수 있었다. 밀독천의 독공에 대비해 만독신단을 복용했건만 아무런 소용이 없었다.

"크… 으!! 빠… 빠… 져나… 가야 한… 다."

장천명은 몸을 움직이려 애를 썼다. 무조건 검은 안개 속에서 빠져나가야만 할 것 같았기 때문이다.

우드드득!

그러나 자리를 뜨려는 장천명의 움직임은 헛수고로 끝났다. 이미 다리가 녹아내려 그의 몸이 무너지듯 바닥에 쓰러진 것이다.

"커… 억! 사… 살… 려… 줘…….."

치이이익!

바닥에 쓰러져 마지막 숨을 몰아쉰 장천명의 몸이 순식간에 지글거리며 녹아내렸다.

적도기들 또한 마찬가지였다. 얼마 지나지 않아 당민을 죽이기 위해 마교에서 나온 파황적도기들 모두가 죽음을 맞이했다.

백무와 곤에 의해 죽은 자들도 암연이 펼친 충독암연공에 의해 모두 한 줌의 독수로 화해 땅으로 스며들었다. 결국 장내에는 더욱 진하게 변해 버린 검은 안개만이 남아 있었다.

휘이이익!

파황적도기들의 시신조차 모두 사라지자 검은 안개가 소용돌이치듯 한곳으로 몰려들더니 점차 사라졌다. 검은 안개가 사라진 자리에는 육중한 체구를 자랑하는 암연이 무표정한 신색으로 조용히 나타났다.

"끝났습니다, 천주!"

수많은 사람들을 한 줌의 독수로 녹여 버렸지만 그는 아무 일도 없었다는 듯 무척이나 차분한 목소리였다.

"수고했어요. 전보다 더 위력이 강해진 것 같네요. 일단 저 자들이 남긴 무기도 모두 회수해서 없애도록 하세요. 우리가 저들을 죽였다는 것이 알려지면 곤란하니까 말이에요."

"알겠습니다, 천주!"

휘이이익!

대답을 마친 암연의 신형이 장내를 맴돌며 바닥에 남아 있는 이십 자루의 도를 주웠다.

챙그랑!

타타탕!

암연에 의해 거두어들인 도가 밀광의 앞에 떨어져 내렸다.

"대형, 부탁합니다."

차르르!

암연의 부탁에 밀광의 손이 바닥에 떨어진 도로 향했다. 아무것도 보이지는 않지만 떨리는 도로 인해 백무는 밀광의 손에서 무서운 기운이 뻗어지고 있음을 알 수 있었다.

치이이익!

곧 도면에서 하얀 연기가 피어오르기 시작하더니 이십여 자루의 도가 적도기들과 마찬가지로 서서히 녹아들기 시작했다. 백련정강(百鍊精鋼)으로 만들어진 도들이 녹는 시각은 채 반 각도 걸리지 않았다.

"끝났군."

밀광은 적도기들의 도가 모두 녹아들자 손을 거두어들였다. 적도기들이 이곳에 나타났다는 증거는 모두 사라졌다. 자신의 할 바를 다한 밀광은 사천을 바라보았다. 암연이 검은 안개를 거두어들였음에도 장내에 가득한 독기가 여전히 사라지지 않았기 때문이다.

"막내야! 네 차례다."

"알겠습니다, 대형!"

밀광의 부름에 사천은 품에서 사밀소를 꺼내 들었다. 녹린천아사를 부리기 위함이었다.

삐이이이익!

괴이한 소성이 장내에 울려 퍼지자 꿀을 찾아 날아다니는 벌 떼처럼 녹린천아사들이 장내를 분주히 날아다니기 시작했다. 사천과 함께 홍아를 추적하던 녹린천아사들이었다.

녹린천아사들은 장내를 날아다니며 암연과 밀광이 남긴 독기들을 흡수하자 시간이 지나면 지날수록 뱀들의 몸이 짙푸른 녹색으로 변해갔다.

‘으… 음! 놀라운 사람들이다. 사부에게 듣기는 했지만 이 정도로 가공할 힘을 소유한 자들이라니. 사람들이 괜히 밀독천을 두려워하는 것이 아니었구나. 이 정도의 힘이라면 저 한 사람만으로도 문파 하나를 쓸어버리는 것은 일도 아닐 것이다.’

곤은 삼노의 모습을 보면서 전날 자신의 스승이 들려준 이야기를 기억해 냈다. 밀독천이 어쩌면 마교보다도 더 무서운 존재일 수 있다는 사실을.

점창이 운남에 자리를 잡고 있는 이상 십만대산과 묘강은 늘 관심의 대상이었다. 마교는 점창파에 씻을 수 없는 치욕을 준 적이 있어서였고, 밀독천은 잠재적인 적이 될 수 있기에 관심을 가지지 않을 수 없었던 것이다.

‘분명 암연이라는 자가 사라지며 몸집이 줄어들었다. 충독암연공이라고 그랬나? 분명 몸집이 줄어든 것과 관련이 있는 것이 분명하다. 그리고 밀광이라는 자의 독공은 정말 처음 보는 것이다. 칼까지 녹여내는 독공이라니? 그런 독공은 들어본 적도 없다. 거기다 저 사천이라는 사람이 부리는 뱀들은 분명 백무의 등짐 속에 있던 것과 같은 것이 분명한데, 저 지

독한 독들을 단숨에 흡수하다니? 이거 잘못 끼어든 것은 아닌지 모르겠군.'

지니고 있는 무공이 조금 이상하다고는 생각했지만 백무는 밀독천이 사람이라고는 전혀 생각해 보지 못했다. 백무의 무공은 분명 독공과는 전혀 상관없는, 권각을 이용한 것이었기 때문이다.

그들이 백무를 소천주라 부르는 것으로 보아 독공을 익히지는 않았지만 백무가 밀독천과 아주 밀접한 관계를 가지고 있는 것이 분명했다.

'어차피 동행하기로 한 이상 당분간은 이들과 같이 있어야겠다. 자칫 점창에 위해가 될 수도 있으니 이들에 대해 알아보는 것도 그리 나쁘지는 않을 것이고, 내 무공을 완성하는 데에도 도움이 될 테니.'

별로 정이 없기는 하지만 곤도 점창의 문인이었다. 마교도 문제이지만 밀독천도 점창으로서는 충분히 주의해야 함을 알고 있었다. 곤은 밀독천이 어떤 곳인지 자세히 알아보기 위해 당분간은 백무와 함께 행동하기로 마음을 정했다.

묘한 느낌으로 일행을 바라보던 곤을 다시 일상으로 돌아오게 만든 것은 당민의 목소리였다.

"흔적을 모두 지웠으니 이제는 됐어요. 사 노는 암 노와 함께 도망간 놈이 어찌 됐는지 알아보세요."

"알겠습니다, 천주!"

"이 시간에 어디 가서 쉴 곳을 마련할 수도 없으니 오늘 밤은 이곳에서 머물도록 하겠어요. 우선 먹을 만한 거나 구하고, 이곳에서 쉬도록 해요. 암 노는 도망간 놈이 멀리 가지는 못했을 테니 갔다 오는 길에 요기할 만한 것이나 잡아와요. 밀 노는 불 피울 준비 좀 하고요."

모든 흔적을 지우고 나자 당민은 쉴 준비를 하도록 시켰다. 한시바삐 자리를 떠나는 것이 당연한 일이었지만, 흑백쌍마가 백무가 나온 동굴에 있음을 짐작했기에 쉬도록 한 것이다. 흑백쌍마와 백무의 일은 그녀로서는 지나칠 수 없는 일이었기 때문이다.

"알겠습니다, 천주! 조금만 기다리세요. 금방 다녀오겠습니다. 자, 가자!"

당민의 지시에 암연과 사천은 적도기 중 하나가 도주한 곳으로 발걸음을 옮겼다. 그렇지만 밀광은 기분이 좀 상한 듯 입을 삐죽이며 나뭇가지를 줍기 시작했다. 당연히 멀리 가지 못하고 죽어 나자빠져 있겠지만, 도망간 적도기를 자신이 쫓고 싶었기 때문이다.

"소천주의 움직임이 굉장하던데. 네가 보기에는 어떠냐, 막내야?"

도망친 자를 찾아 나선 암연은 혈도마라진과 상대하던 백무의 움직임을 기억하며 사천의 의견을 구했다.

"저야 무공을 익힌 적이 없으니 모르겠지만, 정말 굉장하던데요?"

"그렇지. 굉장한 것이다. 역시 적혈잠원대법이라고 말할 수밖에 없다."

"그렇게 굉장한 건가요, 형님?"

"후후! 소천주는 내공을 가지고 있지 않다. 순순한 육체의 움직임만으로 그런 모습을 보여주신 것이지. 천주님의 시술이 성공한 것이 틀림없다. 만약 거기에 내공을 가지게 된다면, 얼마나 강해질지 나조차 추측할 수가 없구나."

"으… 음! 그 정도라니……."

"거기다 소천주는 내가 익힌 충독암연공의 정체를 알아내신 것 같아 보였다."

"그게 정말입니까? 인간의 힘으로 충독을 감지한다는 것은 불가능하지 않습니까?"

"그러니 내가 성공했다고 말하는 것이다. 적혈잠원대법이 성공하지 못했다면 알아보실 리 없을 테니까."

암연은 파황적도기들을 처리하고 독공을 거두어들일 무렵 자신을 바라보는 백무의 눈길을 잊을 수 없었다. 모든 것을 알아낸 듯 흥미로운 표정을 짓는 그를 보며 섬뜩함마저 들었던 것이다.

"다행이네요, 형님! 천주께서 노심초사하시는 것 같았는데 성공한 것 같으니 말입니다."

"그래, 다행이지. 여기서 노닥거릴 때가 아니다. 천주께서 요기할 만한 것을 잡아 오라 하셨으니 일단 도망간 놈부터 찾아보자."

"걱정하지 마십시오. 아이들이 재촉하는 소리가 들리는 것을 보니 그놈은 멀리 도망가지 못한 것 같습니다."

두 사람은 도망간 파황적도기 중 한 명을 찾기 위해 발걸음을 서둘렀다. 놓친다는 생각보다는 빨리 일을 끝내고 당민을 위해 멧돼지나 한 마리 잡아가려는 생각으로 서두른 것이었다.

반 각 정도 숲길을 벗어나자 두 사람은 온몸에서 피를 쏟은 채 죽어 있는 시신 한 구를 발견할 수 있었다. 예상대로 멀리 가지 못한 것이다. 그 시신의 주변에서 녹린천아사들이 날고 있었다.

죽어 있는 자의 시신은 여기저기 뜯겨 있었다. 먹이를 잡아 뜯는 녹린천아사의 습성으로 인해 시신이 훼손된 것이다. 녹린천아사의 공격에 심하게 반항을 한 듯 주변의 나무들이 여기저기 베어져 있었다.

"그만 돌아오너라!"

사천은 녹린천아사들을 불러들였다. 암연이 시체를 녹여 증거를 없애야 했기 때문이다.

녹린천아사들이 사천의 곁으로 돌아오자 암연이 손을 들었다. 그러자 그의 손바닥에서 시신을 향해 검은 기운이 뻗어나갔다. 충독암연공이 다시 한 번 시전된 것이다.

시신은 금세 녹아내려 다른 적도기들과 같이 한 줌의 독수로 화해 차가운 흙바닥으로 스며들었다.

"독기를 회수해라."

"예, 형님!"

사천은 녹린천아사로 하여금 주변에 산재한 독기를 흡수하도록 했다. 녹린천아사들은 주변을 날아다니며 암연이 뿌린 독의 잔재들을 남김없이 흡수해 버렸다.

"이제는 멧돼지나 몇 마리 잡아 돌아가자. 이곳에 멧돼지가 있을지 모르겠다만 안 되면 야조라도 잡아야 할 테니 서둘러야 한다."

"알겠습니다. 저 아이들이 도와주면 금방 잡을 겁니다."

두 사람은 빠르게 장내를 떠났다. 하지만 두 사람은 한 가지 놓친 것이 있었다. 파황적도기라면 언제나 목숨처럼 가지고 다니는 적혈도(赤血刀)가 죽어 있는 시신에게 없었다는 사실을 눈치 채지 못했던 것이다.

"어서 들어가자!"

"저… 어! 누님!"

당민이 동굴로 들어가기를 재촉했지만 백무는 꺼려졌다. 동굴 안에 흑백쌍마의 시체가 있었기 때문이다.

"동굴 안에 흑백쌍마가 죽어 있는 것이냐?"

"그렇습니다."

"으… 음, 역시! 상관없다. 어서 들어가자."

어찌 된 상황인지는 어느 정도 짐작이 갔다. 분명 백무의 몸 안에 잠재되어 있는 힘이 탐이 나 흡성대법 같은 것을 펼치다 혈수련의 독에 중독되어 죽은 것이 틀림없을 것이다. 흑백쌍마가 그렇게 힘을 키워 광천십마의 자리를 차지했다는 것을 누구보다 잘 알고 있는 당민이었다.

"뭐 하고 있느냐? 어서 들어오지 않고."

머뭇거리는 백무를 재촉한 당민은 앞장서 동굴로 들어갔다. 백무는 어쩔 수 없다는 듯 뒤를 따랐다. 곤도 멋쩍은 표정을 지으며 두 사람의 뒤를 따라 동굴 안으로 들어섰다.

화르르!

세 사람이 동굴로 발걸음을 옮기자 사천은 주변의 잔가지를 이용해 금세 홰를 만들고는 불을 붙여 그 뒤를 따랐다.

사천이 들어서고 동굴 안에 불빛이 비치자 당민의 눈에 놀라운 광경이 비춰졌다. 자신의 예상과는 달리 기괴한 모습으로 싸늘하게 죽어 있는 흑백쌍마의 모습이 보였던 것이다.

'놀라운 일이로군. 혈수련의 독기 때문에 죽었다 생각했는데, 그것이 아닌 것 같다. 흑백쌍마가 죽어 있는 모습을 보아하니 정혈이 빨려서 죽은 것이 분명한데…… 으… 음! 마치 마교에서도 금단의 마공 중 하나로 정해져 익히는 것이 금지

되어 있는 흡성대법에 당한 것 같지 않은가?

처음에는 백무의 몸에 잠재되어 있는 극독에 중독되어 죽었다고 생각했다.

그런데 바싹 마른 강시처럼 바닥에 누워 있는 흑백쌍마의 모습을 보자 뭔가 자신이 생각하는 것과는 다르게 일이 진행되었음을 알 수 있었다.

묘강에서부터도 마찬가지였다. 백무의 상태는 자신의 예상과는 맞지 않게 전혀 다른 방향으로 흘러가고 있었던 것이다. 일단 백무의 몸 상태부터 확인하는 것이 순서였다.

"사 노는 저놈들의 시체를 밖으로 가지고 나가 흔적을 완전히 지우도록 하세요. 자칫 마교에 저들의 죽음이 알려진다면 정말 귀찮아지니까요."

"알았습니다."

사천은 흑백쌍마의 시신을 들었다. 정혈이 완전히 빨려 나가 무게도 얼마 나가지 않는지 무척이나 가벼운 모습이었다. 가볍게 흑백쌍마의 시신을 든 사천은 밖으로 나갔다. 부골독으로 녹여 버리기 위해서였다.

"오다가 흑백쌍마와 싸움이 있었다고 저 사람에게 이야기는 들었다. 무슨 일이 있었느냐?"

"모르겠습니다. 그자들과 싸우는 도중에 점점 힘이 빠졌습니다. 그러다 저자들이 무엇인가를 쏘아 보낸 것에 배를 맞고는 정신을 잃었습니다. 그리고 이곳에서 깨어나 보니 그자들이 좀 전의 모습으로 죽어 있었습니다."

당민은 인상을 찡그렸다. 흑백쌍마의 암흑투기로 인해 무엇인가 부작용이 일어난 것이 아닌가 하는 걱정이 든 것이다.

"아무래도 안 되겠구나. 일단 네 몸 상태부터 살펴봐야겠다."

"저기……."

적혈잠원대법이 베풀어진 백무의 상태가 위험할 수 있기에 당민이 살피려 했지만 백무는 주저하는 빛을 보였다. 당민은 백무의 뜻을 금세 알아차렸다. 곤이 아직 동굴에 남아 있었던 탓인데, 자신이 생각해도 조금은 민망스러운 일이었기 때문이다.

"곤이라고 했나? 좀 나가주어야겠다. 그리고 내가 무아를 살피는 동안 이 안에 아무도 들어오지 못하도록 사 노에게 말해주면 고맙겠다."

"알겠습니다."

곤도 눈치는 있었다. 백무의 상세를 살피는 것이 예사로운 일은 아닌 것 같다는 생각이 들었던 것이다. 곤은 그녀가 무엇을 하려는지 궁금해하며 밖으로 나가야 했다.

"조금만 기다려라, 무아야! 밖에서 막는다고 해도 안전한 것이 아니니."

"알겠습니다, 누님!"

곤이 자리를 비우자 당민은 동굴 입구로 가서 기문진을 펼쳤다. 몸을 살피는 것도 문제이지만 치료가 병행될 수도 있기에 방해받지 않기 위한 안전 장치를 한 것이다.

"벗어라!"

기문진을 설치하자 당민은 백무에게 옷을 벗도록 했다. 몸 전체를 살펴야 했기 때문이다.

"으… 음!!"

백무로서는 민망스러운 일이었다. 그동안 숱하게 알몸을 보였지만, 그건 거의 몸을 움직이지 못하는 상태에서 어쩔 수 없이 치료를 받을 때뿐이었다. 그런데 지금은 자신이 생각하기에 모든 것이 정상인 상태였던 것이다.

"민망해할 것 없다. 어디 한두 번 보는 것이냐? 이건 생사가 오가는 일이다."

당민은 백무의 마음을 아는 듯 치료하려는 목적임을 분명히 밝혔다. 자신이 없는 일 년여 동안 몰라보게 성장한 백무였지만 그녀의 눈에는 한 점의 음욕도 없었다.

"알겠습니다."

백무는 단삼을 모두 벗었다. 안에 입었던 속곳도 모두 벗어버리고는 동굴 바닥에 누웠다.

"으… 음!"

탄탄하게 균형 잡힌 몸이었다. 일 년 전 끔찍한 시술을 받은 사람이라고는 도저히 믿지 못할 몸이었다.

‘웬만한 무인이라도 무아만큼 균형 잡힌 몸을 가질 수 없을 것이다. 내가 없는 동안 도대체 무슨 일이 있었기에……’

애처로울 정도로 바짝 말라 있던 몸이 이제는 믿을 수 없을 정도로 건장하게 변했다. 한눈에 보기에도 정말이지 완벽하게 균형 잡힌 몸이었다. 당민은 도저히 믿을 수 없다는 표정으로 백무에게 다가가 떨리는 마음으로 몸 구석구석을 눌러 가며 신체를 살피기 시작했다. 근육의 탄성은 마치 잘 휘어진 대나무 같았고, 또한 자신이 만든 것이나 다름없는 혈도의 움직임 또한 정상이었다. 기혈의 움직임이 활기차다 못해 전신 근혈의 구석구석에 맥동하고 있었다.

“내가 떠나고 무슨 일이 있었느냐?”

그녀는 백무의 몸을 살피며 그동안 무슨 일이 있었는지를 물었다. 백무의 몸이 이토록 급격하게 변해 버린 이유를 알아야 했기 때문이다.

“누님이 떠나고 얼마 안 있어 청빙담을 찾아온 궁 노를 따라 한 대인이 사는 마을로 갔습니다. 그리고 그곳에서……”

백무는 자신이 마을에서 어떤 수련을 했는지 자세하게 들려주었다. 한규민으로부터 탄공신을 훔쳐 배운 것과 신체를 단련하기 위해 어려서부터 배워온 소림오권을 수련했다는 이야기도 빼먹지 않았다.

또한 한 대인과 헤어진 후 혈천독지를 찾아가 자신이 수련한 것과 이곳까지 오는 동안 묘강을 가로지르며 수련한 것, 그리고 수련하면서 겪었던 몸의 상태며 수련의 성과를 빼먹지 않고 모두 말해주었다.

"으… 음! 무모하다고 할 수밖에 없는 일이었는데, 천운이로구나. 그런 수련을 했는 데도 네 몸이 붕괴하지 않았다니 말이다. 나로서도 믿지 못할 일이다. 지금 네 몸의 상태를 보면 더할 나위 없이 안정적이다. 그렇지만 예상과는 달리 내가 지옥도를 떠날 때와는 너무 달라져 있는 상태이다."

"달라져 있다니요?"

백무의 눈이 커졌다. 당민의 두 눈에 가득한 의혹이 백무를 불안하게 했다.

"일단 혈천독지에서 얻은 것들은 네 근혈 속에 모두 잘 갈무리되어 있는 것 같다. 그런데 네 몸속에는 혈수련과 혈오의 기운과는 전혀 다른 기이한 기운들이 깃들어 있다. 하나는 혈수련으로 얻은 기운과 함께 네 근혈 속에 잠들어 있고, 다른 하나는 네 골수 속에 들어가 있는 상태이다. 아마도 네 근혈 속에 잠들어 있는 기운은 홍아와 연관이 있는 것 같구나. 그 아이의 기운이 느껴지는 것을 보니 말이다. 그리고 골수 속에 들어가 있는 것은 흑백쌍마와 관련이 있는 것이 분명하다."

"어느 정도 예상은 했습니다만, 그랬군요."

지금까지 자신에게 어떤 일이 벌어졌는지 곰곰이 생각해 왔던지라 그녀의 말은 어느 정도 자신이 예상한 바였다. 스스로 자신의 몸을 살폈을 때 백무도 그런 것을 느꼈던 것이다. 적도기들과 싸울 때 일어났던 알 수 없는 투기도 그것들과 상관이 있다는 것을 느낀 백무였다.

"다른 것은 모르겠지만, 흑백쌍마의 기운이 내가 예상한 것이라면 문제가 심각해질 수도 있다."

당민은 인상을 찌푸렸다. 흑백쌍마를 비롯해 마교의 수뇌부들이 익히는 암흑투기가 백무에게 치명적일 수 있었기 때문이다. 그런 당민의 표정을 보며 백무 또한 자신의 상태가 그리 좋지 않다는 것을 알 수 있었다.

"문제가 있는 겁니까?"

"그래. 네 몸 안에 들어와 있는 알 수 없는 기운의 정체가 암흑투기일 가능성이 매우 높기 때문이다. 이제 와 이런 문제에 부딪치다니 어찌할 바를 모르겠구나. 그 망할 놈의 영감탱이의 부탁을 들어주고 간신히 만년설련실을 얻었건만……."

당민은 그간 자신의 노력이 물거품이 된 것이 허무한 듯 말 끝을 흐렸다.

"만년설련실이라니요?"

백무는 당민의 말에 놀랐다. 그도 만년설련실이 어떤 것인지 잘 알고 있었기에.

第六章 암흑투기와 혈영기공!

九霹靂響

빙정은 얼음이 쌓이고 쌓여 만들어지는 극음의 정화다. 복용하면 일 갑자 이상의 공력을 얻을 뿐 아니라 극한의 빙정지기를 얻는다. 그렇기에 음공(陰功)을 익힌 자들에게는 더할 나위 없는 무가지보가 바로 빙정인 것이다.

그런 빙정과 함께 전설이 전하는 극음의 영약이 바로 만년설련실이다. 빙정은 수만 년 동안 존재해 오는 빙하 속에 존재한다. 그렇기에 사람들에 의해 캐내어져 어느 정도 세상에 나오지만, 만년설련실은 달랐다.

만년설련실이 자라기 위해서는 백 년에 한 번 볼까 말까 한 빙정을 필요로 한다. 그것도 상상하기조차 힘든 엄청난 양의 빙정이 필요했기에 만년설련실을 얻는다는 것은 그야말로 꿈에서나 가능한 일로 여겨지고 있었다.

세상에 나온 적이 거의 없는 것이기에 당민의 입에서 만년설련실이 언급되자 백무는 놀라지 않을 수 없었던 것이다.

"너도 알다시피 혈수련은 천하에 다시없을 극양의 영물이다. 혈오 또한 마찬가지이고 말이다. 혈수련은 영기도 많이 가지고 있지만, 나름대로 지독한 독기를 가지고 있는 것이지. 적혈잠원대법을 시전받기 전에 복용한 혈오로 인해 혈수련의 독기를 이겨내기는 했지만, 너에게는 아직 혈수련의 여독이 남아 있다. 균형을 잃는 순간 네 몸을 흔적도 없이 순식간에 녹여 버릴 극독이 말이다."

"그런 것이 남아 있었다는 말씀입니까?"

"그래. 그래서 내공을 수련하지 못하도록 한 것이다. 내공을 일으키는 순간 혈수련의 여독이 즉각적으로 반응을 할 것이니 말이다. 네가 만약 내공을 익혔다면, 얼마 지나지 않아 네 몸은 순식간에 한 줌의 독수로 녹아버렸을 것이다."

"그랬군요."

비로소 백무는 어째서 그녀가 자신에게 내공 수련을 금지시켰는지 알 수 있었다.

"내가 지옥도를 떠난 것은 만년설련실을 얻기 위해서다. 혈수련의 여독을 중화시켜 네 몸에 남아 있는 독기를 완전히 잠재울 것은 만년설련실밖에 없었으니까."

"으… 음!"

백무의 입에서 신음이 흘러나왔다. 만년설련실이란 것이 쉽게 구할 수 있는 것이 아니라는 것을 잘 알고 있는 터였다. 만년설련실을 구하기 위해 마교까지 간 당민 또한 상당한 대가를 치러야 했을 것이 분명했다.

"지금 묘하게도 혈수련의 기운이 다른 것들과 어느 정도 균형을 이루고 있다. 너의 수련이 한몫한 것 같기도 하고, 홍아와 녹린천아사들의 독이 도움이 된 것도 같고. 하지만 만년설련실을 복용해야만 혈수련의 여독을 완전히 해독하고 내공을 익힐 수 있을 터인데……. 휴우! 이렇게 네 몸이 예상과 달리 많이 변해 버렸으니, 지금 복용하면 어떤 사태가 발생할지 나조차도 알 수가 없구나."

"그럼 그냥 이 상태로 있으면 되지 않습니까?"

"그게 쉬운 게 아니다. 너에게는 혈수련의 여독보다 더 큰 문제가 있다. 바로 흑백쌍마의 암흑투기다."

'암흑투기란 것이 도대체 무엇이기에 누님이 이토록 걱정을 하는 것인지…….'

궁금하지 않을 수 없었다. 흑백쌍마의 정혈을 자신이 모두 빨아들였다는 것은 짐작하고 있었다. 하지만 그들에게서 빨아들인 기운이 문제가 된다는 말에 백무는 불안한 듯 당민을 바라보았다.

“암흑투기는 마교에서도 일정한 수준에 이른 마인들만이 익히는 독특한 기운이기 때문이다. 여하의 기운과는 그 성질부터가 다르지.”

백무는 당민의 염려를 이해하기 힘들었다. 분명 혈수련의 기운이 자신의 몸 안에 들어온 흑백쌍마의 기운을 누른 것이 분명했기 때문이다. 궁금증을 참지 못한 백무는 암흑투기에 대해 물었다.

“암흑투기라는 것이 도대체 무엇이기에 그리 심려하시는 겁니까?”

“암흑투기를 익히는 방법은 나도 자세히는 모른다. 워낙 철저히 비밀에 가려져 있으니 말이다. 하지만 몇 가지는 알고 있다. 마교에서 입마를 뛰어넘어 극마의 단계에 오르기 위해 창안해 낸 불가해한 기공이라는 것이지.”

“극마의 단계로 오르기 위한 기공이라고요?”

마도인들이 말하는 극마의 경지는 거의 현경에 다다른 경지를 말한다는 걸 백무 또한 알고 있었다. 그런 것을 가능하게 하는 기공이 있다는 당민의 말에 의아해했다.

극마경이나 현경의 경지는 기공을 익힌다고 해서 얻어질 수 있는 것이 아니라는 것을 백무 또한 잘 알고 있었기 때문이다.

“그래, 일종의 편법이라고 할 수 있다. 하지만 마교에서 암흑투기를 익히고 극마의 경지에 이른 이들이 제법 있으니 마냥 편법이라고 할 수도 없는 일이다.”

“암흑투기가 그런 것이라니 정말 놀라운 일이군요, 누님! 그런데 그런 자들이 많은 건가요?”

“숫자가 조금 된다. 지금 마교에서 극마지경에 이른 자들은 교주인 암천신마를 비롯해 삼전에 소속되어 있는 광천십마 대부분이다. 그중 여기에서 죽은 흑백쌍마를 제외한 아홉이 극마지경에 이르렀고, 현역에서 은퇴한 자들이 머무는 장로원에도 몇이 존재하는 것으로 알고 있다.”

“그렇다면 정말 무서운 일이로군요.”

극마지경에 이른 이들의 수가 그 정도나 된다면 무서운 일이 아닐 수 없었다. 무림의 유명한 문파라고 해도 현경에 근접한 이는 한 명 있을까 말까 한 것이 당금 무림의 실정이었기 때문이다.

그런데 호전적이기로 유명한 마교에 그러한 고수가 십여 명이 넘게 있다는 것은 무림으로서는 큰 우환이 아닐 수 없었다.

“무서운 일이지. 만약 황산무연이 없었다면, 강호는 이미 그들에 의해 피로 씻겨졌을 것이다.”

“그런데 암흑투기가 저와 무슨 상관이 있는 건가요, 누님?”

백무는 문득 자신의 몸에 자리한 암흑투기가 어떤 작용을 하기에 당민이 이리 걱정을 하는 것인지 궁금했다. 극마의 경지를 이루는 기공이라면 훨씬 좋은 것이 아닌가 하는 생각이 들었던 것이다.

"지금 상태로 봐서 혈수련의 기운은 어느 정도 안정이 된 상태이다. 네가 수련한 것도 그렇고, 홍아의 도움으로 그리 된 것이지. 하지만 암흑투기는 다르다. 다행히 흑백쌍마가 가지고 있던 암흑투기가 입마지경에 머물렀기에 아무런 일이 없었던 것이지. 그렇지 않았다면 결코 이런 상태가 되지 않았을 것이다. 암흑투기라는 것은 내공과는 별개로 스스로 증식하는 기운이다. 만약 흑백쌍마의 암흑투기가 극마지경에 이르렀다면 충돌을 일으켜 네 몸은 한 줌 핏물로 소멸되었을 것이다. 그렇게 됐다면 지금까지 너와 내가 한 모든 노력이 수포로 돌아갔을 것이 틀림없다."

"으… 음!"

자신이 암흑투기로 인해 소멸되었을 수도 있다는 말에 백무는 신음을 삼켰다.

"암흑투기는 극마지경으로 가는 첩경이지만, 익히는 순간 생의 종지부를 찍거나 극마경을 이루게 되는 양극의 무공이다. 그야말로 극단을 달리는 기공이지. 네 상태는 지금 혈수련으로 얻은 기운을 이용해 암흑투기를 눌러야 하지만, 그도 쉽지가 않은 상태다. 혈수련의 기운이 아직 완전히 안정을 찾은 것이 아니기 때문이다. 암흑투기가 스스로 증식하는 이상 가장 시급한 문제는 그에 대한 대항마로 혈수련의 기운이 완벽하게 안정을 찾아야 한다는 것이다. 혈수련의 기운이 정상적으로 안정을 찾으려면 만년설련실을 복용해야 한다. 하지만 혈수련과 혈오의 기운이 홍아의 도움으로 이미 어느 정도 균형을 이룬 상태라 만년설련실을 복용하면 어떤 상태가 벌어질지 나 또한 모르겠구나. 그리고 안정을 되찾는다고 해도 그 이후가 문제이다.”

“문제라니요?”

“안정을 찾는다고 해도 잘못하면 네가 죽을 수도 있다.”

당민이 고개를 저었다.

“예?”

안정을 찾는다고 해도 죽을 수 있다니… 백무로서는 이해 못할 소리였다.

“네 몸에 펼쳐진 적혈잠원대법은 암흑투기와는 완전히 상극이다. 원래 한 갈래에서 나온 것이지만 철저히 상극을 이루지.”

“적혈잠원대법이 암흑투기와 관련이 있다는 말씀입니까?”

자신이 시술받은 것과 암흑투기가 밀접한 관계를 가지고 있다는 당민의 말이 믿어지지 않는 백무였다.

“그래, 관련이 아주 많지.”

당민은 고개를 끄덕였다. 그리고 암흑투기와 적혈잠원대법에 얽힌 비사를 말해주기 시작했다.

“오백여 년 전, 원래 마교에서는 극마의 경지를 이루기 위해 두 가지 기공이 창안되었다. 하나는 암흑투기고, 다른 하나는 혈영기공이었지. 마교의 역대 교주 중 초대 교주인 천마를 제외하고 최고라 칭해지던 금황천마에 의해 두 가지의 무공이 창안된 것이다. 두 가지 기공 중 암흑투기는 지금까지 대대로 전해진 반면, 혈영기공은 얼마 안 있어 자취를 감추었다."

"무슨 일이 있었군요?"

"맞다! 일이 있었지. 두 가지 기공을 창안한 금황천마도 생각지 못한 일이 발생한 것이었다. 암흑투기의 가장 큰 특징은 마기를 억제한다는 것이다. 마공을 익힌 자가 스스로의 마공으로 인해 마경에 드는 것을 최대한 억제하는 것이지. 순수한 패력의 기운이기에 광마로 들어서는 것을 막아내는 것이다. 그리고 각자의 마공을 최대한 빠르게 익히도록 도와주는 가공할 기공이지."

"정말 놀라운 기공이로군요."

백무는 당민의 말에 진정 놀라고 있었다. 마공이 비록 정파의 무공보다는 속성이 가능하다고는 하지만, 일정한 경지를 이루기 위해서는 많은 노력이 필요하다고 알고 있었다. 그런데 아무리 빠르게 익히도록 도와준다지만 마교에는 극마의 경지를 이룬 이가 너무 많았다. 극마의 경지라는 것이 그저 줍듯이 얻을 수 있는 것이 아니기에 암흑투기가 예사 기공이 아님을 반증하는 것이나 다름없었다.

"맞다, 진정 놀라운 기공이지. 그럼 이제부터 혈영기공과 암흑투기와의 관계를 이야기해 주겠다. 우선 암흑투기를 익히게 되면 입마를 넘어 극마지경에 이를 때 엄청난 시련을 겪기는 하지만 피를 탐하지는 않는다. 그 시련이라는 것이 삶과 죽음의 경계를 넘나드는 것이지만, 정신이 온전한 상태에서 자신의 마공을 극한까지 올릴 수 있게 해주니 익히지 않을 이유가 없었지. 하지만 혈영기공은 달랐다. 혈영기공을 어느 정도 익히면 피를 부르기 시작한다. 익히기 시작하면서부터 시작되는 엄청난 고통과 마성으로 인해 점점 미쳐 버리는 것이지. 그렇지만 마교에서는 혈영기공을 없애지 않았다. 익히기 시작하자마자 나타나는 혈영기공의 엄청난 위력 때문이었지. 그렇지 않았다면 폐기돼도 벌써 폐기되었을 것이다.”

“도대체 어떤 위력을 보이기에 피에 미친 광마로 만드는 무공을 폐기하지 않은 겁니까?”

“원래 금황천마가 두 가지 기공을 창안한 것은 목적이 있어서였다고 한다. 먼저 창안된 것은 혈영기공이다. 자신의 성취를 높이기 위해서였지. 하지만 혈영기공은 실패한 불완전한 무공이었다.”

“불완전한 무공이요?”

“그래, 금황천마는 용의주도한 사람이다. 자신이 무공을 창안했지만 그는 마교의 인재로 하여금 비밀리에 혈영기공을 익히도록 했다. 불완전한 무공이기에 금황천마조차 섣불리 익힐 수가 없었던 것이다. 금황천마의 예상대로 혈영기공은 실패한 무공이다. 처음 익힌 자가 광마로 변해 버렸고, 금황천마 또한 그자를 제거하느라 애를 먹었으니까."

"정말 용의주도한 사람이군요."

"그렇다. 웬만하면 혈영기공을 사장시켰겠지만, 금황천마는 그리하지 않았다. 오성도 되지 않는 혈영기공의 위력이 자신을 곤란하게 할 만큼 매우 파괴적이었기 때문이지. 금황천마는 그 파괴력에 매료되어 혈영기공을 손보기 시작했다. 그런 와중에 창안된 것이 바로 암흑투기다."

"혈영기공 때문에 암흑투기가 만들어진 것이군요?"

"그렇다고 볼 수 있지. 금황천마는 암흑투기도 시험을 했다. 앞서 말했다시피 암흑투기는 대단히 성공적이었다. 금황천마는 혈영기공을 익히는 동안 암흑투기가 광마로 변해 버리는 것을 막아줄 것이라 기대했다. 말하자면 암흑투기가 혈영기공을 보좌하는 보조 기공의 역할을 하길 바랐던 것이지."

"보조 기공이요?"

"그래. 하지만 그것이 금황천마의 심각한 착각에서 비롯되었다는 것이 나중에 밝혀졌다. 금황천마는 용의주도한 사람답게 두 가지 기공을 자신이 직접 익히는 대신 당시 광천십마에게 나누어 익히게 했다. 혹시나 있을 위험 부담을 줄이고, 나름대로 무공에 일가견이 있던 광천십마가 부족한 부분을 메울 수 있다고 기대했던 것이지. 그렇게 해서 광천십마 중 몇몇이 암흑투기를 이용해 마성을 억누르며 혈영기공을 익히기 시작했다. 처음엔 성공적이었다. 암흑투기가 혈영기공의 마성을 억눌렀던 것이다. 하지만 나중에는 그들로 인해 마교에 참담한 결과가 찾아왔다. 처음엔 혈영기공의 마기가 억눌러졌지만 극마의 경지에 근접하자 극성을 부리기 시작한 것이지. 암흑투기로도 마성은 쉽게 가라앉지 않았다. 극마의 경지에 근접하자 오히려 암흑투기의 패력이 이상 현상을 일으킨 것이지.”

“이상 현상이라니요?”

“암흑투기가 다른 마공들을 익힐 때 발생하는 마기를 억누르며 연성에 도움을 주는 것과 달리 혈영기공은 입마의 단계를 넘어서자 마성을 더욱 부채질했던 것이다. 그로인해 그 당시 마교가 입었던 피해는 말로 표현 못할 정도였다. 미쳐 버린 그들이 마교 사람들을 살육하기 시작했고, 전성기를 구가하던 마교는 그들을 막기 위해 숱한 고수들이 희생됨으로써 자칫 멸문할 뻔했으니까 말이다. 그 후부터 혈영기공은 누구도 익히지 말아야 할 금단의 마공으로 분류되었다.”

“그런 일이 있었다니 정말 놀라운 일이군요, 누님. 그런데 적혈잠원대법은 혈영기공과 무슨 상관이 있는 겁니까?”

“혈영기공은 사람에게 선천적으로 내려오는 선천지기를 이끌어내 기공으로 형상화시킨 것이다. 강제로 선천지기를 이끌어내는 것이지. 그 수련 방식이 처절한 고통 속에서 진행되기에 인간이 견뎌내기에는 무리가 따른다. 거기다 마공을 익힌 자들이라면 그 고통은 더욱 심하다. 선천지기와 마기의 충돌을 피할 수 없는 것이니까. 거기다 암흑투기는 후천의 기운이다. 천지간에 존재하는 혼돈의 기운을 끌어들이는 것이지. 그것으로 혈영기공의 마성을 누르려 했지만 후천의 기운인 혼돈의 힘이 혈영기공으로 이끌어낸 선천의 기운을 누르지 못하고 충돌하여 마성을 증폭시키는 것이었다. 당시 금황천마는 혈영기공을 익힌 광천십마를 모두 제거해야 했지만, 한 명은 산 채로 제압해야 했다. 모든 무공을 폐지시킨 채 말이다. 그분이 바로 밀독천의 중시조인 귀령독의(鬼靈毒醫)이시다. 바로 적혈잠원대법을 창안하신 양반이지. 원래는 죽었어야 했지만 금황천마는 그분에게 세 번의 목숨 빚을 진 적이 있었기 때문에 그분을 산 채로 제압한 것이다. 마교 내에서 유일하게 금황천마가 믿는 분이었지. 금황천마는 귀령독의님의 무공을 폐지한 채 비밀리에 그분의 고향인 묘강으로 돌려보냈다. 하지만 그 또한 금황천마의 고심에서 비롯된 것이다. 그는 막심한 피해에도 불구하고 혈영기공에 대한 미련을 버리지 않았던 것이다.”

“미련을 버리지 않았다고요?”

“그래, 금황천마는 혈영기공을 버리지 않았다. 그는 귀령독의님의 성정을 누구보다도 잘 알고 있었으니까.”

“귀령독의의 성정이라니요?”

“귀령독의께서는 마교가 인정하는 삼대천재 중 한 사람이

다. 비록 금황천마에 가려 빛을 보지는 못했지만, 금황천마가
교주 위에 오를 수 있었던 것도 그분의 힘이 컸기 때문이지.
당시 귀령독의께서도 혈영기공의 위력을 몸소 체험하며 그
위력에 매료된 상태였다. 마교 최고의 의술을 가지고 있는 분
으로서의 호기심도 있었고 말이다. 그분은 고향인 묘강으로
돌아가 마기와 광기의 증폭을 막고 혈영기공을 익힐 수 있는
새로운 방법을 찾기 시작했다. 그리고 그분의 생이 다할 무
렵, 결국은 찾을 수 있었지. 밀독천에 들어가 독술과 의술을
다시 익히고 연구를 거듭한 끝에 적혈잠원대법을 창안할 수
있었던 것이다. 그렇게 창안된 적혈잠원대법은 금황천마가
창안한 암흑투기와는 다른 방식으로 선천의 기운을 쓰는 혈
영기공을 익히게 해주는 것이었다."

"무공을 창안하는 것도 어려운 일인데, 그것이 전혀 다른
방식이라니 정말 놀랍군요."

"아직 네게는 알려주지 않았지만, 사실 혈영기공을 익히는
방법은 나에게 있다. 원래는 너에게 주려 했지만 암흑투기가
네 몸에 자리 잡은 이상 이제는 그른 것 같구나. 사실 적혈잠
원대법도 혈영기공을 어느 정도 차용한 것이다. 암흑투기와
언제 충돌을 일으킬지 알 수 없는 마당에 혈영기공까지 익히
게 되면 무슨 일이 벌어지게 될지 나도 알 수 없으니 걱정이
다."

"그랬었군요."

　백무는 당민이 걱정하는 바가 무엇인지 이제야 알게 되었다. 그런 위험이 있다면 당민이 우려할 만도 했던 것이다.

　"그런데 누님은 어떻게 이런 사실들을 아시게 된 겁니까?"

　"내가 말했지 않느냐? 금황천마는 용의주도한 사람이었다고. 비록 귀령독의께서 묘강으로 가셨지만 금황천마와의 연계는 끊어지지 않았다. 지금까지도 계속 이어지고 있지. 그당시 귀령독의께서도 금황천마의 저의를 어느 정도 파악하셨지만 그냥 넘어가셨다. 혈영기공은 그야말로 획기적인 무공이었기 때문이다. 하지만 난 네가 혈영기공을 익히는 것은 반대하고 싶구나. 어떤 위험이 있을지 모르니 말이다. 비록 혈영기공이 아니면 내공을 쌓을 수 없는 몸이 되었지만, 방금 전 마교의 파황적도기들을 상대하는 것을 보니 내가 삼노와 함께 도움을 준다면 충분히 복수할 수 있으니 말이다."

　"으… 음!"

　내공을 익힐 수 없다는 것은 반편뿐인 무인이 된다는 것을 의미했다. 백무로서는 참담한 일이 아닐 수 없었다. 요하에서의 일을 자신에게 말해주면서도 어쩐지 꺼려하던 눈빛을 보면 한규민과 일전을 벌인 자의 능력은 상당한 것이 분명했다.

　그런 자들을 상대하려면 지금의 자신으로서는 부족했다. 당민은 자신이 혈영기공을 익히는 것을 꺼려하는 눈치이지만, 그럴 수는 없었다. 언제까지 당민의 신세를 질 수만은 없었기에.

　백무는 자신의 복수를 포기하고 싶은 마음이 전혀 없었다. 또한 어릴 때처럼 내공을 익히지 않은 채 무공을 익히던 참담한 심정을 다시는 겪고 싶지 않았다. 위험하지만 모험을 걸어볼 만한 충분한 가치가 있었다.

　“누님, 한번 해보면 안 될까요?”

　“혈영기공을 익히겠다는 말이냐?”

　모든 설명을 들었는 데도 혈영기공을 익히겠다고 하는 백무를 보며 당민이 되물었다.

　“혈영기공 때문에 마교가 박살났을 정도라면 모험을 걸 만한 충분한 가치가 있는 것 아닙니까? 제가 상대해야 할 자들이 쉽게 상대할 수 있는 자들인 이상 저에겐 무엇보다 최고의 무공이 필요하니 말입니다.”

　“으… 음! 이것은 매우 위험한 일이다. 너도 알다시피 적혈잠원대법은 지난 시간 동안 네가 처음으로 성공한 것이다. 완전하게 시술했다고는 생각하지만 혹여 모르는 일이다. 설사 만년설련실을 복용하고 무사히 혈수련의 기운이 안정을 되찾는다고 해도 혈영기공을 익혀 광마가 되지 않는다는 보장이 없다. 혈영기공을 익힌 이후에 어떤 일이 벌어질지 모르기에 나는 그리 내키지 않는구나.”

　당민의 눈에는 걱정스러운 빛이 가득했다. 암흑투기를 배제하고 만들어진 적혈잠원대법이기에 흑백쌍마의 암흑투기가 침습한 것으로 보여 자신이 없었던 것이다.

“누님은 제가 겪었던 고통을 다시 겪으며 적혈잠원대법을 이룰 자가 있다고 보십니까? 누님께서는 시술을 하시며 저에게 가문의 꿈을 걸었다고 하시지 않으셨습니까? 전!! 해보고 싶습니다. 이대로 있다는 것도 불안하고 말입니다. 적혈잠원대법에 비한다면 이런 모험쯤은 아무것도 아닙니다. 그러니 제 걱정은 하지 마십시오.”

“으… 음!”

맞는 말이었다. 혈천독지의 독 기운이 사라진 이상 훗날이라도 적혈잠원대법을 다시 펼친다는 것은 불가능했다. 거기다 백무의 몸은 그야말로 언제 터질지 모르는 활화산이었다. 기운이 조금만이라도 균형을 잃는다면 언제 육체가 붕괴될지 모르는 상태였던 것이다.

‘무아의 말대로다. 이건 모험을 걸어야 한다. 적혈잠원대법을 시전하면서도 묵묵히 견뎌낸 무아이다. 어떤 일이 발생할지 모르지만 무아는 반드시 견뎌낼 수 있을 것이다.’

이제는 다 큰 것 같았다. 자신이 없는 동안 수련을 하며 한 단계 더 성장한 것이 분명했다. 목숨을 거는 일이기는 하지만 백무의 결심이 확고해 보였기에 당민 또한 모험을 걸어보기로 했다.

“하지만 이곳에서는 안 된다. 만약의 경우를 생각해야 한다. 혈영기공을 익히다 잘못되면 세상에 악마를 풀어놓는 것이 될 수도 있으니 말이다.”

“무슨 말씀이신지 잘 알겠습니다.”

백무는 당민의 말뜻을 알 수 있었다. 혈영기공을 익히다 주화입마에 빠진 자들로 인해 마교가 참사를 입었다는 것을 기억하고 있었다.

만약 자신이 그렇게 된다면 혈겁이 일어날 것이 분명했다. 그것도 보통 혈겁이 아닐 것이다. 혈영기공을 잘못 익히면 그야말로 피에 미친 광마가 될 것이기에 백무 또한 그런 것은 원치 않았다.

“무아야, 일단 섬서성으로 가야겠구나. 네가 그리 원한다면 얻어야 할 것도 있고 말이다.”

“섬서성이요?”

“내가 생각하는 곳이라면 어느 정도 안심하고 혈영기공을 익힐 수 있을 것이다.”

“어떤 곳이기에…….”

“가보면 안다. 너도 마음에 들 것이다. 우리가 가는 곳은 당가가 시작된 곳이니…….”

“으… 음!”

당가의 발원지로 자신을 데리고 간다는 당민의 말에 자신에 대한 기대가 크다는 것을 짐작할 수 있었다.

“그리고 무아야!”

“예, 누님!”

“오늘 나한테 들었던 이야기는 누구에게도 해서는 안 된다. 나 또한 비밀을 지킨다고 약속을 했지만 너는 적혈잠원대법을 시술받은 당사자이기에 할 수 없이 말해준 것이다.”

“명심하겠습니다.”

“좋다. 다들 기다리고 있는 것 같으니 이제 그만 나가 보도록 하자. 어서 옷을 챙겨 입도록 해라.”

“예!”

말을 마친 당민은 동굴에 설치된 기문진을 해제하기 위해 자리에서 일어났다.

‘이런!!’

당민이 일어서며 남긴 말에 백무는 아차 하는 생각이 들었다. 당민이 자신의 몸을 살피는 것은 예전에 끝났건만 지금까지 알몸으로 있었다는 생각에 쑥스러운 마음이 들었던 것이다. 얼굴이 붉어지는 것을 느끼며 옆에 있는 단삼을 챙겨 입었다. 옷을 다 챙겨 입은 백무는 기문진을 해제하고 동굴 밖으로 나서는 당민의 뒤를 따랐다.

동굴 밖에는 어느새 모닥불이 피워져 있었고, 모닥불 주위에는 야조들이 구워지고 있었다. 굽기 시작한 지 꽤 됐는지 구수한 냄새와 함께 고기가 거의 다 익어가고 있었다.

두 사람이 동굴에서 나오자 기다리고 있던 삼노와 곤이 일제히 일어섰다.

“괜찮으십니까?”

밀광은 걱정스러운 듯 두 사람을 맞았다.

"저 말인가요, 아니면 무아 말인가요?"

"두 분 다 말입니다."

"둘 다 괜찮아요. 냄새가 좋네요. 일단 식사부터 하지요. 그놈 참 맛있게도 보인다. 어디!"

당민은 모닥불 근처에 앉아 다 구워진 야조 한 마리를 들더니 통째로 뜯기 시작했다. 아름다운 얼굴과는 달리 야조 한 마리를 두 손으로 들고 게걸스럽게 먹는 당민의 모습이 매우 야성적으로 보였다. 털털해 보이는 당민의 모습을 보며 백무는 입가의 미소를 지울 수가 없었다.

'후후! 누님께 이런 면도 있으셨군. 어디, 나도!'

백무도 옆에 앉아 야조 한 마리를 집어 들었다. 두 사람이 먹기 시작하자 나머지 사람들도 너나 할 것 없이 야조를 들고 고기를 뜯기 시작했다. 잠시 후 모닥불에서 구워지던 야조 십여 마리가 순식간에 뼈만 남기고 사라졌다.

'정말 대단한 식욕이다. 혼자서 세 마리는 먹은 거잖아!'

곤은 당민의 옆에 수북하게 쌓인 뼈들을 바라보며 당민의 식성에 놀라고 있었다. 아무리 많이 봐줘야 서른을 넘기지 않은 나이였다. 어찌 보면 이십대를 갓 넘은 것처럼 보이는 얼굴이었다.

처음 봤을 때와는 완전히 다른 당민의 모습에 곤은 역시 사람은 알고 봐야 한다는 사실을 새삼 깨달을 수 있었다.

“꺼억! 잘 먹었다. 얼마 만에 이렇게 먹어보는지 모르겠다.”

백무를 쫓아오느라 제대로 된 식사를 한 번도 한 적이 없는 당민은 트림을 하며 백무를 쳐다보았다.

“더 잡아 올까요?”

당민의 말에 암연이 물었다.

“됐어요. 내가 뭐 식충이도 아니고.”

한 마리 한 마리가 제법 묵직한 놈들이었다. 암연이 실한 놈들만 잡아왔던 것이다. 순식간에 세 마리를 해치웠는 데도 식충이가 아니란다.

곤은 점점 당민이 재미있어졌다. 또한 묘한 눈빛으로 바라보는 밀광을 보며 더욱 홍미를 느끼는 곤이었다. 그렇게 당민을 쳐다보던 곤은 그녀와 정통으로 눈이 마주쳤다.

“너! 눈 깔아!”

“예? 예…….”

난데없이 튀어나온 당민의 음성에 곤은 어리둥절했다.

“뭘 쳐다보냐고!”

“아, 아닙니다.”

잘못한 것도 없는데 괜히 얼굴이 붉어졌다.

“그나저나 너, 무아를 왜 따라온 거지?”

운현에서 점창의 무인이 백무의 뒤를 쫓았다고 해서 마음을 졸였던 당민이다. 하지만 이제와 보니 백무에게 위해를 가하고자 한 것은 아닌 것 같았기에 곤의 의도가 궁금했다.

"전 점창파에서 하산하여 강호에 수련행을 다니는 중입니다. 우연히 저 친구를 만나 비무를 했는데, 제 수련에 도움이 될 수 있을까 해서요. 그리고 저도 마교로……."

거짓은 필요없었다. 눈앞의 여인은 자신도 무시하지 못할 가공할 고수이다. 마교로 가는 것이 헛일이 된 이상 곤에게는 이 일행에 꼭 끼어야 한다는 사명감만이 남았을 뿐이다. 남다른 무예를 소유하고 있는 백무는 물론이고, 당민과 비무라도 할 수 있다면 분명 자신에게 큰 도움이 될 것이다.

또한 꾀죄죄한 옷차림이지만 밀독천의 세 노인도 상당한 능력을 보여주었기에 곤은 자신이 수련행을 한다는 걸 재삼 강조했다. 어떻게 해서든지 이 일행에 끼고 싶었던 것이다.

"좋아, 그렇다고 치고! 너 정도면 상당한 실력이긴 한데 어째서 마교로 가려는 것이었지? 가봤자 죽음밖에는 없을 텐데 말이야."

"크크, 지금 생각해 보면 미친 짓이었지요. 처음엔 아무리 마교라도 자신이 있었는데, 그게 아니었나 봅니다. 만용이었지요. 이번에 흑백쌍마와의 싸움에서 제가 얼마나 어리석은 생각을 했는지 느꼈으니까요. 실력을 더 쌓고, 무공을 완성하고 난 다음에나 마교로 갈 생각입니다."

당민은 곤에게도 사정이 있음을 알 수 있었다. 어찌 된 사연인지 대충 짐작이 가지만 애써 말할 바가 아니었다.

당민이 보기에 곤은 상당히 특이한 무공을 익혔지만 마교를 상대하기에는 아직이었다. 지금 상태로 마교를 상대한다는 것은 그야말로 섶을 쥐고 불로 뛰어드는 격이었다. 하지만 그 배포만큼은 마음에 들었다.

"좋아! 그 정도면 됐다. 아까 네 몸에 벌어졌던 현상을 완전히 네 스스로 해낼 수 있다면, 아마도 네 스승의 원을 풀 수 있을 것이다. 불완전한 네 무공도 어느 정도 완성할 수 있을 것이고. 그러니 무공을 완성할 때까지는 주제도 모르고 덤비지 마라. 마교는 정파에서 생각하는 것처럼 그리 호락호락한 곳이 아니니까."

'사부의 일을 안다는 건 저 당민이라는 여인도 무림에서 차지하는 위치가 보통이 아니라는 뜻이다. 으… 음! 천주라고 불리는 것을 보면 분명 묘강에서 전설로 회자된다는 밀독천의 인물이 분명하니 사부의 일을 알 수도 있겠군.'

"충고, 고맙습니다. 그러지 않아도 그럴 생각입니다."

"어디로 갈 생각이야? 설마 우리를 따라다닐 생각은 아니지?"

곤은 조금 전 자신의 설명을 어떻게 들은 것인지 짐짓 모르는 척 자신을 따돌리려는 당민이 얄미웠다.

"전 수련을 해야 합니다. 지금 제 상태에서 성취를 높이기 위해 저 친구만한 상대도 없고요. 제가 따라다니는 것이 불편

하지 않으시다면 한동안 동행을 했으면 합니다만……."

이만 네 갈 길로 가라고 자신의 뜻을 밝혔는 데도 고집스럽
게 따라온다는 곤을 보는 당민의 입가에 미소가 비쳤다. 실은
백무를 위해서라도 곤이 따라오는 것을 원하고 있었기 때문
이다.

"호호호!"

"왜 웃으십니까?"

갑작스러운 당민의 웃음에 곤은 자신의 마음이 들킨 것인
가 하여 속으로 뜨끔했다.

"아니다. 점창파가 오랜만에 괜찮은 놈을 얻은 것 같구나.
좋아! 같이 가도록 하지."

"고맙습니다."

"호호! 대신 한 가지 조건이 있는데 말이야."

"조건이요?"

자신을 바라보며 빙긋이 웃음 짓는 당민이 어떠한 조건을
내걸어도 곤은 무엇이든 간에 들어줄 생각이었다. 당민에게
서 자신이 얻은 것은 다른 무엇보다 귀하다는 것을 알고 있었
기 때문이다.

"네 품안에 있는 것을 나에게 줬으면 하는데, 어때? 자령천
화액이 만만치 않은 물건이라서 말이야."

"뭐… 뭘 말씀하시는 겁니까?"

자신에게서 원하는 물건이 무엇인지 알 수가 없었다. 자신

의 품을 뒤져 본 것도 아닌데 마치 다 알고 있다는 듯 묻는 당민의 말에 곤은 의문을 감추지 않았다.

"쯔쯔쯔, 몰라서 물어? 점창의 장문인이 잃어버리고 미치기 일보직전까지 갔다는 그거 말이야."

'으… 음! 밀운단이 내게 있다는 것도 알다니……'

자신의 의제인 장이에게 준 두 개 말고도 곤에게는 두 개의 밀운단이 더 있었다. 곤이 찾은 다섯 개의 밀운단 중 한 개는 점창에서 자신이 복용했다. 장이에게 준 것을 빼고 남은 두 개의 밀운단을 말함이 분명했다.

'밀운단을 준다고 해도 내게 큰 손해는 아니다. 아까 마신 자령천화액은 밀운단으로는 얻을 수 없을 정도로 나에게 많은 공효를 주었으니까. 밀운단을 다시 복용한다고 해도 큰 효능이 있는 것은 아니니 인연을 맺어두는 것이 좋겠다.'

"좋습니다. 드리지요. 대신 제가 동행하는 것에 대해 뭐라고 하지 마십시오."

곤은 밀운단을 주기로 하고는 당민에게 다짐을 두었다. 밀운단보다 백무 일행과 인연을 맺어두는 것이 더 중하다고 생각한 곤이었다.

"알았다. 대신 동행은 화산까지만이다. 너라면 분명 화산으로 갈 테니까."

"제가 화산에서 열리는 비무대회에 참석하려 하는 줄은 어떻게 아셨습니까?"

자신이 가려고 하는 목적지까지 알고 있는 것을 보면 예사로운 심기의 소유자가 아님이 분명했다. 내심 놀라움을 감추며 어떻게 알았는지 묻지 않을 수 없었다.

"요즘 강호의 관심사가 그것 아니었나? 오십여 년 만에 봉문을 푸는 화산파이니 말이야. 넌 점창에서 행세 꽤나 할 것 같은데…… 이번에 하산한 이유가 수련행도 있지만, 화산파에서 벌어지는 비무대회에 참석하려는 것이 아니더냐?"

"찾아가 볼 생각은 있지만 점창을 대표해서는 아닙니다. 그럴 리도 없고요. 그냥 개인 자격으로 참가해 볼 생각이었습니다."

사실 곤은 점창 출신이라는 것을 숨긴 채 화산에서 열리는 비무대회에 참가해 볼 생각이었다. 앞으로의 일 때문이라도 자신이 점창파 출신이라는 것을 드러내는 것이 좋을 리 없었기 때문이다.

"좋아! 거기까지는 우리도 가야 하니 일단 동행하기로 하지. 무아와의 일은 둘이 알아서 해라. 난 이제 더 이상 신경 쓰기 싫으니."

"알겠습니다. 그럼 여기!"

동행을 허락한 당민에게 곤은 품에서 두 개 남은 밀운단 중 하나를 꺼내 주었다. 자신이 복용한 자령천화액이 밀운단을 능가한다는 것을 알기에 조금도 주저함이 없었다. 어차피 당민이 아니었으면 신외지물이 되었을 것이 뻔했기 때문이다.

"좋아, 고맙군."

'앞으로 쓸 일이 많을 것이다. 위급한 일이 닥치면 무아에게도 도움이 될 것이고.'

당민은 당연하다는 듯 밀운단을 받아 들고는 옥으로 된 상자에 담아 품속에 넣었다. 약효가 상하는 것을 방지하기 위해서였다.

"삼노, 난 동굴로 들어가서 잠을 청해야겠어요. 지난 한 달여 동안 거의 잠 한숨 자지 못했으니 말이에요. 그동안 삼노는 어떠한 사고도 치지 말아요. 만약 이번에 사고를 친다면, 난 더 이상 천으로 돌아가지 않을 거니까 말이에요. 알았나요?"

자신이 자리를 뜨면 백무를 물고 늘어질 삼노였기에 미리 경고를 해놓는 것이다. 삼노의 성정이 어떠하다는 것을 잘 알기에 당민은 삼노에게 주의를 준 후 자리에서 일어나 동굴로 향했다.

당민이 동굴로 향하는 것은 잠도 잠이지만 앞으로의 일을 생각해 확실히 운기조식을 취하기 위해서였다. 지금 다스리지 않는다면 미약하게나마 자신에게 남아 있는 내상이 후에 문제가 될 수도 있었던 것이다.

"알겠습니다, 천주."

사사삭!

당민이 동굴로 들어서자마자 세 사람이 백무의 곁으로 모여들었다. 그들의 눈에는 호기심이 가득했다.

"왜 그러십니까?"

세 사람이 자신에게 몰려들어 빤히 바라보자 백무는 당황스러웠다.

"소천주! 천주는 어떻게 만난 겁니까?"

"소천주! 홍아는 어떻게 한 겁니까?"

"소천주! 정말 성공한 겁니까?"

동시에 터져 나오는 물음에 정신이 없었다. 백무를 바라보는 삼노의 눈에는 궁금증이 한가득 자리해 있었다.

"차근차근히 한 분씩 말씀하세요. 모두 대답해 드릴 테니까 말입니다."

백무는 정신없이 물어오는 삼노를 향해 천천히 물어볼 것을 주문했다. 당민의 말로 미루어 삼노의 성격이 별로 좋은 편은 못 되는 것 같기에 대답에 신중을 기하려는 것이었다.

"그럼 저부터! 천주는 어떻게 만난 겁니까?"

밀광이 먼저 나섰다.

"아시는 분이 저의 치료를 부탁해 누님을 만나게 됐습니다."

곤이 옆에 있기도 했지만, 한규민과의 일까지 굳이 말할 필요가 없기에 백무는 당민과의 인연을 간단히 말해주었다.

"그럼 치료를 위해 만났다가 인연이 이어진 거군요?"

"그렇게 됐습니다."

“그럼 정말 성공한 겁니까?”

밀광에 이어 질문을 한 것은 암연이었다. 그가 무슨 말을 하는 것인지 알기에 백무는 고개를 가로저었다. 비록 안정을 찾고 어느 정도 능력을 가지게 됐지만 적혈잠원대법은 아직 완전히 성공한 것이라 볼 수 없었기 때문이다.

“그럼 실패한 겁니까?”

“아직은 아닙니다. 누님께서는 좀 더 지켜봐야 할 것 같다고 하더군요.”

“후우, 그렇군요.”

암연과 다른 두 사람은 조금은 실망한 표정을 지었다. 밀독천의 천 년 염원이 걸려 있는 일이기에 그들에게도 적혈잠원대법의 성공은 무엇보다 중요했기 때문이다.

아쉬운감이 없지 않지만, 자신들이 본 백무의 실력이라면 거의 성공적이라고 할 만했기에 일단은 지켜보기로 했다. 당민이 지켜보기로 했다면 무엇인가 방법이 있을 것임이 분명했다.

“저어… 그건 그렇고, 홍아는 어떻게 된 겁니까?”

잠시 생각을 하던 사천이 조심스럽게 입을 열었다. 적혈잠원대법의 성공 여부도 중요했지만 그에게는 홍아의 일도 중요했기 때문이다. 홍아와 녹린천아사를 자식들같이 생각하는 그였기에 어떤 일이 일어났는지 알아야 했던 것이다.

“뭘 말입니까?”

“제가 아는 홍아는 절대 주인을 섬기지 않는 아이입니다. 그런데 지난 행적을 보면 홍아가 스스로 소천주를 따르는 것 같아서 말입니다. 어떻게 했기에 홍아가 따르게 됐는지 알아야 할 것 같아서 그렇습니다.”

당민을 대할 때와는 천지 차이였다. 어린애같이 굴던 사천의 행동은 노회할 대로 노회한 자의 말투로 바뀌어 있었다.

그도 그럴 것이, 사천은 한 가지 사실을 확인하고 싶었던 것이다. 백무의 등짐 속에서 자신이 본 것이 맞는 것인지, 그리고 그것이 홍아와의 일과 관련이 있는 것인지 확인하고 싶었던 것이다.

사천의 표정에서 단호함을 본 백무는 가슴이 뜨끔했다. 비록 죽은 것이기는 하지만 녹린천아사를 잡아먹었던 탓에 홍아를 얻었기 때문이다.

‘이분이 알게 되었나 본데. 어쩌지? 할 수 없지, 사실대로 말씀드릴 수밖에…….’

“그보다도 저번 일은 미안했습니다. 뱀들을 아끼시는 모양인데 저 때문에 많이 죽은 것 같아서 말입니다. 정말 죄송합니다.”

백무는 이야기를 꺼내기 전에 지난 날 묘강에서의 일을 사과했다. 본의 아니게 일이 그렇게 되었지만, 홍아와 녹린천아사들이 사천에게는 소중한 존재로 보였기 때문이다.

“그리고 저기 등짐……."

“아닙니다. 제 잘못이 크지요.”

녹린천아사를 잡아먹은 이야기를 시작하려 하자 사천이 다급히 말하며 백무의 말문을 막았다.

‘왜 저러시지?’

백무는 사천의 눈에서 앞으로 자신이 할 이야기를 하지 말라는 뜻을 읽을 수 있었다. 무슨 일인지는 모르지만 녹린천아사를 자신이 잡아먹었다는 말은 안 하는 편이 좋겠다는 생각이 들었다.

“소천주님이라는 것을 알았다면 그때 사진을 펼치지 않았을 겁니다. 무공이 강하셔서 아이들이 펼친 사진 속에서도 무사하셨으니 다행이지, 그렇지 않았다면 천추의 한이 될 뻔했습니다. 그때는 오히려 제가 죄송했습니다, 소천주!”

백무가 자신의 뜻을 알고 녹린천아사에 관해 이야기를 하지 않자 사천은 안도의 표정을 지으며 말을 이었다.

사진을 펼쳐 녹린천아사들로 하여금 안에 있는 것들을 잡아먹으라고 시켰기에 백무에게 사과를 한 것이다. 잘못했으면 소천주인 백무를 죽일 뻔했기 때문이다.

백무는 사천이 사과하는 말을 들은 후 입을 열었다. 옆에서 눈빛을 빛내며 입맛을 다시고 있는 밀광의 표정을 보며 대충 상황을 파악한 백무는 홍아와의 일을 얼버무리기로 했다.

“홍아는 저와 한 번 싸운 후 저를 따르겠다고 하더군요. 그래서 지금까지 같이 있었습니다.”

“홍아가 소천주를 스스로 따르다니 믿을 수 없는 일이군요. 역시 소천주이십니다.”

옆에 있던 밀광이 감탄스러운 듯 자신을 쳐다보자 백무는 쑥스러운 마음이 들었다.

“그런데 홍아는 어떻게 됐습니까?”

홍아의 안위를 물었다. 그렇지 않아도 지금까지 홍아가 보이지 않아 궁금하던 참이었다.

“여기 있습니다.”

사천은 품에서 작은 상자를 꺼냈다. 묘강에서 처음 봤을 때 홍아가 들어 있던 상자였다. 상자 안에는 홍아가 잠을 자듯 힘없이 늘어져 있었다.

“어떻게 된 일입니까?”

홍아의 모습에 놀라지 않을 수 없었다. 언뜻 봐도 힘없이 누워 있는 모습이 좋지 않아 보였기에.

“이 아이가 녹린천아사들을 데리고 소천주를 보호하기 위해 흑백쌍마를 막았었나 봅니다. 지금은 그 충격으로 정신을 잃은 상태이지만, 곧 괜찮아질 겁니다.”

“으음! 제가 산 것도 모두 홍아 덕분이군요.”

‘저 아이가 나를 위해 그리했다니……’

홍아가 자신을 위해 나섰다는 것에 마음이 아려왔다. 아무

리 영물이라지만 광천십마 중 하나인 흑백쌍마가 어느 정도
의 고수인지를 이제는 잘 알기 때문이다.

아무리 영물이라지만 홍아가 흑백쌍마의 공격을 받았다면
그 상처가 상당히 클 터였다. 백무는 안타까운 마음으로 조심
스럽게 홍아의 머리 부분을 문질렀다. 밀림을 빠져나오면서
홍아는 자신이 머리를 문질러 주면 무척이나 좋아했기 때문
이다.

'하하! 홍아가 따를 만하구나.'

진심으로 홍아를 생각하는 백무의 마음이 남달라 보였다.
묘강에서 잡아갔던 녹린천아사들을 어떻게 했는지 이제는 확
실하지만, 홍아를 맡겨도 충분할 것 같았다.

"자, 여기!"

사천은 상자를 백무에게 건넸다. 이미 홍아가 스스로 주인
으로 섬기기로 한 이상 홍아의 주인은 이제 백무란 사실을 잘
알기 때문이었다.

마음을 정하기는 했지만 상자를 건네는 사천의 표정은 마
치 딸을 시집보내는 아비의 얼굴과도 같았다.

"죄송합니다. 그리고 고맙습니다."

사양할 생각이 없었다. 그동안 홍아에게 정이 든 탓이다.
자신의 몸 안에 있는 혈수련의 기운을 안정시키는 것을 보면
자신에게 꼭 필요한 존재이기도 했기에 사양하는 말없이 바
로 상자를 집어 품에 넣었다.

"아닙니다, 별말씀을! 어차피 홍아와 녹린천아사들은 소천
주님의 것입니다. 저야 이 아이들을 맡아 키우던 것뿐이지
요."

"그래도 그런 것이 아닙니다. 어르신께서 이리 아끼시는
것인데요. 누님에게 시술을 받고, 제가 지금까지 숨이 붙어
있는 것도 어쩌면 홍아와 녹린천아사들이 있었기에 가능한
것인지도 모릅니다. 앞으로 잘 보살피도록 하겠습니다."

"그런 일이 있었던 가요?"

적혈잠원대법을 이루는 데 홍아와 녹린천아사들이 도움을
주었다는 것은 삼노에게는 뜻밖이었다.

"자세한 말씀은 못 드리지만, 그 아이들이 아니었다면 전
이 자리에 없었을지도 모릅니다. 감사합니다."

"하하! 무척이나 잘된 일입니다. 저와 소천주가 만난 것은
아마도 인연이겠지요."

백무의 등짐 속에서 정신을 잃은 녹린천아사들을 제외한
사천이 데리고 있던 녹린천아사들이 조심스럽게 백무의 곁으
로 모여들고 있었다. 마치 황제를 배알하는 신하들처럼 조심
스럽기 그지없는 몸짓이었다. 사천은 녹린천아사들의 움직
임을 보며 정말로 백무가 홍아의 주인이 되었다는 것을 알 수
있었다.

'허허, 그놈들!! 이제야 너희들을 맡길 만한 분을 만났구
나. 이제는 나도 형님들께 짐이 되지 않을 수 있으니 기분 좋

게 생각하도록 하자.'

서운하기도 했지만 반갑기도 했다. 이제 녹린천아사들이 그의 곁을 떠난 이상 그도 독공을 익힐 수 있게 되었기 때문이다. 그동안 홍아와 녹린천아사를 키우기 위해 사천은 몸 안 가득 독기를 담고 있음에도 아직까지 독공을 익히지 못했던 것이다.

어느 정도 궁금증이 가시자 삼노는 모닥불 주변에 잠자리를 만들기 시작했다. 백무와 곤 또한 잠자리를 만들고는 자리에 누웠다. 너무도 많은 일이 있던 터라 일행은 쉬이 잠을 이룰 수가 없었다. 마교와의 일전에 대한 부담감도 한몫했다.

백무는 자리에 누워 삼노를 바라보았다. 남루한 옷차림에 보잘 것 없어 보이지만 저들이 얼마나 강한 자들인지는 이미 자신의 눈으로 확인했다.

그런 사람들이 당민에게 더할 나위 없이 애정을 가지고 있는 것이 느껴졌다. 삼노가 동굴 주변의 최적의 위치에서 호위하듯 잠자리를 정하고 있었기 때문이다.

'좋은 분들 같구나. 저런 분들이 누님의 곁에 있으니 한결 마음이 놓인다. 후후!'

당민이 마교와 피치 못할 관계가 있는 것은 분명했지만, 마교와 문제가 발생한다 하더라도 삼노라는 든든한 사람들이 있어 안심이 되는 백무였다.

'오늘 많은 일이 있었으니 이제는 좀 자둬야겠군. 으음, 어디.'

내일 먼 길을 떠나야 하기에 조금이라도 잠을 청하려 할 때였다. 누군가가 자신을 지켜보고 있는 것 같은 기이한 기운에 백무는 침음성을 삼켰다.

당민과 함께 동굴을 나서면서부터 조금씩 느껴지는 기운이었다. 아니, 기운이라고 할 것까지도 없었다. 있는지 없는지조차 느껴지지 않는 애매모호한 기운이 자신을 주시하고 있다는 것을 알 수 있었다.

하지만 아무리 의식을 집중하고 살펴봐도 기운의 정체를 파악하기가 힘들었다. 그런 느낌도 한순간밖에는 느껴지지 않았다. 있는 것 같으면서도 없는 것 같은 기운에 정신을 집중해 살펴보려 하면 어느새 감쪽같이 사라졌다. 마치 살아 있는 기운같이 스스로 정체를 감추는 것 같았다.

'분명 있었는데… 아무것도 아닌가? 으음, 내가 잘못 알았나 보군. 후후! 아무리 내 몸이라지만 확실히 적응하기가 힘들군. 조금이라도 눈을 붙여야겠구나. 이미 시간이 많이 늦었으니……'

곤과의 대결로 인해 주변의 기운을 좀 더 확실하게 감지하게 된 탓 같았다. 하지만 아직은 자신의 기감이 온전하지 않다는 것을 잘 알기에 백무는 궁금증을 접고는 이내 잠에 빠져

들었다.

일행이 잠을 잘 수 있었던 시간은 채 두 시진도 되지 못했다. 잠을 자지 않고 운기조식을 한 탓에 제일 먼저 일어나 동굴에서 나온 당민이 일행을 재촉했기 때문이다.

여명이 채 밝기도 전인 어두운 새벽이었지만 당민의 재촉에 모두 자리에서 일어나 이동할 준비를 해야 했다.

당민은 떠나기 전에 삼노로 하여금 주변에 남아 있는 흔적을 다시 한 번 확인하도록 했다. 흑백쌍마와 파황적도기들이 자신들에게 죽은 이상 흔적이 남으면 곤란했기 때문이다.

재차 주변을 확인한 후 이상이 없음을 확인한 후 백무를 비롯한 일행은 동이 트기 전에 동굴을 떠났다.

당민이 앞장을 서서 일행을 인도했다. 앞으로 가려고 하는 곳을 그녀만이 알기 때문이었다.

그 뒤를 백무와 곤이 따르고, 밀광과 암연은 호위하듯 그 주변을 경계하며 따라 붙었다. 사천은 무공을 모르기에 고리를 이용해 녹린천아사들에게 매달려 일행의 뒤를 쫓아가고 있었다.

"으으으! 한참을 꼼짝도 못했더니 죽겠군."

당민이 떠나고 난 뒤 텅 빈 장내에 누군가의 목소리가 들렸다. 기괴하게도 목소리가 들리건만 주인공의 존재감은 어

디에서도 느껴지지 않았다. 어딘지 불만이 가득한 목소리였
다.

"그자가 우리의 기운을 눈치 챈 것 같지만, 다행스럽게도
독선고나 밀독천의 인물들로 보이는 자들은 우리의 존재를
알아차린 것 같지는 않다."

처음 들려온 목소리와는 다른 목소리가 장내에 들려왔다.
전 사람과 같이 모습은 보이지 않고 목소리만 들렸다. 그 또
한 존재감이 전혀 느껴지지 않았다.

"아무리 독선고라 해도 우리의 존재를 알아차리기는 힘들
텐데……. 그자가 뿌리는 기운은 예사로운 것이 아니었다.
분명 그자는 우리의 존재를 일부나마 느낀 것 같았으니까.
그 이상한 기운을 풍기는 자만 아니었다면 편하게 살펴볼
수 있었을 텐데, 괜히 쭈그리고 숨어 있느라 삭신만 쑤신
다."

투덜거리는 말소리와 함께 장내에 검은 무복을 입은 자가
나타났다. 뒤를 이어 그와 같은 복장을 하고 있는 다른 이가
솟아나듯 장내에 나타났다. 옷을 제외하고는 두 사람은 어디
에서나 볼 수 있는 평범한 모습이었다.

특이하게도 모습이 보이는 데도 불구하고 두 사람의 존재
감은 전혀 느껴지지 않았다. 정면으로 주시하고 있지 않는 한
두 사람이 장내에 있다는 것을 전혀 느낄 수 없었다.

"그자에게서 발해지는 기운 때문에 가까이 접근하지 못한

것이 아쉽기는 하지만, 타초경사를 범할 수는 없지. 우리의 기운을 눈치 채고 경계할 정도로 기감이 발달한 자였다. 좀 더 접근했다면 분명 그자에게 발각되었을 것이다.”

지난 밤, 두 사람은 자신들의 존재를 알아차린 것 같은 백무의 기운에 당혹감을 느껴야 했다. 자신들이 움직이는 순간 묘한 기운이 자신들을 겨누고 있는 것을 알아챈 것이다.

두 사람이 도착했을 때는 이미 모든 상황이 끝나 있었기에 무슨 일이 일어났는지 도저히 알 수가 없었다. 장내에서 당민의 행적을 쫓아 본산에서 내려온 자들의 흔적을 찾을 수가 없었다. 분명 이곳까지 흔적이 이어진 것을 확인했음에도 당민 일행이외의 흔적은 남아 있지 않았던 것이다.

당민을 쫓아 본산에서 내려온 흑백쌍마나 파황적도기의 모습이 보이지 않기에 두 사람은 알 수 없는 불안감에 내심 긴장하지 않을 수 없었다.

두 사람은 일의 결과를 알아야 했다. 해서 백무 일행이 무슨 말을 하려는지 확실히 알기 위해 접근하려다가 백무의 기감에 포착되었던 것이다. 자신들의 기운을 백무가 눈치 챘다는 것을 알게 된 두 사람은 자신들이 지니고 있는 일체의 기운을 지우고 잠적해 있었던 것이다.

“일단 연락을 남겨두었을 테니 얼른 찾아봐야겠다. 지금부터는 우리가 그들을 쫓아야 한다. 어떤 상황인지 알아내려면 별로 시간이 없을 것 같다.”

“좋아!”

두 사람은 백무 일행이 머물던 곳을 중심으로 사방을 뒤지기 시작했다. 싸웠던 흔적은 이미 삼노에 의해 모두 지워진 상태였다. 하지만 그들은 그 속에서도 무엇인가 흔적을 찾은 듯 고개를 갸웃거리거나 때로는 고개를 끄덕이며 주변을 살폈다.

“아무래도 아이들 중 하나가 이곳에 있었던 것 같지?”

“으… 음! 그런 것 같다. 그렇지만 흔적을 보아하니 살아 있지는 않을 것 같군.”

두 사람은 삼노가 흔적을 지워 버린 장내에서 무엇인가를 찾아낸 듯했다. 그들의 눈은 파황적도기들 중 지시를 받고 싸우는 와중에 몰래 자리를 피했다가 녹린천아사들에게 죽음을 당한 자의 행로를 쫓고 있었다.

“아무리 극한 상황에서도 자신이 할 일을 훈련받은 사람이니 죽기 전에 무엇인가 남겼겠지. 일단 가보도록 하자.”

두 사람은 빠르게 숲으로 들어섰다. 그리고 얼마 있지 않아 자신들이 원하는 흔적을 찾을 수 있었다. 그것은 흐릿하지만 기이한 문양이 새겨져 있는 조그마한 돌이었다.

“저기로군.”

돌 위에 그려진 문양은 한쪽 방향을 가리키고 있었다.

스스스—

소음조차 없이 두 사람의 신형이 숲속을 가로질렀다. 수풀이 우거졌으나 두 사람의 몸을 스치는 것은 아무것도 없었다. 마치 유령처럼 숲을 자유로이 활보하는 두 사람은 얼마 가지 않아 자신들이 원하는 것을 발견할 수 있었다. 그것은 파황적 도기만이 가질 수 있는 한 자루의 도였다.

"도를 내던지고 자신은 다른 곳으로 피해 소식을 남길 정도면 예삿일은 아니로군."

두 사람은 나뭇등걸에 반쯤 틀어박힌 적혈도를 뽑아 들었다. 그리고 도의 손잡이에서 다급하게 피로 써놓은 것 글자를 볼 수 있었다.

혈영(血影)!

단 두 자이지만 그것이 시사하는 바는 상당히 큰 것이었다. 자신들이 이곳에 온 이유 또한 피로 쓰인 글귀의 존재 여부를 확인하기 위한 것이었다. 두 사람의 눈이 심하게 떨리기 시작했다. 손잡이에 쓰인 것처럼 혈영마공이 나타났다면, 앞으로 벌어질 평지풍파는 감당할 수 없는 것일지도 모르기 때문이다.

"긴급 비상이다. 나머지 인원을 모두 동원하는 한이 있더라도 이것이 진정 사실인지 밝혀야 한다. 난 독선고를 쫓을 테니 넌 이 사실을 지존께 알려라. 세상을 피바람에 잠기게 할 어둠의 힘이 눈을 떴다고 말이다. 하늘을 보는 새들이 세상을 향해 날아야 한다고 말씀드려라."

"알았다. 너도 조심해라. 그놈에게서 느껴지는 기운이 심상치가 않았다."

스스스—

대답을 마친 이가 동료에게 안부를 당부하고는 소리없이 사라졌다. 처음부터 없었던 것처럼 그야말로 순식간에.

"일단 그들을 쫓는다. 쫓아가다 보면 혈영마공이 진정 세상 밖으로 나온 것인지 알 수 있을 테니까."

스스스—

말을 마친 사람의 신형도 숲속에서 사라졌다. 그가 가는 방향은 백무가 일행들과 함께 떠나간 곳이었다.

스치듯 산야를 질주하는 그의 모습은 마치 허깨비 같았다. 얼마나 빠른지 신형조차 뿌옇게 보일 정도였다. 신속하게 뒤를 쫓는 그의 눈에는 평상시와는 달리 초조감이 묻어 있었다.

적혈도의 손잡이에 써져 있었던 혈영이란 두 글자의 무게는 쉽게 감당할 수 있는 것이 아니었기 때문이다.

마교에서 내려온 것으로 보이는 신비로운 능력의 소유자가 자신들을 쫓는지도 모른 채 백무 일행은 빠르게 목적지를 향해 이동하고 있었다.

파파팟!

휘이이이익!

사람이 살지 않는 적막한 산야를 달리는 일행은 최대한 흔적을 죽이며 경공을 발휘했다. 칼바람과 함께 날카로운 파공성이 귓가에 스치고 있었다.

다른 이들과는 달리 내력이 없기도 하고, 마땅한 경신법을 배운 적이 없는 백무의 움직임은 뜀박질하는 것과 다름이 없었다. 그러나 속도만큼은 경공을 발휘하는 것과 진배없었다.

'마교와 충돌한 이상 분명 우리의 행적이 밝혀질 것이다. 우리가 흔적을 지웠다고 하지만 마교의 힘은 그리 만만한 것이 아니니까. 그렇지만 무아가 완전한 적혈신을 얻을 때까지 시간을 벌어야 할 텐데……'

당민은 앞으로의 일을 생각하느라 생각이 분주했다. 녹린천아사를 이용해 장내의 독기를 완전히 지운 탓에 자신들을 추적해 올 마교의 인물들에게 혼란을 주어 시간을 벌었다.

하지만 그녀는 언젠가는 마교의 추적이 시작될 것이라는 것을 잘 알고 있었다. 마교의 중심축이라 할 수 있는 삼전 중 파황마전(破荒魔殿)의 주인인 파천도마(破天刀魔) 등세황(鄧洗晃)은 지독할 만큼 집요한 자이기 때문이다.

'그 피에 미친 새끼가 어떻게 나올지 모르겠지만, 일단 사람이 모이는 곳에 숨어야 한다. 정파인들의 잔치라고 할 수 있는 화산의 비무대회라면 무아가 완전히 적혈신을 이루기까지 시간을 벌 수 있을 것이다. 그런데 그 미친놈이 어떻게 흑백쌍마를 거두어들인 것인지 모르겠군.'

흑백쌍마가 등세황에게 몸을 의탁했다는 것을 미루어 생각해 보면 암천신마에게 이상이 생긴 것이 분명했다. 그렇지 않으면 비열한 방법으로 자신들의 성취나 높이고 있을 위인들이었기 때문이다.

'으… 음! 설마!!'

자신이 마교를 떠난 지난 석 달간 마교 내에서의 일이 급박하게 변한 것이 틀림없다고 생각한 당민은 인상을 찌푸렸다. 마교에 이상이 있다는 것은 교주인 암천신마의 신병에 이상이 있다는 것과 일맥상통했기 때문이다.

커질 대로 커진 마교를 제어하고 있는 것이 바로 암천신마였다. 그는 황산무연의 약속을 지키고 있었다. 그가 살아 있는 한 마교가 중원에 진출할 수 없는 것이다.

만약 암천신마에게 이상이 있어 마교가 중원으로 진출한다면, 그것보다 끔찍한 일은 세상에 없었다. 지금의 정파로서는 그들을 막을 수 없기 때문이었다.

'누님이 걱정이 많으신 게로군.'

당민의 뒤를 바짝 따르고 있는 백무는 당민에게서 불안정한 기운을 느낄 수 있었다. 무엇인가 초조해하는 듯한 느낌이 그에게서 풍기고 있었던 것이다. 자신에게 적혈신을 시술할 때도 눈썹 하나 까딱하지 않는 당민이었기에 걱정이 되지 않을 수 없었다.

'언젠가 때가 되면 말씀해 주시겠지만 누님도 뭔가 사연이 있는 분이실 것이다. 그렇지 않다면 나에게 이런 몸을 만들어 주시지 않았을 테니까. 무슨 일인지 모르겠지만, 누님이 내게 원하시는 것이 있다면 수린이를 찾는 일은 어쩔 수 없지만, 뒤로 미룰 수밖에 없다. 설사 복수행을 늦추는 한이 있더라도 누님의 일부터 해결해 드릴 것이다.'

백무는 당민의 사연이 무엇인지 대충 짐작이 갔다. 당민이 당가의 마지막 후예라는 것을 안 순간부터이다.

당가가 멸망한 것은 오십여 년 전의 일이다. 당가혈사라고 하면 모르는 사람이 없을 정도로 유명한 사건이었다. 아직도 몇 가지가 수수께끼로 남아 지금까지 세인들의 입에 회자되는 사건이었다.

백무 또한 흑산에서 놀던 시절 낭인들로부터 당가혈사에 관해 몇 마디 얻어 들은 적이 있었다.

'그나저나 누님의 말씀이 맞는 것 같군. 암흑투기라는 것이 점점 커지는 느낌이 드니……. 휴우! 그나저나 걱정이 하나 더 늘었군. 수린이도 찾아야 하고, 복수도 해야 하고, 거기다 누님의 일까지 있는데 이놈들까지 말썽을 부리니 답답하구나.'

뼛속 깊숙이 들어와 있는 암흑투기의 힘이 조금씩 자라나고 있는 느낌이 들었다. 달리면 달릴수록 꿈틀거리며 조금씩 자신의 기운을 키우는 암흑투기였다.

태어나서 내력이라는 것을 가져 본 적은 없지만 자신의 몸에 꿈틀거리고 있는 힘이 내력과는 전혀 다른 종류의 기운이라는 것은 알 수 있었다.

지금은 혈수련과 혈오로 인해 얻은 힘의 견제로 미미한 움직임밖에는 보이고 있지 않지만 하루하루 커져 가는 것이 예사롭지 않았다. 가랑비에 옷이 젖어가듯 야금야금 스스로 힘을 키워가고 있었던 것이다. 그렇게 힘을 키워 몸 안의 모든 기운을 자신의 지배하에 놓고 싶어 한다는 것을 백무는 알 수 있었다.

앞으로 해야 할 일이 산적한 자신에게 어쩌면 암흑투기 자체가 장애의 요소가 될 수도 있다는 생각이 들었다. 진동하듯 뼛속을 울리며 조금씩 자신의 기운을 키워가는 암흑투기가 만만치 않은 존재라는 것을 아는 까닭이다.

'적혈신을 이룬다고 해도 이놈의 기운이 사라질 것 같지 않군. 적혈신을 완벽히 이룬 후 혈영기공인가 하는 것을 익혀야 뭔가 결판이 나도 날 것이다. 이대로 손 놓고 있다가 이놈에게 당하느니 그편이 훨씬 났다. 내게 베풀어진 적혈잠원대법은 분명 암흑투기에 대해 대비했을 것이 분명하니 모험을 걸 만한 가치는 충분히 있다. 몸이 정상으로 돌아오

고 어느 정도 시간이 지나면 이놈과 한판 승부를 벌여야 할
지도 모른다. 하지만 결코 지지 않을 것이다. 내 앞을 가로
막는 것은 그것이 무엇이든 부숴 버리고 앞으로 나아갈 것
이다.'

자신에게 나타날 모든 방해물을 가차없이 부숴 버릴 것을
결심한 백무는 말없이 당민의 뒤를 따랐다.

백무와 당민 일행이 화산을 향하고 있을 때, 등세황은 마교
내에서 파황적도기의 일을 보고받고 있었다. 한 치의 실수도
없이 흑백쌍마의 뒤를 받치도록 파황적도기를 보냈기에 그는
보고받은 내용을 믿을 수 없었다. 자신이 생각하기에도 있을
수 없는 일이었다.

"다시 한 번 말해보게!"

"전주님, 파황적도기의 부기주인 장천명이 흑백쌍마의 뒤
를 받치러 떠난 후 아무런 연락이 없습니다."

파황마전의 군사로 있는 혁인기(爀寅其)는 자신의 주군의
물음에 방금 전에 한 말을 반복해야 했다.

"으… 음! 진짜 아무런 연락이 없다는 말인가?"

"이상한 일입니다. 하루 한 번은 전서응이 날아와야 하지
만, 어제와 오늘 전서응이 당도하지 않았습니다. 연락을 보낸
전서응도 되돌아왔고 말입니다."

"흑백쌍마는?"

"역시 오리무중입니다."

"으… 음!!"

파황마전(破荒魔殿)의 전주인 파천도마(破天刀魔) 등세황(鄧洗晃)은 마교 내에서 피에 미친 자라 할 만큼 성정이 광포한 자라 인식되고 있었다. 그의 성명절기인 혈류파천도(血戮破千刀)가 펼쳐지면 폐허와 함께 처참하게 난자된 시신이 남게 되기에 모두들 그를 두려워했다.

하지만 그건 남들에게 보여지는 모습일 뿐이었다. 그의 성정은 광포하지도, 피에 미친 것도 아니었다. 필요에 의해 잔혹할 뿐, 누구보다 차갑고 계산에 밝은 자였다.

파황마전의 두뇌라 일컬어지는 혁인기는 그러한 등세황의 성정을 그 누구보다도 잘 알고 있었다.

'전주께서 저리 말이 없을 때는 뭔가 생각이 있다는 말인데……. 교로 오는 당민을 막지 못한다면 본 교는 얼마 안 있어 자중지란에 휩싸일 것이 분명하다는 것을 전주께서도 잘 알고 있을 테니, 분명 뭔가 결정을 내리시겠지.'

자신이 생각하기에도 이번에 당민을 막는 일은 무엇보다 중요했다. 마교의 교주를 향한 전주의 염원뿐만 아니라 중원 진출이라는 명제가 걸려 있었기 때문이다.

안으로 억눌러질 대로 억눌러진 마교의 힘은 이미 최고조에 달해 있었다. 이대로 가다가는 자중지란을 통해 오백 년 전에 겪었던 참사 이상으로 큰 피해를 불러올 것이 분명했다.

멸망이냐, 중원 진출이냐를 놓고 볼 때 마교가 나아가야 할 최선의 방책은 중원 진출이었다. 터지기 일보직전인 마교의 힘을 분출할 곳이 필요했던 것이다.

하지만 중원 진출을 위해서는 넘어야 할 장벽이 있었다. 교주인 암천신마가 꿈을 접은 황산무연에서의 약속이 중원 진출을 가로막고 있는 것이다.

비록 강호에서는 피로 점철된 곳이라 불리지만, 그 누구보다 명예와 명분을 소중히 여기는 곳이 바로 마교였다. 자신의 생전에는 중원 진출을 결코 하지 않겠다는 암천신마의 약속은 지금도 유효한 것이다.

자중지란으로 인한 마교의 멸망을 저지시키기 위해서는 마교의 힘을 분출시켜야 하고, 그러기 위해서는 교주를 상대로 진행되는 이번 일이 아무런 방해 없이 끝나야 하는 것이다.

혁인기는 조용히 등세황의 생각이 끝나기를 기다렸다.

'역시! 독의 조종이라는 밀독천의 후예라 만만치 않다는 뜻이로군.'

등세황은 당민의 일이 마음에 걸렸지만 어느 정도 결심을 굳혔다. 중원 진출도 문제이지만 그것으로 손해보고 싶은 생각은 없었던 것이다. 마교에 자신과 비등한 힘을 가진 강자들이 있는 이상 힘의 소비는 자신의 몰락과 직결되는 것이었기 때문이다.

"독선고의 행방은 찾았는가?"

"아직 찾지 못했습니다. 대리에서 마지막 흔적이 나타났지만, 그 이후로는 행방이 묘연한 상태입니다. 그리고……."

"그리고?"

"아무래도 밀독천이 묘강을 나선 것으로 보입니다."

"그놈들이 묘강을 나섰다고? 뭐 먹을 게 있다고. 으…음! 그렇다면 이미 흑백쌍마의 뒤를 받치기 위해 나섰던 파황적도기들은 이미 끝났다고 봐야겠군. 골치 아프게 됐어……."

장천명이 소식을 보내오지 않는 것이 어느 정도 이해가 갔다. 밀독천의 힘이 마교의 삼전 중 한 개의 전만 한 저력을 보유하고 있음을 등세황은 잘 알고 있었던 것이다.

만약 밀독천이 묘강을 나섰다면, 파황적도기 이십 명 가지고는 어림도 없는 일이었다.

"진짜 밀독천이 묘강을 나섰다면 독선고에 대한 일은 다시 재고해야 합니다. 교주의 상태가 어떤지 모르는 상태에서 섣불리 제거하려 들다가는 본전이 심각한 타격을 입을 수 있으니 말입니다. 그리고 밀독천이 나섰다면 덜 떨어진 흑백쌍마는 이미 그녀나 밀독천의 손에 당했다고 봐야 할 것 같습니다, 전주!"

"후후. 파황적도기라면 모를까, 흑백쌍마는 그렇지 않을 것이다. 명색이 광천십마에 오른 자들이니 그리 호락호락하지 않은 자들이니까. 그들이 본전에 몸을 의탁했다고는 하지만 원래부터 꿍꿍이가 많은 놈들이니 이번에도 무엇인가를 꾸미고 있는 것이 있겠지. 아니면 자네 말대로 독선고에게 된통당해 부상당한 몸을 회복하기 위해 전부터 뒷구멍에서 하던 짓거리나 하고 있을지도 모르고.”

등세황은 흑백쌍마가 모종의 꿍꿍이를 가지고 파황마전에 들었다 생각하고 있었다. 비록 개개인은 광천십마에 뒤떨어질지라도 두 사람의 합공이면 자신도 곤란을 겪어야 하기에 흑백쌍마의 죽음을 믿지 않았던 것이다.

“전주, 흑백쌍마가 속내를 감추고 본전에 들었다는 것은 알고 있습니다만, 그녀에게서는 얻을 것이 없지 않습니까? 그리고 두 사람이 부상을 당했다면 본전에 연락을 취해야 정상일 터인데, 아무런 연락이 없는 것을 보면 무슨 일이 있는 것이 틀림없습니다.”

“그거야 모를 일이지. 어차피 다른 전을 떠보기 위해 분칠용으로 영입한 자들이다. 하는 짓거리가 마음에 안 들기는 하지만, 몸을 회복하면 전으로 복귀할 것이다.”

“전주님, 그럼 당민에 대한 추살 작업을 계속할까요? 묘강에서부터의 흔적이 본 교로 이어지는 것을 보면 그 계집이 다시 돌아오는 것이 분명한데 말입니다.”

“혁 군사, 그냥 놔두게! 독선고의 머리도 상당히 잘 돌아가는 편이니까. 죽을 줄 뻔히 아는데 본 교로 돌아오지는 않을 것일세. 그 계집의 성정으로 보아 본 교와는 부딪치지 않으려 할 것이 분명하네. 파황적도기와 부딪쳤다면 그녀는 분명 방향을 틀 걸세. 아무리 밀독천이 나섰다고 해도 본전을 상대한다는 것이 쉽지 않다는 것을 잘 알고 있을 테니까. 그런데 자성마전에서는 아무런 움직임이 없었나? 그들도 당민이 본 교로 오고 있다는 것을 알고 있을 텐데 말이야."

"별다른 움직임은 없습니다. 자성마전에서도 요즘 교주의 동태가 심상치 않다는 것을 느낀 것인지 자숙하고 있는 분위기가 역력합니다."

"그렇겠지. 아직 교주의 이빨이 빠졌는지 아닌지 불투명하니까. 혁 군사!"

"예, 전주!"

"혁 군사는 당민에 대한 추적을 멈추지 말게. 그 계집의 향배가 나중에 문제가 될 수도 있으니 말이야. 그리고 그 계집에 대한 일을 자성마전에 은근히 흘려 넣게. 난 이대로 손해보고 싶은 생각은 없거든."

"차도살인의 계로군요. 실패한다 하더라도 전혀 손해가 없는……."

전주의 생각을 알 것 같았다. 적도기 이십여 명이면 상당한 손해였다. 거기다 실력자라고 할 수 있는 부기주까지 잃은 마당이었다. 혼자만 손해볼 수 없다는 생각이 전주의 뇌리에 있을 것이 틀림없었다.

"그렇지. 자성마전의 사가 놈은 예전부터 그 계집에게 원한이 있으니 반드시 미끼를 물 걸세. 일단 그 계집이 경계를 벗어나기 전에 자성마전에서 행방을 알아야 하니 전력을 기울이게. 그래야 사가 놈이 나설 기회가 있을 테니 말이야."

"알겠습니다, 전주. 독선고의 행방이 자연스럽게 자성마전으로 흘러들어 가도록 하겠습니다. 그렇게 하려면 최대한 빨리 당민의 행적을 알아내 알려야겠군요."

"후후, 그래야겠지. 사가 놈이 펄쩍 뛰는 모습이 벌써 눈에 선하군."

"전 이만 물러가겠습니다. 좋은 소식이 있을 겁니다, 전주!"

"그렇게 하게."

혁인기는 대전을 물러 나왔다. 그의 뇌리에는 자성마전을 어떻게 하면 자연스럽게 움직일까 하는 생각으로 가득 차 있었다. 자성마전의 전주인 사준명도 등세황 못지않은 효웅이었기 때문이다.

혁인기가 나가는 것을 보는 등세황의 눈에는 묘한 웃음이 묻어나고 있었다. 당민의 행방을 자성마전에 알려주려는 것은 혁인기의 말처럼 자성마전에 피해를 주기 위함도 있었지만 다른 이유 또한 숨어 있었기 때문이다.

"후후! 능구렁이 같은 잔독시마(殘毒屍魔)가 준비하고 있는 것이 무엇인지 이번 기회를 통해 알아낼 수 있을 것이다. 파라소(爬羅宵)는 독선고를 상대하기 위해서라면 자신이 감추고 있는 것을 무한정 꺼낼 자이니."

요사이 자성마전의 움직임이 심상치 않았다. 겉보기에는 아무런 일도 없는 것 같았지만 꽤나 분주했던 것이다. 자성마전을 대표하는 자들의 얼굴에서 득의의 표정을 본 등세황으로서는 궁금하지 않을 수 없었다. 분명 자성마전 내에서 자신이 모르는 좋은 일이 있는 것이 분명했다.

계속해서 신경을 긁어왔기에 등세황은 이번 기회에 자성마전의 일을 알아보기로 한 것이다. 자성마전의 분주함이 광천십마 중 일인인 잔독시마 파라소와 관련이 있다는 생각에서였다.

잔독시마는 독선고의 사부와 원한이 있는 자였다. 독이라면 교주조차 아래로 두는 자존심 높은 자가 독술로 독선고의 사부에게 무참히 꺾인 적이 있었다.

파라소는 만독소라는 절지에서 절치부심하여 익힌 독공으로 광천십마에 올랐으나 전날의 패배를 설욕할 기회를 가질 수 없었다. 독선고의 사부인 밀독천주가 그만 세상을 달리한 것이었다.

언제나 그것을 한탄해 온 자이기에 밀독천의 모든 것을 이

었다는 독선고는 그에게 언제나 도전의 대상이었다. 독선고
를 꺾고, 지난날의 패배를 설욕할 기회를 얻기를 바랐던 것이
다.

第七章 화산행(華山行)에서 만난 수상한 점소이!

大劈雷電雲

마교에서 자신들을 향한 음모가 진행 중임을 모르는 백무 일행은 화산으로 향하는 길을 재촉하고 있었다. 백무와 곤의 비무는 화산으로 가는 동안에도 계속되었다. 두 사람 모두 원하던 일이라 당민이 지켜보는 가운데 실전에 가까운 대결을 벌였다.

곤은 당민의 도움으로 삼단전을 관통해 새로운 무공의 경지를 바라보고 있었다. 완전한 것은 아니었지만 움직임이 전보다 더 영활하고 강력해졌다.

백무도 마찬가지였다. 흑백쌍마의 암흑투기는 물론 내력과 정혈까지 얻은 까닭에 전과는 확실히 움직임이 달랐다.

또한 강력해진 힘도 힘이지만 전과는 달리 더욱 강렬한 투기를 발산해 비무를 벌일 때 가끔 곤을 곤란하게 만들 정도였다.

둘은 비무를 통해 서로의 장점을 배우며 발전할 수 있었다. 그렇게 두 사람은 운남을 떠나 섬서까지 비교적 순조롭게 길을 갔지만, 그렇지 않은 사람들도 있었다. 두 사람의 비무로 인해 삼노가 곤란을 겪었던 것이다.

삼노는 혹시나 있을지도 모르는 마교의 추적을 피하기 위해 흔적을 지우는 일에 전력을 기울였다. 두 사람의 비무로 인해 발생하는 기파와 힘의 영향으로 주변이 항상 폐허로 변해 버렸기 때문이다.

삼노는 어쩔 수 없는 경우를 제외하고 두 사람이 남긴 비무의 흔적을 최대한 지우느라 동분서주했다. 워낙 부서지고 파인 흔적이 많아 쉽지 않은 일이었다.

그렇게 주변을 정리하는 이들 중 제일 불만이 많았던 사람은 밀광이다. 묘강을 나서 자신이 이런 일을 하게 될 줄 몰랐다는 둥 계속해서 중얼거리며 연신 불만을 토로 했다.

반면에 암연과 사천은 달랐다. 매일 매일 달라지는 두 사람의 경이로운 성취에 놀라움을 금치 못할 뿐이었다.

밀광과는 달리 독공만을 익혀 다른 무공에 대해서는 문외한이었던 만큼 두 사람의 비무를 보면서 배우는 점이 많았다.

당민 또한 나날이 늘어나는 백무의 실력을 보면서 한시도 웃음을 잃지 않았다. 비무가 끝날 때마다 백무의 몸 상태를 살핀 결과 생각과는 달리 상당히 안정적이었기에 혈영기공을 익히는 것이 어쩌면 가능할지도 모른다는 생각이 들었다.

비무를 벌이며 가는 길이었지만 여정에는 지장이 없었다. 삼노의 도움으로 일행의 행적이 들키는 일은 없었다. 비무 시에는 최대한 흔적을 지우고, 비무가 없을 때는 인적이 드문 곳을 골라 최대한 경공을 시전 했기 때문이다. 많을 때는 하루에 거의 삼백여 리가 넘게 달렸을 정도이다.

당민의 행적을 놓친 듯 마교의 추적이 없었기에 백무 일행은 별다른 탈 없이 귀주성을 지나 섬서성의 경계에 이를 수 있었다.

이십여 일 만에 당도한 곳은 섬서성의 녕강(寧强)이었다. 녕강은 섬서의 서쪽 끝단에 있는 현으로 한중(漢中), 안강(安康), 십언(十偃)으로 흘러가는 장강 최대의 지류인 한수(漢水)의 발원지이기도 한 곳이었다.

한수와 맞닿은 녕강의 외곽에 들어서자마자 당민은 곤으로 하여금 저잣거리로 가서 옷가지부터 사오도록 했다. 누가 봐도 거지꼴이나 다름없는 삼노를 위해서였다. 개방에서 삼노를 봤다면 사조로 모실 만큼 그들의 모습은 추레하기 그지

없었다.

당민을 비롯한 곤과 백무도 먼지를 뒤집어쓴 상태라 꼴이 말이 아니었다. 거지 떼 같은 모습으로 사람이 많은 곳을 돌아다닌다면 분명 마교의 촉각에 걸려들 게 뻔했기에 새 옷으로 갈아입고 움직이려는 것이었다.

“삼노는 얼른 씻도록 해요. 냄새 하나 나지 않도록 빡빡 씻어요.”

곤이 옷을 사오자 당민은 일행에게 한수로 들어가 몸을 씻도록 했다. 워낙 오랫동안 거지 같은 모습으로 다닌지라 그들의 몸에는 이미 냄새가 배어 옷만 갈아입는다고 해서 나아질 것이 아니었다.

“추운데…….”

사천은 손끝을 담가보고는 투덜거리며 투정을 부렸다. 묘강에서 지낸 삼노에게는 원단이 멀지 않은 한수의 물이 무척이나 차갑게 느껴졌다.

“말을 듣지 않으면 어떻게 되는지 잘 알죠. 이제 두 번 말하지 않겠어요. 씻든지, 아니면 이 길로 묘강으로 돌아가세요.”

풍덩!

말이 끝나기 무섭게 암연이 강물로 뛰어들었다. 역시나 당민의 말이라면 섶을 지고 불속에라도 뛰어들 사람이다. 사천도 할 수 없다는 듯 고개를 저으며 차가운 한수 속으로 천천히 걸어 들어갔다.

"저… 어… 천주!"

밀광은 한수로 들어가지 않고 당민을 쳐다보았다.

"왜 그러세요? 들어가지 않고!"

"저쪽에 가 계시면 안 될까요?"

아무리 밀독천의 천주라고는 하지만, 여자는 여자였다. 당민 앞에서 목욕하기가 민망한 듯 밀광이 꺼려하는 모습을 보였다.

"알았어요. 대신 씻고 나왔을 때 냄새가 나면 알아서 해요. 냄새가 가실 때까지 깨끗이 씻고 이 옷으로 갈아입어요. 너희들도 어서 씻어라!"

"알았습니다."

당민은 옷가지를 한켠에 내려놓고는 씻는 이들이 보이지 않는 곳으로 향했다. 당민이 안 보이자 밀광을 비롯한 백무와 곤도 옷을 벗고 한수 속으로 들어갔다.

뼛속까지 얼리는 것 같은 한기가 밀려들었지만 오랜 시간 동안 씻지 않아 먼지와 묵은 때가 많았던 탓에 씻으면 씻을수록 상쾌한 기분이 몰려왔다.

'누님이 어째서 저분들에게 기겁을 하는지 이제야 알겠군.'

삼노가 목욕을 하고 있는 곳 아래로는 검은 띠를 이루며 강물이 흐르고 있었다. 묵은 때가 벗겨져 나오자 강물이 시커멓게 변했던 것이다.

처음 주저하던 것과는 달리 삼노는 기분 좋게 목욕을 하는 것 같았다. 철퍼덕거리며 장난까지 치는 것이 무척 기분이 좋아 보였다.

하지만 백무는 다른 이들이 자신의 몸을 쳐다보는 것이 마음에 걸렸다. 삼노가 장난을 치면서도 가끔은 자신의 몸을 흘끔흘끔 보았던 것이다.

'적혈잠원대법 때문인가? 궁금하기도 하겠지.'

적혈잠원대법이 밀독천에서 내려온 것이니 삼노가 자신의 몸에 대해 궁금해하는 건 당연하다는 생각이 들었다. 백무는 삼노가 자신의 몸을 관찰하는 것에 더 이상 신경 쓰지 않고 자신의 몸을 씻기 시작했다. 청빙담의 물은 이보다 차가웠기에 한수의 물은 그에게는 기분 좋은 목욕탕이었다.

"막내야!"

밀광은 백무의 몸을 살피며 사천에게 전음을 보냈다. 한 가지 확인할 것이 있어서였다. 지난날 적도기와 한바탕한 곳에 있던 동굴에서 나온 당민의 얼굴색이 변한 것을 기억하고 있었던 것이다.

언제나 당민의 안색을 살피는 것이 버릇인 밀광이었다. 다른 사람들은 모르겠지만 어둠 속에서 당민의 얼굴이 동굴로 들어가기 전보다 조금 더 붉어져 있다는 것을 눈치 챘던 것이다.

"왜요?"

"소천주 말이다."

"소천주가 왜요?"

"무척 실하지 않냐?"

밀광의 말이 무엇을 가리키는 것인지 알아들은 사천은 힐끔거리며 백무를 바라보았다. 밀광의 말대로 실하긴 실해 보였다.

"으… 음! 실하긴 하군요, 대형."

"아무래도 네 아이들을 잡아먹은 것 같은데……."

"그럴 리가요. 아무리 적혈신을 이루었다고는 하지만 그 아이들이 가진 맹독은 몸 안에 있는 것이 더 지독해 저토록 멀쩡할 수는 없을 거예요."

"그렇긴 하지……."

녹린천아사가 가진 독성을 사천만큼이나 잘 알고 있는 밀광이었다. 자신도 먹고 싶었지만 녹린천아사 특유의 독기를 감당할 자신이 없어 포기한 그였다.

'그런데… 이상하단 말이야…….'

아무리 봐도 이상했다. 밀광은 백무의 몸을 계속 쳐다보며 고개를 갸웃거렸다.

밀광은 녹린천아사들이 백무에게는 아무런 해가 되지 않음을 모르고 있었다. 사천이 자신에게 거짓을 말하고 있음을 몰랐기에 계속해서 찜찜한 기분을 지울 수가 없었다.

'대형이 알면 안 된다. 어떻게 해서든지 둘러대야 하는데… 그렇지 않으면 아이들이 몰살당할지도 모른다.'

사천은 백무가 녹린천아사를 먹은 사실을 이미 알고 있었다. 백무가 잡혀 간 장소에 남겨진 등짐 속에서 녹린천아사의 가죽들을 보았던 것이다.

하지만 그리 화가 나지는 않았다. 이미 모두 죽은 상태에서 녹린천아사의 가죽이 벗겨졌다는 것을 알 수 있었기 때문이다.

녹린천아사는 적을 공격할 때는 체독을 피부 밖으로 내보내지만 자신의 피부에는 체독을 남겨놓지 않는다.

하지만 포식자가 자신을 잡아먹으려 하면 녹린천아사는 특유의 독기를 뿌린다. 자신의 피부에 체독을 남겨 포식자 또한 죽이려는 독종이었던 것이다. 그것은 홍아는 물론이고 삼노 중 독공의 수준이 제일 높은 밀광도 두려워하는 것이다.

만약 백무가 살아 있는 녹린천아사를 잡아먹으려 했다면 가죽에 체독이 남아 있었을 것이다. 하지만 남아 있는 뱀가죽은 분명 자신과 처음 만났을 때 백무의 손에 의해 죽은 녹린천아사들이었다.

녹린천아사들은 지금 백무를 따르고 있다. 아무리 홍아의 주인이라고는 하나 자신들의 동료가 산 채로 잡아먹혔다면 따르지 않을 것이다. 죽은 놈들을 제외하고 정신을 잃은 녹린천아사들은 하나도 건드리지 않은 것이 분명했다.

이런 사실이 밝혀질까 봐 사천은 백무의 등짐 속에 있는 가죽을 모두 회수해 밀광 몰래 당민에게 주었다. 당민이 사천당가의 후손인만큼 무엇을 만드는 것을 좋아한다는 것을 알고 있기 때문이기도 했지만, 독기 없이 녹린천아사를 잡아먹을 수 있는 방법을 밀광에게 들키지 않기 위해서였다.

목욕을 하면서도 계속해서 의문에 가득 찬 표정으로 고개를 갸웃거리는 밀광을 보며 사천은 불안하기 그지없었다. 그렇지만 시치미를 떼는 수밖에 없었다. 그렇지 않으면 자신이 사랑하는 녹린천아사들의 씨가 마를 것이 분명했다.

"그렇지만 임마! 녹린천아사들이 녹령사의 변종 아니냐? 너, 저런 대물 봤냐? 못 봤지, 못 봤지? 분명 먹었을 거야……."

"그런 소리 말아요, 대형! 홍아를 저리 아끼는 것을 보면 몰라요? 소천주가 그럴 리도 없지만, 괜히 이상한 생각했다간 홍아에게 경을 칠 테니 그런 생각은 아예 말아요. 대형께서 자꾸 그러면 저도 홍아에게 이야기할 수밖에 없으니까요."

"끄응!"

밀광은 신음을 흘릴 수밖에 없었다. 사천의 말이 맞았다.

자신의 이런 생각을 홍아가 안다면 뒷감당을 할 자신이 없었
다.

"잡스러운 생각은 그만 하고 빨리 씻기나 해요. 천주가 얼
마나 까다로운지 잘 알잖아요."

'아깝다. 쩝!'

밀광은 백무의 신체 중 한 부분을 보며 아쉬움을 삼켰다.
혹시나 자신의 꿈을 실현 시킬수도 있지 않을까 하는 생각에
서였다.

'이 양반, 또 시작했군. 천주를 좋아하는 것은 둘째 치고
라도 정력이라면 앞뒤를 가리지 않으니… 애고! 잘못하면
아이들을 다 잡아 먹고도 남을 양반이니 무조건 숨겨야 한
다. 홍아에게 이야기한다고 했으니 한동안 딴생각은 못하겠
지.'

사천은 시치미를 떼고 다시금 목욕을 하기 시작했다.

한 시진이 넘게 한수 속에 들어가 있던 일행은 목욕을 끝
낸 뒤 당민이 두고 간 옷가지로 갈아입었다. 산발이기는 마
찬가지였지만 냄새가 가신 삼노는 전보다 꽤 깔끔한 모습이
었다.

얼마 안 있어 당민이 나타났다. 당민도 목욕을 한 것인지
말끔한 모습에 깨끗한 새 옷차림이었다.

'아깝다! 잘하면 볼 수 있었는데……'

"경고하는데 딴생각은 하지 말아요."

밀광의 마음을 읽었는지 당민의 목소리가 차가웠다.

"쩝!!"

자신의 마음을 들키자 밀광은 아쉬운 눈빛으로 고개를 숙였다.

"냄새는 일단 가신 것 같으니 이제는 머리를 좀 손질해야겠어요. 한 사람씩 저리 가서 앉아요."

당민은 한수 가에 있는 바위에 한 사람씩 앉도록 했다. 그리고는 차분히 머리를 손질해 주었다. 삼노는 자신들의 산발한 머리를 당민이 손질해 주자 입이 함지박만 하게 벌어졌다.

곤과 백무 또한 당민에게 머리 손질을 받을 수 있었다.

"이제야 다들 사람답군요."

삼노의 모습이 몰라보게 변했다. 꾀죄죄하고 볼품없었던 지난날과는 달리 안색이 불그스름한 것이 꽤나 보기 좋았다. 삼노의 정체를 모른다면 어디서 도학을 수련한 도인처럼 보일 정도였다.

"이제는 녕강으로 들어가니 각자 행동을 조심하세요. 우리의 정체가 드러나면 분명 마교의 추적이 다시 시작될 테니까요."

"알았어요, 천주!"

"그런 걱정은 마십시오."

“걱정은 붙들어매십시오.”

당민의 말에 삼노는 힘차게 대답했다. 하지만 당민은 그것이 얼마나 갈까 싶어 고개를 저으며 앞장서기 시작했다.

일행은 천천히 걸어 녕광으로 들어섰다. 시진(市鎭)으로 들어선 당민은 될 수 있는 한 사람이 많은 곳을 맴돌았다. 사람들 사이에 숨어 마교의 추적을 피하기 위해서였다.

시진을 맴돌던 당민은 날이 어둑해 오자 객잔으로 향했다. 오늘 하루는 객잔에서 머물 예정이었던 것이다.

“오늘은 이곳에서 쉰다.”

한수루(漢水樓)!

당민이 쉬려는 객잔이다. 제법 손님이 있는지 객잔 안은 시끌벅적했다.

“어서 오십시오!”

나는 듯 달려와 당민 일행을 맞는 점소이의 행동에는 관록이 묻어 있었다.

“식사부터 하겠다.”

“식사를 끝내시고 여장을 푸실 겁니까?”

“그럴 예정이니 방을 준비해 다오.”

“알겠습니다. 이리로 오십시오.”

일행은 점소이의 안내에 따라 한수가 바라보이는 창가의 좌석으로 안내되었다. 다른 좌석보다 비싼 자리였지만 점소이의 눈에는 당민 일행이 돈에 구애받지 않을 것 같아 그리로 안내했다.

"먹을 만한 것 몇 가지 내오고, 술은 어떤 것이 있나?"

"주인께서 산서성 행화촌 출신이라 분주(汾酒)가 좋습니다. 좀 독하긴 하지만 먼 길 오시느라 피곤하신 것 같은데 피로를 회복하는 것에는 그만 한 술이 없을 겁니다."

"좋다. 그것으로 내오너라!"

"그럼 차를 가져다 드릴 테니 천천히 기다리십시오. 마침 한수에서 막 잡은 고기가 들어왔으니 숙수께서 좋은 요리를 해주실 겁니다."

점소이는 자신의 말을 모두 마친 듯 주문을 넣기 위해 빠르게 주방으로 향했다.

"상당히 눈썰미가 좋은 자로군. 보기보다 몸이 잘 단련되어 있는 것이 무공을 수련한 것 같은데, 점소이로 있기에는 아까운 사람이구나."

"제가 보기에도 그런 것 같습니다, 누님. 우리가 오랜 시간 바깥에서 생활했다는 것을 아는 눈치더군요. 무공을 익힌 것도 그렇고, 예사 사람은 아닌 것 같습니다."

백무도 자신들을 안내한 점소이를 보면서 그가 예사 사람이 아니라는 것을 느낀 모양이었다. 미약하지만 내공을 가지고 있었고, 사람을 대하는 태도가 보통 사람보다 무척이나 침착해 보였다.

"무아야, 이곳으로 오면서 누누이 말했다만 경험만큼 소중한 것은 없다. 저 점소이가 우리가 오랜 시간 동안 노숙을 하며 온 것을 아는 것도 다 경험으로 배운 것이겠지. 그리고 실력을 감추고 있다는 것은 무엇인가 사정이 있다는 소리다. 우리가 느낀 것보다 실력이 높을 수도 있다. 강호란 귀계가 난무하는 곳이다. 언제나 자신의 진실된 실력 중에 삼 푼은 감추어야 살아남을 수 있지. 정신을 차리지 않으면 자신도 모르는 사이에 피를 토하고 죽을 수도 있으니, 항시 모든 것에 의미를 두고 생활해야 할 것이다."

하찮아 보이는 점소이이지만 그 나름대로 사연을 가지고 있는 듯했고, 무공을 감추고 있을 정도라면 그 사연이라는 것도 예사롭지 않을 것이다. 당민은 사람마다 어떠한 사연을 가지고 있기 마련이니 강호를 행보하는 데 있어서 주의를 가지도록 백무에게 당부했다.

"명심하겠습니다, 누님!"

당민은 운남에서 섬서성으로 향하는 길에 무림의 제반 사정은 물론 강호를 종횡하는 동안 유의할 점에 대해 잔소리에 가까울 정도로 세세하게 설명해 주었다.

다른 사람이라면 재차 강조하는 당민의 말에 짜증이 날 법도 하건만 백무는 당민의 충고를 귀담아들었다. 자신이 경험해 보지 않은 것들을 말로나마 듣는 것이 나중에 큰 도움이 될 것이라 생각했기 때문이다.

"그리고 화산에 당도할 때까지는 지금처럼 비무를 계속하도록 해라. 서로에게 큰 도움이 될 터이니."

섬서성으로 향하는 여정 동안 백무와 곤은 하루에 한 시진씩 계속 비무를 해왔고, 이제는 마음을 터놓는 친구가 되었다. 당민이 보기에도 두 사람 다 상당한 성과를 거두고 있었기에 목적지까지 가는 동안 비무를 계속하기를 권유했던 것이다.

"알겠습니다, 누님!"

"저도 바라던 바입니다, 누님!"

곤도 당민을 누님으로 부르고 있었다. 백무와 친구가 된 곤은 동생으로 대접받는 백무가 부러워 자신도 당민에게 억지를 부리다시피 청을 넣어 의동생이 됐던 것이다.

"다시 한 번 말하지만, 지금의 너희 둘 마음이 변치 않기를 바란다. 선의의 경쟁자로서 남는 것도 좋고. 하지만 상대에 대한 믿음은 절대 저버리지 마라. 그 믿음을 저버리지 않는다면 훗날 두 사람에게 좋은 결과가 있을 것이다."

"걱정하지 마십시오."

"명심하고 있습니다, 누님!"

'너희 둘은 어차피 마교와 얽히게 되어 있다. 곤은 네 스승이신 수인자 어르신과 마교와의 악연으로, 무아는 나 때문에 어쩔 수 없이 마교와 악연을 맺은 것이니. 어려운 일이 있을 때 서로에 대한 믿음이 큰 도움이 될 것이다.'

백무와 곤의 마음이 어느 정도 통하고 있다는 것을 느낀 당민은 앞으로 두 사람의 행보에 서로가 도움이 되기를 바랐다. 이 험난한 강호에서 서로에 대한 믿음이 없다면 살아남기 힘들기 때문이었다.

"자, 이제 음식이 나오는 것 같구나. 어서 먹도록 하자."

때마침 요리가 나왔다. 생선을 튀겨 양념을 얹은 요리의 냄새가 회를 자극했다.

"자! 나왔습니다."

요리를 들고 온 자는 주문을 받은 점소이가 아니었다. 점소이들은 가지고 온 요리들을 차례로 탁자 위에 내려놓았다. 몇 가지의 요리가 같이 나왔지만 생선 요리가 제일 먹음직스러워 보였다. 다들 회가 동하는지 젓가락을 들었다.

"그건 먹지 말아요!"

"예?"

다들 생선 요리에 손을 대려는 찰나, 당민이 서둘러 말했다.

"왜 그러십니까?"

밀광이 어리둥절한 눈으로 당민을 쳐다보았다. 맛있는 음식을 눈앞에 두고 먹지 말라니. 묘강에 있는 동안 제대로 된 요리를 먹어본 적이 없는 밀광을 비롯한 삼노에게는 그건 고문과도 같았다.

"냄새를 잘 맡아봐요."

“냄새요? 킁킁!! 맛있는 냄새만 나는대요?”

밀광이 이상하다는 듯 고개를 갸웃거리며 코를 킁킁댔다. 하지만 그는 요리에서 별다른 냄새를 맡을 수 없었다.

“하긴 그 긴 세월을 같이했으니……. 무아야, 넌 어떠냐?”

“조금 특이한 냄새가 나긴 합니다. 양념 냄새에 가려져 있지만 저분들에게서 났던 냄새와 비슷한걸요?”

백무는 희미하지만 삼노에게서 맡아지던 냄새를 생선요리에서 맡을 수 있었다.

“아무래도 안 되겠구나. 점소이!!”

당민은 점소이를 불렀다. 생선의 정체를 확실히 알아내기 위해서였다.

“부르셨습니까? 아, 요리가 마음에 안 드십니까?”

요리에 손댄 흔적이 없자 점소이는 의아해했다. 가끔 요리에 타박을 부리는 손님들이 있기에 그의 목소리는 조심스러웠다.

“아니에요. 그런데 이 생선은 어디서 난 거죠?”

“한수에서 잡은 것으로 알고 있습니다만, 왜 그러시는지요?”

“누가 잡은 건지 알고 있나요?”

“아칠이 사왔으니 물어보면 알 겁니다.”

“중요한 일이니 아칠이란 사람을 빨리 불러주세요.”

“예! 잠시만 기다리십시오.”

당민의 부탁에 점소이, 장우는 아칠을 불러왔다. 아칠은 처음 당민 일행을 맞았던 바로 그 점소이였다.

“왜 그러십니까?”

“이 생선… 어디서 산 거죠?”

“그게 저… 어……..”

아칠은 조금 찔리는 듯 말끝을 흐렸다.

“중요한 일이니까 빨리 말하세요. 어서!!”

당민의 음색이 높아졌다. 아칠은 잠시 당민의 눈빛을 보더니 생선을 구한 경위를 말하기 시작했다.

“제 형님이 한수에서 물고기를 잡아 생활을 하시는데, 한수에서 한 시진 전에 물고기가 갑자기 무더기로 떠올랐답니다. 죽은 것이면 팔지 않겠지만 숨을 헐떡이고 있어 모두 손으로 잡았다고 합니다. 그것을 제가 사 가지고 왔습니다.”

아칠은 차분하게 말했다.

“큰일이군요. 어서 당신 형님에게 저희를 데려다 주세요. 어서요!”

“무슨 일인데 그러십니까?”

“잘못하면 사람이 죽을지도 몰라요. 어서!”

“어… 어떻게… 절 따라오십시오.”

당민의 안색이 심각한 것으로 보아 예삿일이 아님을 안 아

칠은 서둘러 물고기를 준 자신의 형에게 당민 일행을 안내했
다.

"무슨 일입니까?"

"내 실수다. 아마도 삼노가 목욕을 하면서 몸에 묻어있던
독기가 한수로 흘러든 모양이다. 흐르는 물이라 독기가 흐려
지기는 했지만 물고기들은 독에 중독된 것이 틀림없다. 자칫
사람이 상할 수도 있으니 빨리 조치를 취해야 한다."

그제야 백무는 자신이 맡았던 냄새의 정체를 알 수 있었다.
삼노는 언제나 독을 다루기에 몸에 독이 묻어 있었다. 그 사
실을 잊은 채 한수에 들어가 몸을 씻었으니, 그 독에 물고기
들이 중독되고 여독이 물고기에 남아 있었던 것이다.

백무와 곤을 비롯한 나머지 이들은 독과는 무관한 사람
들이라 한수에 흘러든 독 기운을 알아차리지 못했던 것이
다.

"크으윽! 사람 살려!!"

아칠의 집에 도착하자 안에서 비명 소리가 흘러나왔다.

"안 되겠다."

당민이 집 안으로 뛰어 들어갔다. 일행도 안으로 따라 들
어갔다. 집 안에서는 장한 하나가 배를 잡고 땅바닥을 구르
고 있었다. 그도 자신이 건져 올린 물고기를 먹은 모양이었
다.

“크아아아! 사람 살려!!

당민은 빠르게 다가가 혈도를 짚었다. 상태가 심각했다. 화기로 물고기를 익혀 먹었다면 이 정도의 상태가 되지는 않을 터였다. 분명 회를 뜨거나 하여 물고기를 날로 먹은 것이 분명했다.

‘안 되겠다. 이 상태로는 반각도 견디지 못한다. 우선 응급 처치를 한 후 상세를 봐야겠구나.’

당민은 품에서 다급히 약병을 꺼내 고통에 비명을 지르는 사내의 입에 환약 하나를 넣어주었다.

“끄르르륵!”

잠시 후 사내는 숨이 넘어가는 듯한 소리와 함께 기절해 버렸다. 뱃속에서 일어나는 고통 때문이었다.

“형님께서는 괜찮으신 겁니까?”

자신의 형이 죽을 지경인 데도 아칠의 음성은 누구보다 차분했다.

“일단 위기는 넘긴 것 같아요. 그보다는 물고기를 누구누구에게 팔았는지 빨리 알아봐야 해요. 그 고기들은 독에 중독되어 떠오른 것이라 먹으면 안 되는 거예요. 중독된 사람들을 빨리 찾아야 해요.”

“형님께서는 장터에 나가 물고기를 파셨습니다. 그곳에 가면 누구에게 팔았는지 알 수 있을 겁니다. 동네가 워낙 작기도 하지만, 형님께서는 대부분 건어물로 만들어서 파는지라 사간 사람은 몇 되지 않을 겁니다.”

“그럼 어서 가서 물고기를 사간 사람들을 찾아요. 한시가 급해요. 그리고 무아가 따라가서 물고기를 먹은 사람을 찾으면 이 단환을 먹여라.”

“알겠습니다, 누님. 장터에 가면 누구에게 팔았는지 금방 알 수 있을 겁니다. 이 사람 말대로 말리려고 저렇게 배를 따 널어놓았다면 몇 사람에게 팔지는 않았을 테니까요.”

백무의 말대로 마당의 한구석에는 줄 위에 널린 물고기들이 상당히 많았다. 내장을 정리해 널어놓은 지 얼마 되지 않은 듯 물고기의 몸에서는 아직도 물기가 흐르고 있었다.

“그래, 빨리 찾아봐라. 조리를 해서 먹었다면 해독단을 먹이면 괜찮아질 것이다. 만약 날로 먹은 사람이 있다면 해독단을 먹이고 이리로 데리고 오너라.”

“알겠습니다.”

당민을 남겨둔 채 백무 일행은 아칠을 앞세우고 장터로 향했다. 아칠의 형이 물고기를 판 장소에 도착한 일행은 옆에서 야채를 팔고 있던 촌부(村婦)에게서 오늘 누가 물고기를 사갔는지 알아낼 수 있었다.

백무는 빠르게 물고기를 산 사람들의 집을 찾아 나섰다. 총 다섯 명이었다. 그중 두 집에서는 아직 물고기를 요리해 먹지 않았고, 세 명의 집에서는 물고기를 이미 먹었는지 모두 정신을 잃고 쓰러져 있었다.

쓰러진 사람들을 발견한 일행은 당민이 준 단환을 먹여 중독된 독을 해독시켜 주었다. 한수의 흐르는 물에 풀어진 탓에 미량이어서 다행이기도 했지만 모두 익혀 먹었는지 해독단을 먹고는 얼마 안 있어 모두 정신을 차렸다. 그렇지 않았으면 모두 비명횡사할 뻔한 일이었다.

삼노는 자신들로 인해 벌어진 일이라 중독되어 있는 사람들의 집을 찾을 때마다 그곳에 한 명씩 남아 사람들의 안위를 살폈다. 독밀자령과를 복용해 독기가 몸 밖으로 빠져나가지 않게 됐지만, 아직 몸에 남아 있던 독들로 인해 벌어진 일이라 사람들에게 얼굴을 들지 못할 정도로 미안했던 것이다.

모든 일이 끝났을 때는 이미 밤이 깊어져 있었다. 사람들이 회복되고 안정을 되찾자 백무 일행은 다시 아칠의 형 집에 모였다.

"모두들 수고했어요. 나도 이런 일이 벌어질 줄은 몰랐군요."

"죄송합니다."

밀광이 머리를 긁적거렸다. 의도는 아니었지만 자신들의 몸에 남아 있던 독으로 인해 벌어진 일이라 삼노의 얼굴에는 송구한 빛이 가득했다.

"아니에요. 미처 거기까지 생각하지 못한 내 잘못이 커요. 그나마 이렇게 무사히 끝나서 다행이에요. 그런데 이번 일 때문에 저녁은 공쳤군요."

"죄송합니다. 객잔에 가지고 갈 때만 해도 숨을 쉬고 있기에 물고기들이 상한 줄 몰랐습니다."

아칠은 미안한 듯 고개를 조아렸다.

"괜찮아요. 그보다 저 생선들을 모두 태워 없애야겠어요. 사람들에게는 극독이나 마찬가지이니 빨리 태워 없애도록 하세요."

당민은 마당의 줄 위에서 한참 마르고 있는 물고기를 처리하도록 했다. 바짝 마르면 독성이 증가하기에 자칫 위험할 수 있기 때문이었다.

"저희가 하겠습니다."

밀광이 자진해서 나섰다.

"그렇게 하세요."

밀광은 암연과 사천을 동원해 물고기들을 치우기 시작했다.

"혹시나 태우다가 연기에 독 기운이 퍼질 수 있으니 산으로 가서 태워야겠습니다."

"그러세요. 하나도 남기지 말고 모두 태우도록 하세요."

"예!"

삼노는 물고기를 한아름 안아 들고는 집을 나섰다. 집을 나서는 그들의 입가에는 보일 듯 말 듯한 미소가 스쳤다. 그런 모습을 보며 당민은 고개를 저었다. 밀광이 어째서 물고기 처리를 자원했는지 알기 때문이다.

'태운다고 했어도 분명 전부 구워 먹을 것이 분명하다. 애고! 내가 생각을 말아야지…….'

온몸에 때를 뒤집어쓰고도 십여 년을 버틴 사람들이었다. 자신들의 때 속에 남아 있는 독으로 인해 죽은 물고기라고 해도 상관하지 않을 것이 분명했다. 먹기 좋게 다 손질이 되어 있겠다, 분명 인적이 드문 곳으로 가 자신들만의 만찬을 즐길 것이 분명했다.

"죄송합니다. 저희 형제 때문에…….."

자신의 형이 누워 있는 방에 들어온 아칠은 당민에게 미안함을 표시했다.

"아니에요. 저흰 괜찮아요."

"그런데 형님은 어째서 깨어나시지 않는 겁니까?"

어느 정도 관련이 있을 것이라 짐작은 하였지만 삼노로 인해 벌어진 일임은 정확히 모르는 아칠로서는 다른 사람들과는 달리 아직 깨어나지 않는 자신의 형의 안위가 궁금하였다.

침착한 목소리와는 달리 그의 눈에는 걱정스러운 빛이 가득했다.

"물고기를 날로 먹은 것 같아요. 물고기에 중독된 독은 열을 가하면 어느 정도 사라지지만, 이분처럼 회를 떠서 먹을 경우 독성이 조금 강해서 그래요. 해독단을 다시 먹였으니 조금 있으면 괜찮아질 거예요. 그러니 너무 걱정하지 말아요."

아칠의 형이 어느 정도 안정을 되찾은지라 당민은 부드러운 목소리로 아칠을 위로했다.

"알겠습니다. 형님을 살려주셔서 고맙습니다. 정말 고맙습니다."

물고기를 먹은 다른 사람들이 좋아진 것을 본 아칠인지라 당민의 말에 마음이 놓였다. 아칠은 연신 고개를 조아리며 고마움을 표시했다.

"아참! 잠시만 기다리십시오."

아칠은 연신 감사를 표시하다 무엇이 생각났는지 당민 일행에게 양해를 구하고는 다급히 방을 나섰다.

"참 미안한 일이군요, 누님."

"그러게 말이다. 내가 생각이 짧았다. 독밀자령과를 복용해 사람들에게 독기가 미치지 않을 것이라 생각했는데……."

"빨리 조치를 해서 다행입니다. 그렇지 않았으면 여러 사람이 목숨을 잃을 뻔했습니다."

"운이 좋았지. 그렇지 않았다면 우리도 모르게 큰 죄를 지을 뻔했구나.”

정말로 운이 좋은 경우였다. 그렇지 않았다면 자신도 모르는 사이에 악행을 저지를 뻔했던 것이다.

미안한 마음이 드는 것인지 당민은 아칠의 형인 아육의 상세를 다시 한 번 살폈다. 회로 먹어 독 기운이 빨리 돌기는 했지만 잘 치료한 덕분에 지금은 안정을 되찾은 상태였다.

'아직 심성을 살피기는 해야겠지만 두 사람 다 무공을 익힌 것 같으니 사과의 뜻으로 이번에 만든 것을 조금 나누어 주어야겠구나.'

미안한 마음에 당민은 아육과 아칠에게 약간의 도움을 주기로 했다. 어부와 점소이의 일을 하면서 무공을 익히고 있다는 것은 결코 평범하지 않다는 뜻이었다.

자신들을 맞았던 아칠이나 아육은 상당한 외공을 익힌 자들이었다. 당민은 아육의 상세를 살펴보며 그러한 사실을 알수 있었다. 뭔가 사연이 있는 인물들 같았다.

'어디까지 갔기에 이리 시간이 걸리는 것인지……'

상당히 시간이 지났는 데도 아칠이 돌아오지 않았다. 백무는 밖으로 나간 아칠이 돌아오지 않자 걱정스러운 마음이 들었다.

무엇인가 생각난 듯한 표정으로 나가더니 반 시진 가까이 되도록 돌아오지 않고 있었다.

'이제야 온 모양이군.'

"잠시만 문을 열어주십시오."

백무의 생각을 알기라도 하듯 기척이 느껴지더니 밖에서 아칠의 음성이 들렸다.

"잠시만 기다리십시오."

백무가 문을 열어주었다. 아칠은 양손에 무엇인가를 가득 들고 있었다. 천 보자기로 덮인 쟁반으로 보아 음식 같았다.

"이번 일로 인해 다들 식사를 하지 못한 것 같아 음식을 몇 가지 장만해 왔습니다."

아칠은 자신이 일하는 객잔으로 가서 음식을 장만해 왔던 것이다. 보자기를 열자 몇 가지의 요리와 밥이 있었다.

"고맙네요. 그렇지 않아도 시장하던 차였는데……."

"송구합니다. 그런데 밖으로 나가신 분들은……."

삼노의 몫까지 장만해 온 아칠은 삼노의 행방을 물었다.

"그분들은 상관하지 마세요, 알아서들 하실 것이니. 곤과 무아는 어서 먹도록 하자. 배고플 터인데."

"알겠습니다, 누님!"

"정말 맛있어 보이는군요."

당민의 권유에 곤과 백무는 쟁반 앞으로 다가왔다.

"저희 객잔에 있는 숙수의 솜씨가 알아주는 편입니다. 이번 일을 말씀드렸더니 송구하시다며 정성을 다해 만들어주셨습니다."

"그러셨군요."

"제가 말이 많았나 봅니다. 어서 드십시오."

세 사람은 아칠이 가지고 온 음식을 먹었다. 아칠의 말대로 정성을 들인 듯 정갈하면서도 꽤나 맛이 좋았다. 시간도 늦었고, 삼노가 없는 탓에 양도 충분했기에 세 사람은 어느 정도 과식을 할 수 있었다.

"으음! 상당히 맛이 좋군요. 이런 음식은 정말 오랜만에 먹어봐요. 감사드립니다."

"별말씀을 다 하십니다."

"아니에요."

"그런데 저… 드릴 말씀이 있습니다."

식사가 끝나자 아칠은 할 말이 있는 듯 머뭇거렸다.

"무슨 말씀이신지 해보세요."

"식사에 방해가 될 것 같아 이제야 말씀드리지만, 여러분을 찾는 사람들이 있었습니다."

"우리를요?"

"예. 정확히는 밖으로 나가신 분들과 아가씨를 찾는 것 같았습니다. 제가 여러분들에게 드릴 음식을 가지러 객잔에 들렀을 때 일단의 무리들이 누군가의 행방을 묻고 있었습니다. 그들이 말하는 것을 들어보니 차림새는 달랐지만 분명 여러분을 찾는 것 같았습니다."

"그들의 모습은 어땠나요?"

"평범한 차림이었지만 분위기가 심상치 않았습니다. 혹시나 여러분에게 해가 될까 하여 다른 곳으로 따돌렸지만 언제 이곳을 찾아낼지 모릅니다. 아직은 시간이 있으니 어서 이곳을 떠나시는 것이 좋겠습니다."

"으… 음, 그런 일이 있었군요."

당민을 비롯한 백무와 곤은 직감적으로 그들이 마교의 인물임을 알 수 있었다.

"그런데 그들을 어떻게 따돌린 건가요?"

"여러분이 한수를 따라 배편으로 이동했다고 말해주었습니다. 그러자 얼마 안 있어 배를 구하더니 여러분을 추적한다고 한수를 따라 내려가더군요."

"정말 귀찮게 됐군요. 그들은 얼마 안 있어 돌아올 거예요. 빨리 떠나야겠어요."

"시간이 좀 걸릴 겁니다. 그들은 제가 거짓을 말했다는 것을 알았다고 해도 석천까지는 가야 알 수 있을 테니까요."

"당신은 지금 같은 태도로 그들을 상대했나요?"

"무슨 말씀이신지……?"

어째서 그런 것을 묻는지 아칠로서는 의문이었다.

"지금처럼 차분하게 상황을 재가며 말을 했느냐 말입니다."

“여러분에게 피해가 가지 않도록 하려고 최대한 침착하게 그들을 상대했습니다만……”

당민은 아칠의 말에 인상을 찌푸렸다. 점소이라고 하면 약자에 속했다. 마교도들은 대부분 사람들이 두려워하는 기운을 흘린다. 그 기운은 웬만한 무림인들도 두려움을 느끼게 하는, 마공을 익힌 탓이었다.

아칠이 차분하게 그들을 상대했다면 분명 이상함을 느꼈을 것이다. 배를 타고 갔다고는 하지만 머지않아 돌아올 것이 분명했다.

“곤! 너는 어서 가서 삼노를 찾아 이곳으로 데리고 와라. 시간이 없다. 급하다.”

“알겠습니다.”

곤은 빠르게 대답하고는 방을 나섰다. 당민이 염려하는 것이 무엇인지 알기 때문이다.

“무아야! 너는 저 사람을 업어라. 그리고 당신도 우리를 따라와요. 그들은 얼마 있지 않아서 우리를 찾아낼 거예요.”

“그럴 리가……?”

“제 말을 믿으세요. 당신들의 목숨도 위험해요. 그들은 그렇게 만만한 자들이 아니에요. 이곳을 아무도 모르게 빠져나갈 수 있는 방법이 없을까요?”

“그건 가능합니다. 형님의 배가 있으니 한수를 타고 내려가면 됩니다. 밤이 늦은 시간이라 배를 띄운 사람들도 없을 것이고, 불만 켜지 않는다면 우리가 한수를 따라 간 사실은 아무도 모를 겁니다."

아칠은 다급한 상황임에도 침착하게 이야기했다.

'잠깐이겠지만 놈들의 눈을 속이기에는 적합한 방법이다. 그런데 이자는 보면 볼수록 알 수가 없군. 마치 많이 쫓김을 당해본 듯하지 않은가?'

더할 나위 없이 침착한 말투를 보면 아무래도 타고난 성격인 것 같기도 하고, 알 수 없는 사연이 그를 더욱 침착하게 만든 것 같기도 했다. 당민은 아칠의 말을 들으며 괜찮은 방법이라고 생각했다. 얼마간이라도 시간을 벌 수 있다면 마교의 추적으로부터 벗어날 수 있는 방법이 자신에게 있기에 그렇게 하기로 했다.

"좋아요. 그 방법이 좋겠군요. 그럼 다른 이들이 돌아오면 일단 배가 있는 곳으로 가도록 해요. 뭐 챙길 것이 있으면 챙기도록 하세요. 다시는 돌아올 수 없을지도 모르니까요."

"그들이 누군데 이러시는 겁니까?"

자신으로서는 잠깐 피했다가 오면 되는 일이었다. 그런데 어째서 애써 정착한 곳을 완전히 떠나야 하는지 의문스러운 아칠이었다. 더욱이 오랜 세월 추적을 피해 간신히 마련한 보금자리였기에 묻지 않을 수 없었다.

"우리를 쫓고 있는 것은 마교예요. 내 말이 무슨 뜻인지 아시겠어요?”

“으… 음!”

아칠은 신음을 흘렸다. 당민의 말뜻을 이해한 것이다. 마교라면 자신들을 쫓았던 자들과는 비교조차 할 수 없는 자들이었다. 괜한 일에 휘말렸다는 생각이 들었다.

하지만 일단 화는 피해야 했다. 반드시 풀어야 할 원한을 가지고 있기에 괜히 이곳에 있다 개죽음을 당할 필요는 없었던 것이다.

“잠시만 기다리십시오. 가지고 갈 것들을 챙기겠습니다.”

아칠은 잠시 밖으로 나가더니 무엇인가를 챙겨 가지고 방으로 돌아왔다. 양손 가득 들어올 듯한 굵기의 물건이 검은 천에 둘둘 말린 채 그의 등에 메어져 있었다.

한눈에 보기에도 너무나 단출한 짐이었다.

“그것이 다인 건가요?”

“그렇습니다. 다 챙겼습니다.”

“그렇다면 좋아요. 다른 이들이 오는 대로 출발하기로 하지요.”

타타탁!

“왔나 보군요.”

다급한 발걸음과 함께 곤과 삼노가 집 안으로 들어왔다. 삼

노는 다급하게 온 듯 입가에 묻은 검댕이를 채 씻지 못한 상
태였다.

"어서 오세요. 마교가 이곳에 나타난 것 같아요. 귀찮아질
것 같으니 빨리 이곳을 떠야겠어요."

"으이그! 정말 질긴 놈들이군."

밀광이 마교의 추적에 질리는 듯 고개를 저었다.

"빨리 서둘러야 해요. 삼노는 우리의 흔적을 완전히 지우
도록 해요. 이곳에 있는 흔적을 지우기는 어려울 테니 우리가
가는 길의 흔적을 모두 지워요."

"알겠습니다, 천주!"

당민을 비롯한 일행은 아육의 집을 나섰다. 시간이 없었기
에 집 안에 남은 흔적은 지울 수가 없었다. 대신 한수로 이르
는 길에 남는 흔적을 지우기로 했다.

일행은 빠르게 한수 쪽으로 향했다. 경공을 펼칠 수는 없지
만 아칠의 뛰는 속도가 빨랐기에 일행은 생각보다 빨리 한수
로 향할 수 있었다.

"누님!!"

"음! 예상보다 놈들의 움직임이 빠르구나."

한수 쪽으로 길을 재촉하던 일행은 누군가 앞을 가로막는
것을 볼 수 있었다. 평범한 무복을 걸치고 있었지만 그들의
기세는 결코 평범한 것이 아니었다.

"오랜만이오, 독선고!"

굵은 검미에 깊은 듯 넘실거리는 눈을 가진 자가 앞으로 나서며 당민에게 아는 척을 했다.

"오랜만이군. 본산에서 정식으로 나온 건가?"

당민은 자신의 앞을 가로막는 자를 아는 것 같았다.

"후후! 전주님의 성미를 잘 아시지 않소."

미소를 지어 보이는 사나이의 대답은 빈정거리는 투가 역력했다.

"기주는?"

"후후! 저기 있는 놈이 기주를 속인 덕분에 지금 석천으로 향하는 중이오. 뭐, 머지않아 눈치를 채고 돌아오시겠지만. 난 조금 이상해서 여기 남아 있었소. 그런데 내 생각이 맞은 것 같군요."

"역시 삼묘호리(三妙狐狸)로군."

자신을 추적하러 배를 타고 떠났던 자들이 얼마 안 있어 돌아오리란 것은 진즉에 알고 있었지만, 막상 삼묘호리로부터 대답을 듣자 가슴이 답답해져 오는 당민이었다.

"후후! 시간이 좀 걸렸소. 저 쥐새끼 같은 놈이 흔적을 지우며 왔던 터라 하마터면 놓칠 뻔했소."

'삼묘호리가 시간을 지체할 정도로 흔적을 지우며 왔다는 말인가? 역시 생각대로 예사 사람이 아니로구나.'

당민은 아칠을 바라보았다. 삼묘호리가 누구던가? 비록 마교의 오기 중 자성마전에 소속된 자륜마검기(紫輪魔劍旗)의 부기주이지만 야심이 만만치 않은 자였다.

머리 또한 잘 돌아가서 세 가지의 묘수를 감추고 있다 하여 삼묘호리라는 별호를 얻은 자였다. 그런 자를 따돌렸다는 사실에 아칠을 다시 한 번 보게 되었다.

"독선고! 좋게 말할 때 이만 포기하는 것이 어떻겠소? 그렇다면 내 순순히 모실 용의도 있소만!"

'으음! 저잔 돌다리도 두들겨 보고 가는 자다. 섣불리 자신감을 표시하는 자가 아닌데……'

자신이 어떤 사람인 줄 아는 데도 꽤나 자신있는 표정이었다. 포위하듯 자신의 주변에 있는 자들을 믿고 있는 것이 분명했다. 삼묘호리가 몸담고 있는 자륜마검기들이라면 저렇듯 자신하지 않을 터였다. 당민은 자신이 없었다면 결코 나서지 않는 것이 삼묘호리의 성격을 잘 알고 있었던 것이다.

또한 자신들을 포위하고 있는 자들이 누구인지 모르지만 그들은 전날 보았던 자륜마검기와는 무척이나 달라 보였다. 그들에게서 인간의 냄새가 전혀 느껴지지 않았던 것이다.

"사준명이 간이 부은 모양이로군. 이곳까지 너희들을 보낸 것을 보면 말이야."

"글쎄 말입니다. 후후! 하지만 어쩌겠습니까. 전주님의 엄

명이니 수하 된 도리로 따를 수밖에요. 후후!"

여전히 빈정거리는 말투였다. 무엇이 그리 자신있는 것인
지 당민으로서는 이해할 수가 없었다. 이곳에서 자신들을 공
격한다면 결코 좋을 것이 없는 데도 삼묘호리의 표정에는 지
나칠 정도의 자신감이 넘치고 있었다.

"그렇게 자신이 있다는 말인가? 너라면 이번 일의 파장이
어떨지 잘 알 텐데?"

"후후후! 하… 하하하!"

당민의 말에 가철문(澔喆汝)은 무엇이 웃긴지 가가대소를
터뜨리며 웃기 시작했다. 그의 얼굴에는 가소롭다는 표정이
역력했다.

"저 자식이!!"

밀광이 자신들을 비웃는 듯한 삼묘호리의 웃음소리에 분
통을 터뜨리며 나서려 했다. 비록 마교와의 싸움에는 제약이
있지만, 이곳이라면 달랐기에 손을 봐주려는 것이었다.

"밀 노!! 잠깐 기다려요."

앞으로 나서려던 밀광은 당민의 제지에 멈추어 섰다.

"왜 웃는 것이냐?"

"하도 우스워서 말입니다. 천하의 독선고께서 이곳이 어디
인지 잊으신 모양입니다."

"여기? 여기는 섬서땅이 아니냐? 마교에서 넘어올 곳이 아

님을 잘 알 텐데."

갑자기 자신이 서 있는 곳이 어디냐는 질문에 의아했지만 마교가 나설 수 없는 섬서땅임에는 분명했다.

"후후후! 대부분 밀정으로 잠입한 정파 놈들이 그렇게 착각을 하지요. 독선고께서도 그러신 모양입니다. 하지만 이십 년 전 교주께서 황산무연에서 중원 진출을 하지 않겠다고 선언하실 시기에 분명 본 교의 세력은 한수 서쪽까지였습니다. 아실 텐데요."

"그럼!!"

당민은 아차, 하는 생각이 들었다. 삼묘호리가 어째서 이리 자신만만해하는지 이제야 알 수 있었다.

"그렇습니다. 후후, 성을 경계로 나눈 것이 아니지요. 섬서에서 본 교의 세력이 미치는 범위는 한수에서부터 서쪽이지요. 다들 착각하기 쉽지만 말입니다."

삼묘호리의 말대로였다. 분명 황산무연에서 암천신마가 중원 진출을 하지 않겠다고 했을 때는 마교가 막 북쪽으로부터 섬서를 넘어왔을 무렵이었다.

"황산무연 이후 한수를 넘는다는 것은 죽음을 생각해야 하는 위험한 일이었지요. 그것은 지금도 마찬가지입니다만. 후후!"

삼묘호리의 말대로 당민은 착각을 하였다. 마교의 권역을 벗어났다고 생각했는데, 그것이 아니었던 것이다.

'저놈이 자신하는 것도 무리가 아니다. 이곳이 마교의 권역인 이상 나와 삼노는 저들을 공격하지 못한다. 큰일이로군.'

당민은 쉽게 이곳을 벗어날 수 없다는 사실을 깨달았다. 파황적도기야 증거를 완전히 없애 버려 별 상관이 없지만, 자신이 알고 있는 삼묘호리라면 또 달랐다. 이렇게 직접 나섰다면 다른 준비가 되어 있다는 뜻이었다.

이 자리에서 모두 없앤다고 해도 자신이 벌인 일이라는 것은 채 하루가 지나기도 전에 세상에 퍼질 것이 분명했다. 결코 부인할 수 없는 적나라한 증거와 함께. 그 사실이 세상에 알려진다면 원하든 원하지 않든 간에 강호에는 피의 바람이 불 것이 분명했다.

'그건 결코 내가 원하는 일이 아니지……. 아직까지는 말이야.'

아직은 아니었다. 마교가 중원으로 진출할 빌미를 준다면 자신의 원대한 계획에 차질을 빚을 것이 분명했다. 삼묘호리의 눈은 그것을 원하는 것이다.

"호호호! 네 뜻대로 될까?"

"하하하! 허세 부리지 마시오. 이들이 누군지 아신다면 그리 자신하지는 못할 것입니다!"

당민은 가철문의 말에 다시 한 번 자신들을 포위한 자들의 면면을 살폈다. 그러다 무엇인가 보통 사람과는 다르다는 것을 느낄 수 있었다.

'으… 음, 역시! 우리를 포위한 놈들이 그 마물이라면 자칫 이곳에서 벗어날 수 없을지도 모른다.'

"이들이 누구이기에 그리 자신하는 것이냐?"

"후후후! 한번 어울려 보시지요. 말로 듣는 것보다는 직접 겪어보시는 것이 훨씬 잘 아시게 될 테니 말입니다."

삼묘호리의 말에 포위하고 있던 자들이 앞으로 나섰다. 풍기는 기세와는 다르게 가라앉은 눈빛은 이들이 생사의 간극을 수시로 넘나들었다는 것을 알 수 있게 해주었다.

아니! 어쩌면 이미 생사의 간극을 넘긴 자들이었는지도 몰랐다.

"후후후! 이들은 독선고의 독도 통하지 않는 자들이지요. 그리고 몇 가지 더 준비해 놓은 것이 있으니 잘 즐기시길 바랍니다. 그럼 전 이만!"

스스슷!

삼묘호리는 마지막 말을 마치고 자리를 이탈했다. 사라지는 신법으로 보아 삼묘호리의 실력 또한 만만치 않아 보였다.

'맞구나!!'

점점 다가오는 자들에서 풍겨지는 죽음의 기운을 느끼며 당민은 자신의 생각이 맞다는 것을 확인할 수 있었다. 그들은 마교에서도 마물이라 일컬어지는 자들이기에 삼묘호리가 이리 자신하는 것도 무리가 아니었다.

자신의 생각이 맞다면 포위하며 다가오고 있는 자들은 자신의 모든 실력을 발휘한다 하더라도 쉽게 처리할 수 있는 자들이 아니었다.

『구벽뇌운』 4권에 계속…

도서출판 청어람을 사랑해 주시는 독자 여러분들께 감사의 마음을 전하기 위해 이벤트를 마련했습니다. 설문에 응해주신 후 엽서를 보내주시면 매달 추첨을 통하여 청어람이 준비한 선물을 우송해 드립니다.
자세한 내용은 청어람 홈페이지(www.chungeoram.com)를 통해 확인해 주세요!

· 구입하신 책 제목을 적어주세요.

· 이 책을 선택하게 된 동기는?

· 이 책을 읽고 느낀 소감은?

· 청어람 무협/판타지 소설에 바라는 점은?

이름

생년월일   성별

전화번호

이메일